海外小説 永遠の本棚

四角い卵

サキ

和爾桃子＝訳

白水uブックス

THE SQUARE EGG
and Other Stories
by
Saki

四角い卵＊目次

ロシアのレジナルド

四角い卵

その他の短篇

挿絵＝エドワード・ゴーリー

ロシアのレジナルド

REGINALD IN RUSSIA
1910

ロシアのレジナルド

レジナルドは公妃のサロンの片隅で、明らかにルイ十五世様式の基調にちょいちょいヴィルヘルム二世様式が混ざってしまう、格調のない室内調度をつとめて大目に見ようとしていた。彼に言わせれば、公妃は雨でも鶏の餌やりに出て行くような惰性タイプの見本なのだ。公妃はオルガといった。フォックステリアであれと願い信じる犬と、社会主義の信条の主だ。ロシアの公妃だからオルガでなければということはないし、ヴェラという名の公妃ならレジナルドの知己にひとりならずいる。ただしフォックステリアと社会主義は必携だ。

「ロムシェン伯爵夫人はブルドッグをお飼いでしょう」公妃が唐突に言いだした。「お国では、フォックステリアよりブルドッグのほうがシックかしら？」

言われたほうはここ十年の流行犬種を脳内でおさらいし、適当に逃げておいた。

「ロムシェン様だけど、おきれいだとお思いになる?」公妃が尋ねる。

レジナルドのお眼鏡では、その伯爵夫人の顔色はマカロンと辛口のシェリーだけで生きている人のそれだ。で、その通りを言った。

「だけど、そんなはずないわ」公妃が勝ち誇ったように、「ドノンの店で魚スープを召し上がってらしたのをお見かけしてよ」

友人の顔色が本当にひどいと、公妃はいつでもかばおうとする。ご婦人はたいていそうだが、公妃の慈善心は家の内ならぬ家の内向きの地味顔に始まり、おおむねそこで終わるのだ。

レジナルドはマカロンとシェリー説を撤回し、額装の細密肖像画に目を移した。

「ああ、それ?」公妃が言う。「そちらはロリコフ老公妃さま。ご生前は冬宮近くの富裕街（ミリオネヤ）にお住まいでね、ロシアの旧弊な宮廷婦人でいらしたの。ですから交友範囲も行事も恐ろしく限られていて。でも、ひとが来ればいつでも誰でも面倒を見ておあげになったわ。小話があってね、お亡くなり遊ばしてミリオネヤ街から天国へお出ましになると、聖ペテロに格式ばったフランス語ではきはきと、『わたくしロ-リ-コフ公妃でございますの（ジュ・スイ・ラ・プランセス・ロ・リ・コフ）。お目もじ叶いまして恐悦至極に存じます（イル・ム・ドンヌ・グラン・プレジール・ア・フェール・ヴォートル・コネッサンス）。神様にご拝謁の労をお取りいただけませんこと（ジュ・ヴ・ザン・プリ・ム・プレザンテ・オー・ボン・デュー）』聖ペテロがご要望通りにして差し上げると、今度は神様に、『ロ-リ-コフ公妃でございます（ジュ・スイ・ラ・プランセス・ロ・リ・コフ）。お目もじ叶いまして恐悦至極に存じます（イル・ム・ドンヌ・グラン・プレジール・ア・フェール・ヴォートル・コネッサンス）。ご高名はミリオネヤ街の教会で、かねて承っておりましてよ（オン・ナ・スヴァン・パルレ・ドゥ・ヴ・ア・レグリーズ・ドゥ・ラ・リュ・ミヨン）』ですって」

「軽薄をお上品にこなせるのは、よほどの年の功か国教会聖職者だけですよ」レジナルドが述べる。「それで思い出しましたけど、どことは申しませんが先日に外地某国の都へ参りましたらね、下級聖職者がいろんな苦しみを抱えた人に手をさしのべる説教中に名文句を吐きまして、だいたいこんな感じかな。『苦悩の涙を何にたとえよう——ダイヤか？』するとそれまで朋輩をやっかんで居眠りしていた別の下級聖職者が泡を食って目覚めまして、『ダイヤで勝負か、相棒？』そこへ寝ぼけたらしい上級聖職者が痛いほどはっきり『ダイヤのダブル』とコールして気まずさに拍車をかけました。会衆一同、すわリダブルかと半ば期待の目を説教壇に向けたんですが、そっちは現状を鑑み、その点数でよしとしたようで」

「あなたがた英国人は相も変わらず軽いわねえ」と、公妃。「多事多難なロシアでは、そんなふうに浮かれている場合ではなくてよ」

レジナルドは耐えがたい氷河期到来を案じるイタリアングレイハウンドばりに軟弱な身震いまじりで観念すると、避けて通れぬ政治談議に飛びこんだ。

「ロシアの話は英国であれこれ取りざたされているでしょうけど、どれもこれもでたらめよ」と、公妃が期待をこめてかまをかけた。

「ぼく、学校のロシア地理はひたすら避けてました」がレジナルドの言いぐさだった。「地名のいくつかは絶対なにかの間違いですよね」

「それを言ったら、ロシアの統治制度は一から十までなにかの間違いよ」公妃がしれっと受ける。「役人は利権しか頭になく、国民は釣られやすく無節操、采配は万事グダグダでしょ」

「うちの国では」レジナルドが言う。「内閣発足から四年もたてば、常人の思い及ばぬ域にまで堕落しきったクズどもというお墨付きがもらえます」

「だけど不具合なら、選挙で放り出せるでしょう」公妃が異議を唱えた。

「覚えている限りの末路はだいたいそうですね」レジナルドが言う。

「ぞっとするわ。それでは国民こぞって過激路線へ向かってしまう。そのわりに英国人はさっぱり過激路線へ行かないけど」

「行くならアルバートホールですよ」レジナルドが説明する。

「わたくしどもの国はいつも弾圧と暴力を行ったりきたりでね」公妃が続けた。「残念だわ、国民性に穏健さのかけらもなくて。世界のどこを探してもあんな善良な国民や、あれほど愛情深い家族関係なんて見つかりっこないのに」

「そこはご高説通りです」レジナルドは言った。「リテイニー街のフランス埠頭のどこかに若い知人が住んでるんですけど、そいつなんかいい例です。生まれつきの巻毛を日曜にはとりわけ派手にくるくるさせ、ロシア人の中でもブリッジの名手でね、大した腕前です。他に取柄はなさそうですけど、身内の情こまやかという点では見上げたやつで。母方の祖母を亡くすと、ブリッジ断ちまではしないけど三ヶ月は黒の上下で通すぞと宣言しまして。その黒スーツがまた見事なんですよ」

そのオチは、公妃にウケなかった。

「あなたはきっと自分大好きで、ひたすら面白おかしく生きているのでしょう。娯楽ばかりを追い求めてカードや不摂生にうつつを抜かしていると、いずれはろくなことになりませんよ。思い知る日がくるわ」

「まあ、現に思い知る日はたまにありますけど」レジナルドが認めた。「禁断のフィズが最も甘美なのはままあることで」

だが、この一言も公妃にはピンとこなかった。カクテルなどより、麦芽糖を隠し味に利かせた程度の甘さ控えめなシャンパン派である。

「また遊びにいらして」あまり気を持たせない口ぶりの後で考えを改め、「ぜひ泊まりがけで、わたくしどもの田舎屋敷へおいで遊ばせ」

公妃のいう「田舎屋敷」とは、タンボフ（モスクワ南東およそ五百キロ）のはずれに数百露里（ベルスタ）のだだっ広い地所を擁し、お隣とは十五マイルかそこら離れている。レジナルドに言わせれば、そうまでしてもプライバシーを神聖不可侵に保っておきたいらしい。


(Reginald in Russia)

レディ・アンの沈黙

大きな薄暗い客間に入っていくエグバートは、行く手が和平の場か地雷原かは不明ながら、どちらにも対応する構えだった。昼食のささいな夫婦げんかに決着がつかず、蒸し返すか、戦意を放棄するか、どこまでやるかはレディ・アンの出方ひとつであった。アームチェアにおさまってティーテーブルに向かう妻の姿は、一分のすきもなくかなり硬い。十二月の午後の薄明かりとあって、エグバートの鼻眼鏡では表情を読めなかった。

エグバートはとかく行く手をさえぎられそうな氷を割っておこうと、「宗教的な薄明かり」というミルトンの詩句をまず引き合いに出した。冬と晩秋の夕方四時半から六時までは、夫婦のどちらかが引き合いに出すのがお約束なのだ。結婚生活の一環ではあるものの成果ははかばかしくなく、レディ・アンはまるで取り合わなかった。

猫のドン・タークィニオはどうやらご機嫌斜めのレディ・アンを見事に無視して、暖炉にあたりながらペルシア絨毯（じゅうたん）にながながと寝そべっている。絨毯同様に混じりけなしのペルシアもので、二度目の冬を迎えた首の飾り毛が日に輝いている。ルネサンス趣味の給仕が名づけ親を買って出て、ドン・タークィニオとつけた。エグバートとレディ・アンに任せておいたら、芸のない「むくちゃん」あたりが関の山だが、どちらも口出ししなかった。

エグバートは勝手にお茶を注いだ。レディ・アン任せでは沈黙を切り上げてくれそうにない。腹をすえてコサック探検家イェルマークばりの巻き返しをはかる気になった。

「昼の話は純粋な客観による一般論だよ」と宣言した。「それをどうやら特定の当てこすりととったらしいが」

レディ・アンは沈黙の防塁を守り続けた。手飼いのウソが「タウリスのイフィゲニア」の一節を面倒くさそうに口ずさんで気まずさを埋める。エグバートはすぐその歌を聞き分けた。ウソが歌えるのはそこだけだし、歌えるというので金を出した。エグバートもレディ・アンもお気に入りのオペラ『ヨーマン衛兵隊』のひとくさりを歌ってもらうほうが好みだったのだが。こと芸術となると割れ鍋にとじぶたの夫婦であった。どちらもわかりやすくて素朴なのが好き、例えば絵画ならちゃんとそのものずばりの題名で、理解の助けになる小道具をふんだんにあしらっておいてほしい。乗り手なしで馬具だけの、明らかにはぐれ馬らしい軍馬がよろめき入ってきた中庭には青ざめて気絶しかけた女どもだらけ、しかもあっさり「凶報」とでも題されていれば、夫妻の頭でも軍の悲劇だなとはっきりわかる。絵の真意を汲みとれるし、もっと鈍い友人たちにも説明してやれる。

沈黙は続いた。レディ・アンはつむじを曲げると、いつも四分間のだんまりで相手に思い知らせる癖がある。エグバートはミルク入れをつかみ、ドン・タークィニオ用の受け皿に注いでやった。ところがもう縁までいっぱいだったので盛大にこぼれた。ドン・タークィニオはびっくりしていたが、こぼれたミルクを飲みにこいと促されるとあっさり知らん顔した。変幻自在に日々を彩る役回りはやぶさかでないとはいえ、ペルシア絨毯の掃除機役は守備範囲外でございというわけだ。

「どっちの態度もかなり阿呆らしいじゃないか?」エグバートはつとめて明るく話しかけた。内心同感であったとしても、レディ・アンは口に出さなかった。

「そりゃまあ、言ってしまえば私にも落ち度はある」しぼみゆく明るさの中で、エグバートは続けた。「だって、しょせんは人間なんだ。ただの人だというのをお忘れのようだが」

まるで、山羊なみの言語道断な好色家と根拠なく皮肉られたみたいに、やっきになって言い募った。

ウソがまたしてもお得意の「タウリスのイフィゲニア」を口ずさむ。エグバートはげんなりしてきた。レディ・アンはお茶に手をつけようともしない。具合が悪いのかもしれない。ただ、具合が悪いなら黙っているのはらしくもない。「わたくしは消化不良で苦しいのに、誰ひとり知らないのよ」が十八番の口癖だが、聞くほうにこれっぽっちも興味がないから素通りしているだけの話だ。なにしろちょっと水を向けさえすれば、待ってましたとばかり、問わず語りに山盛りの情報を垂れ流してくるのだから。

どうやらレディ・アンはべつに具合悪くもないらしい。

エグバートはいくらなんでもそろそろという気になり、さりげなく折り合いをつけにかかった。「この際だ」ドン・タークィニオがしぶしぶどいてくれた暖炉脇の絨毯に仁王立ちして切りだした。「私が悪かったかもしれん。喜んで認めよう。それでいろいろやり直せて万事丸くおさまるなら、よりよく生きるようつとめる」

どうやって、という気がしなくもない。十二月にクリスマスプレゼントを支給されなかった肉屋の小僧が、だめもとで二月にねだってみた感じで、中年からは強引でなくても控えめにいろんな誘惑が訪れている。そんなものに屈する気がないのは、年がら年中、魚用ナイフと毛皮の宣伝広告に釣られたあげくにしぶしぶ諦めるご婦人方にそんなものを買ってやる気がないのと五十歩百歩だ。それでも、言われもしないうちから不行跡の可能性を葬り去るなど夫の鑑（かがみ）ではないか。

レディ・アンは相変わらず知らん顔だった。

エグバートは鼻眼鏡の奥で不安の目になった。夫婦喧嘩が収拾つかなくなるのは今回が初めてではない。ただし、いつまでもひとり語りをさせられるのは目新しいし屈辱的だ。

「もう夕食の着替えに行くぞ」どこか断固たるものをうかがわせて言った。

出口で弱気にかられ、さらに訴える。

「本気で阿呆みたいだとは思わんか？」

「阿呆だよ」エグバートが退散して扉が閉まると、ドン・タークィニオは内心そう思った。それからベルベットの前足を上げるや、鳥かごの真下の本棚にひょいと乗った。まるで、そんなところに鳥がいたのかという態度のようでいて、かねて熟慮し計算しつくした策を実行したまでだ。これまで暴君然と威張ってきたウソだが、いきなりいつもの三分の一に肺活量を制限され、必死にもがいて甲高くさえずった甲斐もなく陥落した。鳥かごを別にして二十七シリングもしたのに、レディ・アンに制止のそぶりはなかった。二時間前に死んでいたからである。

(The Reticence of Lady Anne)

地名の岐路

処刑当日をせいぜい安らかに迎えさせるべく、教誨師（きょうかいし）は死刑囚独房に入った。

「お願いは他でもありません。せめて、ちゃんと聞く耳を持った方に話すだけ話してからにしてください」

「あまり長いのはね」教誨師は時計を見て言った。

死刑囚が胴震いをぐっとこらえる。

「世間では暴行殺人罪のかどで死刑になると言うんでしょう。ただ本当は、こうなったのは専門に特化しなかった教育や人となりのせいなんです」

「専門に特化しなかった？」と、教誨師。

「はい。かりに外へブリディーズ諸島の動物にかけては屈指の識者とか、カモンイス（ポルトガル最大の詩人。

一五二四―一五八〇）の詩を原語で暗誦できる特技などで知られていれば、身元証明が生死を分ける土壇場になっても切り札はあったはずなんです。ところが、しごく並み一通りの教育しか受けていませんし、専門知識とは無縁の無難な人柄です。ガーデニングや歴史や古典絵画の巨匠たちなら、ほんの一般教養程度はわかりますけど、『ステラ・ファン・デル・ルーペン』が菊の品種名か、アメリカ独立戦争の女傑か、ルーヴル所蔵のロムニー作品の何かかとなると、ぱっと答えるというわけには」

教誨師はなんだか座り心地が悪くなった。今の三つはどれも正しそうに思える。

「同じ町の医者夫人を好きになりました。というか、そんな気になりました」死刑囚は続けた。「なぜなのかは自分でもさっぱり。いくら考えても、内も外もどこがよかったのかという程度で。今から思えばごくごくありふれた女には違いない。ですが一度は医者に惚れられた玉ですし、ひとりにできたことが他人に不可能なはずはない。ご機嫌取りをされると満更でもなさそうで、その程度の脈はあったんでしょう。ですが、うまの合うご近所さん以上に思われていたとは掛け値なしに気づかなかったようです。間近に死が迫ると、嘘を極力なくしておきたくて」

教誨師がぼそぼそと相槌らしきものを打つ。「まあとにかく、医者が不在だったある晩に恋心だと思いこんだ思いを打ち明けたら、相手は震え上がってしまって。どこか二度と会わずにすむような場所に行ってくださいと言われました。承知するしかありません。どことというあては皆無でしたが、小説や芝居なら珍しくもない展開でね、ご婦人とすれ違いが起きると、だれもかれもはいそうですかとインドへ行って、前線でいろんなことをします。失意の足どりで医者の家の車寄せを行くさなかも、これからの腹づもりとなるとまっさらの白紙でした。なんとなく、〝寝る前にタイムズ世界大地図を見ないといけないな〟ぐらいで。ところが、人影のないまっくらな公道に出たとたん、死体にぶつかりまして」

教誨師は思わずつりこまれた。

「服からすると救世軍の大尉でした。なにかのひどい事故らしく、頭はつぶれて見分けがつきません。車にはねられたんでしょうね。そこでひょっこり浮かんだ考えにすっかりとりつかれました。自分の身元を隠して、医者夫人とこんりんざい顔を合わせない場所に行こうというなら、これしかない。わざわざ命がけで遠い国へ退屈な船旅をするまでもない。服をとりかえて、目撃者のいない事故の身元不詳の被害者になりすませばいいんだ。それでさんざん苦労して死体の服を脱がせ、私のを着せました。暗闇で救世軍大尉の死体を着せ替えた経験があれば、だれだって苦労のほどはわかってくれるはずです。首尾よく医者の家から夫人をどこぞへ連れだせれば、いろいろと先立つものがないといけませんから、ポケットにたっぷり紙幣を入れてきていました。右から左へ処分できるものをまとまった金にしといたんです。だから身元不詳の救世軍将校になりすましてひそかにやり直しても、元手がありますからね、そんな端役なら相当期間は楽に続けられたはずでした。歩いて市（いち）の立つ手近な町へ向かい、もう遅い時間でしたが、数シリングで安カフェの夕食と一夜の宿にありつきました。あくる日からは小さな町から町へ流れ歩く暮らしですが、ふと魔がさしてこんなことをした自分に、出かける前から早くも少々愛想をつかし気味でね。数時間で嫌気がさす一方です。地元新聞の予告チラシに、ほかならぬ私が惨殺されて犯人不明だとあるでしょ。当初は怖いもの見たさで詳細を読もうと買ってみたら、犯人は流れ者の救世軍将校で経歴不明、現場付近の路傍にひそんでいたのを目撃されていると。面白がってる場合じゃありません、ずいぶん揉めそうです。自動車事故だと思っていたら、どうも暴行殺人事件だったという。この事件に巻き込まれた理由の説明は、真犯人が見つかるまで難航しそうでした。むろん身元証明は容易ですが、医者夫人の名を出して迷惑をかけないことには、殺された男と服をとりかえたいきさつに筋の通る説明はできません。どう切り抜けようかとありったけの知恵を絞りながら、潜在意識の二次本能に従いました。犯罪現場からなるべく遠ざかり、なるべく早くこの証拠の服を処分しようと。でも、一筋縄ではいきません。小さな古着屋をいくつか回ったら、入っていくなり胡乱（うろん）な顔をされて出て行けよがしです。こっちはせっぱつまって着替えがほしいのに、あれこれ理由を構えて売ってくれない。うっかり考えなしに着た制服が脱げなくなりました、まるであの何とかいう命取りのシャツみたいに——えーと、なんて名前でしたっけ（ギリシア神話。ケンタウロスのネッソスの血を塗った下着。その毒でヘラクレスは死ぬ）」

「うんうん、あったね」教誨師はあわてて、「先を続けようか」

「なんとなく、この危険な服を脱ぎ捨てないうちに警察に出頭するのはまずいという気がして。嫌疑が向いたらどこでも影のようにあとをつけられるのは疑う余地がないのに、一考に逮捕の気配がないのがとにかく不審でしたね。どこでも、『お、こいつだ』みたいな目をされ、肘で合図し合うわ、ひそひそやられるわ、声に出して言われるわでしょ。不景気で閑古鳥の鳴いていた安食堂を行きつけにしたら、ひそかに私を監視する連中でまたたくまに大入り満員です。臆面もない大衆の目にさらされて、ちょっとした私用の買い物をせざるをえない王族の心境でしたよ。公然たる敵意よりよほど心を病むのは、正体不明の尾行を受けているのに、だれひとり拘束しようとしないことです。やがて理由がわかりました。訓練ずみのブラッドハウンド犬二十組ほどが、犯人ラッドハウンド犬の大競技会がありまして。さびれた公道の殺人があった時期に、近くでブつまり私の追跡に放たれていたんです。もっとも公徳心旺盛なロンドンの某紙は、最初に私を見つけだした猟犬の飼い主に多額の賞金を約束しましたし、全国規模でどの猟犬が先かという賭けになっています。ブラッドハウンドはおよそ十三州という広範囲を駆け回っていました。この頃になると、私の動向はとうに警察や一般に細大漏らさず筒抜けでしたが、英国民のスポーツ愛好本能が時期尚早な逮捕に待ったをかけまして。功名心にはやる地元警察が宙ぶらりん状態にけりをつけようとするたびに、『犬に機会を』が合言葉になりました。結局は優勝組に捕らえられたんですけど、実をいうと華々しい展開でもなんでもなくて。もしも私が話しかけて頭をなでてやらなければ、気づきもしなかったはずなんです。しかも拘束されたらされたで、思わぬ伏兵が出てきて異常な大騒ぎになりました。次点につけた犬の持ち主のアメリカ人が異議を唱え、勝ったブラッドハウンドには六世代前にオターハウンドの血が混じっている、犯人を最初に捕らえた『ブラッドハウンド』が対象だから、六十四分の一のオターハウンド雑種など厳密にはブラッドハウンドじゃないと申し立てました。最終的な落としどころは忘れてしまいましたが、大西洋をはさんで激論になりましたよ。かくいう私も微力ながら、議論全体が的外れだ、真犯人はまだ逮捕されてないんだからと指摘しました。ですが、その点は大衆も専門家も髪の毛一筋の揺らぎもないとすぐわかりました。不快でしたが、自分の身元をあかしだて、動機を明らかにするほうに望みをつなぐことにしました。ですが、なにが不快だったといって、そんなの不可能だとすぐさま明らかになったことです。鏡で見たら、前は優しかった自分の顔が、数週間のあれやこれやで追いつめられてやつれ果てていました。数少ない友人親戚が全然違う服装にごまかされて、公道で殺されたのは私だとはっきり世間にくみしたのも道理です。さらに裏目に出た、いや、どん底に突き落とされたのは、本当は殺された男の伯母と名乗る、どう見てもひどいバカ女が私を甥と認めたせいでして、青年期の自堕落な不品行をあげつらい、自分がいかに甥に尽くして正しい道を歩ませようとしてきたか、無駄もいいところだったと官憲の前で並べ立ててくれましたよ。私の指紋を過去の犯罪歴と照合したほうがいいとまで言ってね」

「だが」と、教誨師。「君に学があるのは確実だろう――」

「そこが命取りだったんです。まさにそこで、専門に特化していないのが決定打になりました。どんなに危険か知らずに軽薄にもなりすましてしまった救世軍将校は、今時の上っ面だけの素養しかありません。こちらはまるで次元の違う学問をしてきたと証明するのは、わけもないはずでした。ところが緊張のあまり、次から次へとされた質問に答えられないという屈辱を味わいました。フランス語も少しは心得があるのにさっぱり出てこない。庭のグーズベリーについての簡単な文章をフランス語に訳せません。グーズベリーというフランス語が出てこないんです」

教誨師はまた居心地悪そうにした。

「その後が」死刑囚はまた話しだした。「今度こそ命取りでした。うちの村には小さな討論クラブがありまして。主にあの医者夫人の気をひくために、そのクラブでバルカンの危機について簡単な講演の約束をしていました。概説が一、二冊と雑誌のバックナンバー数冊分の講演ネタを集めればこなせると思いまして。検察側は、私があくまで本人と称する――実際そうですから――男は、受け売りにせよ村ではバルカン問題の権威で通っていたという事実に着目しました。そして、どうでもいい話題で質問攻めにしたのち、担当検事はノヴィパザールとはどこの地名かわかりますかと悪魔のような抜き打ちの質問を投げてきました。一か八かの重い問いなのは私にもわかります。頭のどこかで、サンクトペテルブルグかベーカー街だよという声がしました。一様に固唾をのんだ周囲にのまれ、言いよどんだ末に心を静めてベーカー街と答えました。一巻の終わりですよ。受け売りにせよ近東状勢の素養があれば、地図上の正しい位置からこんな突飛な場所にノヴィパザール（セルビアの一地方）を移すはずはないと検察側にあっさり立証されてしまいました。救世軍将校ならやらかしそうな答えです——現に私はやりました。殺人に結びつける状況証拠は鉄壁、シャレにならないほど自ら救世軍将校になりきってしまった。おかげで十分後の絞首刑で、自分を殺した罪で死ぬはめになりました。ありもしない殺人だから無実は当然なのに」

十五分後に官舎に戻れば、刑務所の塔に弔旗があがっていた。食堂にはもう朝食が並んでいたが、教誨師はお先に書斎に回って、タイムズ世界大地図でバルカン半島をなめるように調べた。ぱたんと閉じて言う。「だれだって一寸先は闇というからな」

（The Lost Sanjak）

女性は買い物しない

ウェストエンドに女性向け大型ショッピングセンターができたと聞いて、ふと思ったのだが——そもそも女は本当に買い物するのか？　花々を巡る蜜蜂のように、女性は実にこまめに買い物に行く。それはもちろん確かだ。だが、「買い物」という字義通りの行為なのか？　金と時間と活動力を惜しまず、不屈の意志で売ったり買ったりの全工程をやりぬけば、当然ながらご家庭内の日用必需品は常に完備されるに至るはず、なのだが、女中ども（および全階級の主婦）が臆面もなく大事な日用品を切らすのは周知の通りだ。「木曜日には洗濯のりが切れるわ」などと予言者ばりにご託宣、木曜日になるとちゃんと洗濯のりを切らす。使い切る時期をほぼ分単位で的中させ、しかもその日が定休日だったりすると大変に得意がる。洗濯のりを仕入れて小売りする店なら掃いて捨てるほどあるはずなのに、そういうわかりやすい調達先を女性は好まない。人類立ち入り禁止といった口調で、「あそこはだめ」と一刀両断だ。羊を襲う癖のある犬が絶対に近隣を狙わないのと同じで、女性も自宅付近では絶対に買い物しないのは特筆に値する。調達先が遠ければ遠いほど、日用品を欠乏させる決意はいっそう強まるらしい。ノアの箱船が船出して五分もしないうち、女の誰かが小気味よさそうに小鳥の餌を切らしたわと宣言したのではないか。つい数日前にも知人女性二人に打ち明けられたのだが、おひるぎりぎりに来客があってちょっとどころではなく動揺したそうだ。「なにもかも切れてた」（と、さも自慢そうに）ので来客にランチを出せなかったから。そこで私は――すぐ近くに食料品店ぐらい何軒もあるでしょう、五分でまあまあのランチが出せますよと指摘したら、ツンとして、「思いつきませんで」。なんだか自堕落でも勧めたみたいな気分にさせられた。

しかしながら物欲を満たそうとする時、女性は買い物力不足をそっくり露呈する。出した本がそこそこ当たったりすると、顔見知りだが会釈未満のつきあいの女性から「入手方法」の問い合わせが絶対にくる。題名も著者名も出版社もわかっていながら、実際どこへ行けばいいかが謎というわけだ。折り返し、金物屋や穀物屋に行っても骨折り損のくたびれもうけじゃないかなと予防線を張った上で、本屋へいらっしゃればいちばん有望ですと教える。すると、一日か二日おいて返事で、「大丈夫、おたくの叔母さまに拝借いたしました」。むろん、これは世のお買い物道を超越した「超買い物人」のいい例だが、こんな裏技でもなければ世の女性のお買い物苦は免れないのである。この間はウェストエンドのさる女性から、ウェストハイランド・テリアが好きなので犬種にもっと詳しくなりたいと言われた。その数日後に、いちばん有名なアウトドア系週刊誌の最新号にウェストハイランド・テリアの充実した記事があったので具体的に手紙で教えた。すると電話で「あの雑誌は入手できません」ときた。で、買えずじまいだ。おそらく新聞雑誌スタンドならロンドン全市に千単位をくだるまいし、毎日の買い出しの行き帰りにそんな売場の前を何十ヵ所も通りすぎたはずだ。それでもそのウェストハイランド・テリアの記事は、彼女にとって東チベットの修道院にある祈禱書も同然なのだ。

がさつな男どもはめざす買い物だけして帰るので、はたの女性に腹の中で嗤われているだろう。猫もそんなふうにテリアを見下すのだろう。とがりねずみを一匹とった猫は、夏の午後をあらかたつぶしてその一匹で遊び、なくしてしまうこともあるのにひきかえ、テリアは捕ったねずみを十秒の本気で片づける。数日前の午後、買い物メモを頼りに大してありもしない買い出しをだいたいすませたところで、ある知人女性に見つかってしまった。三十年前に名付親がつけた名前はもちろんあるが、いちおう伏せて便宜上アガサとでも呼んでおこう。

「あらまあ、まさかこんなお店で吸取紙をお買いになるの」と心配そうに声をひそめる。あまりに心配そうなので、私は出しかけた手を引っこめた。

「〝ウィンクとピンク〟雑貨店へ参りましょ」店を出るが早いか言いだす。「あのお店、可愛い色の吸取紙がすごく充実しているのよ――パールもヘリオトロープもモーヴもあるし――」

「私が買いたいのは普通の白なんだけど」

「まかせて。行きつけなの」まったく会話にならない。どうやらアガサ的な吸取紙とは、危険もしくは怪しい用途に流用する恐れのない信用できる顧客だけに身元を確かめた上で、ほんの少量売るものらしい。しかも二百ヤードほど歩いたらもうじきお茶の時間だわと気もそぞろになり、私の吸取紙は二の次にされてしまった。

「吸取紙なんかどうなさるの?」やぶからぼうに尋ねられて、私は辛抱強く説いた。

「原稿を書いてすぐインクを乾かすのに使うんですよ、にじむと困るでしょ。たしか紀元前二世紀の中国人が発明したのかな、知りませんけど。あとは丸めて子猫じゃらしにするぐらいですかね」

「だけど、おたくに子猫なんかいないわよ」と、アガサ。女性はとかく野暮な真実を口にしたがる。

「そのうちに一匹迷いこんでくるかも」が私の返事だ。

なんだかだで結局、吸取紙は買わずに帰ってきた。


(The Sex That Doesn't Shop)

トード・ウォーターの仁義なき戦い

西の田舎の物語

クリック一家はトード・ウォーターの住民だった。運命はさびれた同じ北の大地にソーンダーズ一家の住まいをあてがった。この二つの家の数マイル四方は陽気な集まりや社交のできそうな隣家も、煙突も、墓場すらなかった。ひたすら畑と雑木林と納屋と田舎の細道と荒れ野ばかりが続いている。トード・ウォーターはそんな土地だが、たとえそうであっても土地の因縁や由緒はある。

市の立つ町や村もまばらな、しけた土地からさらにぶん投げられたみたいな飛び地の二家族が、人類皆兄弟から切り離された同士で力を合わせて生きてゆくのだろうという見方もある。もしかすると昔はそうだったかもしれないが、今はなりゆきが完全に裏目に出ている。すがすがしいほどの裏目だ。二つの家をそこまで避けがたい配置で結びつけた運命は、地球上の物産あまたのうちでクリック家のなりわいに種々雑多な家禽を与えて産めよ増やせよとやらせ、いっぽうソーンダーズ家には菜園向きの気質を与えた。これは不和と敵意に絶好の火種である。菜園耕作者と牧畜業者の確執は今に始まった話ではない。つとに「創世記」第四章にそれらしき痕跡が見受けられる。発端は、よく晴れた晩春の午後——ありがちの一見ごくささいなきっかけから始まった。

クリック家の雌鶏の一羽があてがいぶちの餌場に飽き、種族の放浪本能に誘われるまま、両家を分かつ低い塀を飛び越えたのだった。その不心得者はそのまま入りこみ、手持ちの時とチャンスは限られているとにわかに悟り、タマネギの苗が屈託なくすくすくと伸びるように丹念に耕された肥えてふかふかの苗床をひっかき、掘り、つつき、ほじくりかえした。その前後に、腐葉土やちぎれたひげ根がばらばら散る。雌鶏は着々と戦況拡大をはかり、タマネギ軍に甚大な死傷者を出した。あいにくその瞬間にミセス・ソーンダーズが菜園に入ってきた。夫婦が抜くより先に伸びる不届きものの雑草への怒りを新たにするつもりが、いちだんとひどい脅威を目にしてうろたえ、絶句して立ちつくした。この厄難に直面して、とっさに母なる大地に助けを求め、たくましい両手で足元にごろごろする大きな褐色の土くれを集めた。

こんなの相手に本気を出すのは体裁が悪いが、ソーンダーズのかみさんは侵入者に手加減せずに土だんごを投げつけた。泥玉が炸裂、雌鶏はひどいひどいといわんばかりに悲鳴をあげて逃げ回る。災難に直面して冷静沈着でいられる雌鶏も女性もなかなかいない。ミセス・ソーンダーズは変わり果てたタマネギの苗床を見て、非国教徒の良心が許すかぎりの罵詈雑言をぶちまけ、対するヴァスコダガマ種の雌鶏はひときわ喉声をふりしぼって悲歌を歌う。その声に朋輩どもも目を覚ましていっせいに鳴きたて、全トード・ウォーターに響かせた。当地ではミセス・クリックの家系の方が古かった。だから、この辺では怒りっぽい人となりで知られている。そんな人が産めよ増やせよであまねく地に満ちた子孫のだれかから、ほんとだよという前置きつきで、隣のおばさんが凄い剣幕でうちの雌鶏――しかもいちばん上等の、このへんでいちばん卵を産むやつ――に石を投げてたよと告げ口されると、ミセス・クリックはわが胸の内を「キリスト教徒の女性にふさわしからぬ」言葉で武装した――少なくとも、その言葉をぶつけられたミセス・ソーンダーズはそう言った。それでなくても日頃からミセス・クリックの嫌な点をいろいろと見てきたので、よその畑にわざとうっかり雌鶏を入らせて見る影もなく荒らそうとしたんだという解釈は自然な流れであった。だが、ミセス・クリックのほうでも、ミセス・ソーンダーズの不都合で恥ずかしいあんなことやこんなことをあれこれ覚えていた。「記憶とは都合よきもの。なべておぼろげになりゆくにつれて喜ばれるもの」。四月の陽がかげりだした午後、女ふたりはあの塀をはさんでそれぞれの陣地で対決、わななく声で相手方の黒歴史をぶつけあった。ミセス・クリックにはエクセター州の救貧院で死んだ伯母がいる――ただしミセス・ソーンダーズの母方の伯父がアル中で死んだのはみんな知っている――すると今度はミセス・クリックのブリストルの甥の話になった。ミセス・ソーンダーズが勝ち誇った声でキンキンとその名を持ちだし、少なくとも大聖堂の宝物をかっぱらった大悪党呼ばわりした。それでも両者譲らずに記憶をぶつけあう泥仕合のさなか、甥の恥知らずな悪評はミセス・ソーンダーズの弟の姑(しゅうと)と五十歩百歩だと判明する。たとえ国王殺しの大罪人であろうと、ミセス・クリックが脚色加工しまくったほど悪い姑でないのはたしかだ。その後も負けじと張り合い、やなやつ、という確信をつのりにつのらせた挙句、ついにどちらも禁句を出した。あんたなんか、ちゃんとした出のまともな女じゃないくせに――そこで悪口の弾切れを起こして黙りこむ。折しもズアオアトリがリンゴの木にさえずり、蜜蜂はメギの藪を飛び回り、傾く西日が菜園をとろりと染めているというのに、隣家同士で憎しみという壁が生じ、年ごとに堅牢の度合いを増して壊しようがないほどになった。

両家の男たちもいやおうなく参戦、子どもらはあそこんちの汚らわしいガキどもと口をきくんじゃないよと釘を刺された。毎日たっぷり三マイルはいっしょに学校へ行かざるをえないのでなにかと気まずいが、こればかりは仕方ない。こうして、猫以外の行き来はとだえた。ミセス・ソーンダーズがさんざん歯噛みしたことに、ソーンダーズの雌猫が生んだに相違ないサビ猫のチビたちは、どうやらクリック家の雄猫の胤(たね)とおぼしい。子猫らはミセス・ソーンダーズの手で川に放り込まれたが、屈辱は消えなかった。

春が過ぎて夏になり、夏が過ぎて冬になったが、仁義なき戦いは移ろう季節を越えた。実はいちどだけ、信仰の癒しが昔の平和をトード・ウォーターにもたらしそうになったことがある。教会主催の「復活の茶会」で不倶戴天の両家はたまたま隣になり、癒される雰囲気にひたって熱湯と茶葉に賛美歌をたっぷり溶かした飲み物で亡き親をしのび、不吉な心のささやきを砂糖衣の菓子パン効果でさえぎられ――なごやかな教会のお祭りがミセス・ソーンダーズに作用して、いぜん折れる気はないので慎重に構えながらも、いい集まりだわねとミセス・クリックに話しかけた。ミセス・クリックのほうも九杯目のお茶と四曲目の賛美歌の効用で、このまま和やかに終わるといいわねと思いきって応じたのだが、空気の読めない朴念仁(ぼくねんじん)のソーンダーズの亭主が深く考えずに野菜は儲からんなどと口をすべらせたせいで敵意がぶり返し、両家はまたぞろ不和に逆戻りした。ミセス・ソーンダーズは最後の賛美歌合唱にことさら声を張った。金色の神の光と天使たちを讃える平和と歓喜という歌詞とはうらはらに、救貧院で死んだエクセターの伯母のことをひたすら念じながら。

月日は流れ、この田舎芝居の役者の数名は未知の国へと旅立っていった。年ごとにタマネギは芽ぶき、繁茂し、掘り出された。すべての元凶だった雌鶏もとうの昔に罪を贖(あがな)い、両脚を胴体にくくられ、言うに言えぬ安らかな顔で、バーンステイプル市場のアーチ屋根の下に横たわった。

だが、トード・ウォーターの仁義なき戦いは、時空を越えて今も続いている。

(The Blood-Feud of Toad-Water)

青年トルコ党の惨敗

二場物

文化相（選挙工作課なるものを新設したての）が大宰相を訪問した。のっけから単刀直入にとはいかないのが東洋流のお作法だ。文化相はマラソン競技の話題が出るや口をつぐみ、大宰相のペルシア人祖母に気を回したかして、不調法な話題という姿勢に徹した（マラソンは古代ギリシアがペルシア軍に勝利した記念に生みだされた）。ややあってようやく本題に入る。

「新憲法下では女どもにも選挙させるべきでしょうか？」

「選挙だと？　女どもに？」面食らった大宰相の声が裏返った。「よいかな、君。新設の課ではそんな烏滸の沙汰を許しておくのか。そんな試みですべておじゃんにしようとしてくれるな。女には魂もおつむもないんだぞ。なにが哀しゅうて、投票させるいわれがある？」

「ばかげているのは百も承知です。ではございますが、西欧ではその案を真剣に検討中です」

「ならば、やつらの真剣の振幅は信じておった以上に大きいようだ。これでも生まれてこのかた精進して相応の沽券を保ってきたつもりだが、そう聞いただけでむずむずと微苦笑を禁じ得んよ。あのな、わが国の女どもはあらかた読み書きを心得んのだぞ。それどころか文字すら読めんのに、どうやって投票手順をこなしきれる？」

「候補名一覧を示して、十字の印をつけるべき名を教えればよろしいでしょう」

「すまんが今なんと？」大宰相がさえぎる。

「三日月（イスラム教の象徴）の印を」と大臣は言い直した。「青年トルコ党は乗ってきそうです」と言い添える。

「ははあ」と大宰相は納得した。「とことんやるなら汚れ仕事も厭わずか、さながらブ――」不浄な動物名の途中で踏みとどまって言葉を継ぐ。「ブイブイ言わせる駱駝ばりに徹底的にやれというわけだな。女どもにも投票させるよう許らっておこう」


ラクーミスタン地区選は終わり近い。三、四百票差で青年トルコ党優位が伝えられ、候補はさっそく支持者をねぎらう声明の起草にかかった。ほぼ当確なのは、選挙運動にあたって定評ある西欧式をいち早く取り入れたおかげだ。自動車まで雇ったのだから。これで支持者数名を投票所へ送ったほか、空気の読めるお抱え運転手のハンドルさばきで敵多数を墓場や病院送り、さもなくば投票自粛に至らしめた。だが、そこで不測の事態が起きた。対立候補「神に祝福されたアリー」が妻妾や身内の女ども同伴で投票所へ乗りこんだのである。総勢ざっと六百人。アリー候補は選挙用の印刷物などに無駄な労力を払いはしなかったが、青年トルコ党の対立候補が得票するたびに袋詰めでボスポラス海峡に投げこまれるやつがひとり出ると、かねがね公言していた。西欧流の一夫一妻制度を奉じる青年トルコ党候補は、対立候補にみるみる水をあけられても指をくわえているしかなかった。

「クリスタベル・コロンブス！」などと著名な冒険家の名に多少の混乱を生じさせて声をあげる。「誰に予想がつくかよ、そんな展開？」

「妙なもんだ」アリーはつぶやいた。「無記名投票制をあれほど声高に非難したやつが、ヴェールに隠れた票田に思い至らずじまいとは」

そして投票者と共に帰宅の道すがら、かの名高いペルシア異端詩『ルバイヤート』を本歌取りしたこんな即興詩を口ひげの陰でつぶやいた。

男あり　得意の美辞麗句を弄し大義をひねくる
煽り文句はカブール産短刀の切れ味
それでも我との一戦に手もなく惨敗せり

さしたる取柄なくとも――女には事欠かぬ我に

(A Young Turkish Catastrophe)

宅配人ジャドキン

　茶色い小包を運ぶ、冴えないツイードの男。ドーセットシャーのぬかるむ裏道の曲がりでばったり鉢合わせしたのはまさにそういう人物で、粕毛(かすげ)の雌馬は会釈しようかなという気分をあらわにじっと見てきた。慣れぬ道には尻込みする馬なのに、平気でずんずん行く場合もちょいちょいあり、どの道がよくてどの道がだめかを見分ける方法はない。馬はレッドフォードと呼ばれていた。それがジャドキンとの出会いで、次の時もまったく同じだった。ぬかるむ同じ裏道、同じツイードスーツでやけに恐縮顔の同一人物、同じ——か酷似した——小包。ただし馬は今回まっすぐ正面を見ていた。

　こちらから訊ねたか、向こうが教えてくれたのかは忘れたが、裏道をとぼとぼ歩くこの男の来(こ)し方をなんとか少しずつ知るに至った。どうやら前身は精鋭騎兵隊や馬術の名手だったと噂されるその他大勢と同じ道をたどって東方の奇跡を満喫、コティヨン舞踏さながら飛び回り、おそらくはインド総督杯をかっさらい、アラビア・アデンの湾岸あたりですばらしい馬を堪能した。そこで金の流れが干上がり、お天道様はにわかに陰り、うなずいた神々に引導を渡された。それでも命拾いしたかわりに、人馬もろとも泥んこの裏道と安っぽい郊外住宅と掛け値なしの生活苦を甘受するほうへ転向をとげ、育ちゆく梨の木々を見守り、鶏にせっせと卵を産ませる日々を送っている。地元に溶けこみ、人生の杯からいきなりワインがこぼれてしまうこともあり、利口者なら捨ててしまうような澱までをすする。世のおおかたを斜に構えていたころは、粕毛の愛馬に目を当てていれば雑念を一掃してもらえた。お買い得のクラレットを抜栓もしないうちに凍らせてしまったり、ヴェールの陰の顔が残念だったときもやっぱり同じ要領で元気をもらった。今は欲も得もなく泥んこ道を抜けていく。ツイードのスーツはいずれ庭師のせがれあたりに下げ渡され、元の持ち主よりうまく着こなされるだろう。ことが始まるより先に行く末を見通すおなじみの神々が、いずれその服にふさわしい地位立場を庭師のせがれにあてがい、ジャドキンはただの管理人として敷地の一角に住まわせてもらうのかもしれない。などと考えたいところだが、そうはならないかもしれない。宗教より体になじみ、内輪喧嘩とほぼ同じほどかけがえのない服を着たジャドキンが、小包を抱えて女房の待つ郊外住宅に戻る――もしかするとこれまでの憶測とは裏腹に、昔の色香をとどめ――純度低めの九カラットでも黄金の心、それにせめてこれぐらいは言わせていただきたいが——荷造り紐のように痩せ細った魂の持ち主だろう。その紐を調達して持ち歩く夫は、いきさつつきで今日の稼ぎを報告し、帰りに買った砂糖や糸が違っていようものなら、菓子職人の小娘が古パンにたかる金蠅を追う要領で、妻の不興顔のこわばりを言葉巧みに散らす。なにしろ癇を立てたサラブレッドの扱いに定評のあった男だ、頭を振りたてて汗をかくのをなだめすかし、乗りこなして、痛いほど興奮した馬体のみごとな筋肉を楽しげに躍動させる。いろんな野生の土地へも出かけたことのある人なのに、砂漠の動物たちが思わぬ讃美歌を嘯きながら夜半の星あかりに目をきらめかせている時に——おとなしく孵卵器の世話などにうつつを抜かしていたのか。ひどい眼鏡違いかもしれないが、あの裏道でばったり会った時の顔は、幸せと紙一重の明るい倦怠感だった。宅配人ジャドキンは、世界を飛び回る私が見落とした人生の妙味を澱に見出したのか？　あの偏屈には賢者の狂気より知恵がふんだんに盛りこまれているのか？それは神々だけがご存じだ。

　結局ジャドキンと出くわしたのはせいぜい三度、しかも毎回同じ裏道だった。ただしお天気が崩れそうなある日、駅へ出る途中で冴えない郊外住宅を見かけ、陰気なたたずまいからジャドキンの家だと直感した。伸び放題のエルダーの生垣をへだててざっくざっくと鋤音、たまにカチンと音がして間があく。まるで誰かが石ころをよけて遠くへ放るみたいだ。梨の根元でなにやら作業中なのはやっぱりあの男だし、すぐ脇へ転がしてあるのはどうやらお化けズッキーニらしい。

食べごろは過ぎていてもとにかく大きくて、昼食には格好の話題だし、食べられなくても収穫祭の飾りに使えそうだ。完全にとうがたった野菜でも、金を出して本職の農家から収穫感謝用の飾り一式を調達するよりは筋が通っている。

私が列車で町へ急ぐ間に、きっとジャドキンはあのズッキーニのほかにどっさりダリアを入れたかごを積んでとぼとぼと牧師館へ向かうのだろう。かごはいずれ返却されるだろう。

(Judkin of the Parcels)

ゲイブリエル - アーネスト

「おたくの森に野獣がいるね」画家のカニンガムは駅まで送られる途中で言った。画家はそう言ったきりずっと黙っていたのに、しゃべってばかりのヴァン・チールは相手の様子に気づかなかった。

「迷い狐一、二匹か、イタチか何かが住みついたんだろう。せいぜいそんなもんだよ」ヴァン・チールが言った。画家は何も言わない。

「ところで、さっきの野獣って?」ヴァン・チールは後から駅のホームで尋ねてみた。

「何でもない、目の迷いだろう。列車がきたよ」カニンガムが言った。

ヴァン・チールはその午後にいつもの気ままな散歩で自分の森の地所を抜けた。書斎にはサンカノゴイの剝製があるし、野の花の名前にはかなり詳しいので、叔母に大した博物学者呼ばわりされるのもあながち的外れではなかろう。ともあれ散歩はよくするほうだし、途中で見たものすべてを頭に叩きこむ習慣もある。べつに現代科学に貢献しようとかではなく、後でネタにするのが狙いだ。ブルーベルの花が咲きだせば、わざわざ皆に触れて回る。季節になれば言われなくても行き当たる機会は多いのだが、裏表のない気さくな人という印象ぐらいは与える。

だが、その午後に目にしたのはいつものネタとは大違いだった。樫の生えた窪地に深い池があり、池に突き出たなめらかな岩棚に濡れた浅黒い手足を投げ出して、十六歳ぐらいの若者がのんびり甲羅干しをしていた。濡れた髪の束が地肌に貼りつき、薄色の目はやけに光って虎のようだ。けだるさをたたえたその目が、じっとヴァン・チールを見張っている。ヴァン・チールのほうはふと気づけば、口を開く前に考えるという珍しいことをしていた。そもそもこの野生児はどこの馬の骨だ？　二ヶ月前に粉屋の女房の子どもが消えうせ、水車の川に流されたらしいということになったが、あっちはほんの赤ちゃんだ。こんな大人になりかけた若造ではなかった。

「そこで何してる？」とただした。

「見ればわかるだろ、日向ぼっこだよ」若者は答えた。

「住まいはどこだ？」

「この森さ」

「森に住めるわけないだろう」ヴァン・チールが言った。

「すごく住みやすい森だよ」若者の口ぶりは所有者然としている。

「だけど、夜はどこで寝てる？」

「寝ないよ、夜がいちばん忙しいんだ」

ヴァン・チールはだんだんイラッとしてきた。のらりくらりと煙に巻かれている感じだ。

「食い物は？」

「動物の肉」ゆっくりと嚙みしめるようにして、言葉の味わいに舌なめずりしている。

「動物の肉！　どんな動物だ？」

「聞きたいんなら。兎(うさぎ)だろ、野鳥だろ、野兎だろ、家禽(かきん)だろ、旬になれば子羊だろ、手に入れば人間の子。狩りをするのはたいてい夜だけど、その時分にはしっかり鍵がかかってて、おいそれと手が出せない。子どもの肉にありついてから二ヶ月はたつかな」

ヴァン・チールは人を食った駄法螺(だぼら)を聞き流すかたわら、密猟の可能性を引き出そうとした。

「野兎の肉なんて、帽子からひょいと出すみたいに言うんだな（すっぱだかの格好には不適切なたとえだが）。うちの山腹の野兎なら、そう簡単には獲れんぞ」

「夜に四つ足で狩るよ」若者の答えはいささか謎めいていた。

「というと、犬を使うのか？」ヴァン・チールがけげんな顔をした。

ゆっくり仰向けになった若者が、妙な声で低く笑った。含み笑いの小気味よさと、うなり声の反感をこめた不思議な笑いだ。

「おれに寄ってきたがる犬なんかいるもんか、とくに夜には」

妙な目で妙な話し方をするこの若造に、なんだかとても容易ならぬ雰囲気が漂う。

「おまえみたいなやつを、この森に居させるわけにはいかん」ヴァン・チールは問答無用で言い渡した。

「どうせ居つくなら、あんたの家よりこの森のほうがいいんじゃないのか」が若者の言いぐさだった。

けだもの同然のこんな野生児が、きちんと整理整頓されたヴァン・チールの屋敷に居ついたら、確かにぎょっとさせられる。

「出て行かないなら、どうでも立ち退かせるぞ」ヴァン・チールは宣言した。

すると若者は稲妻の速さで池に飛びこみ、濡れて光る体を躍らせてまたたく間にすぐ足元の斜面を半分がた上がってきた。カワウソなら珍しくもないが、人間にそんな芸当ができるだけでも一驚に値する。ヴァン・チールは思わず後ずさった拍子に足を滑らせ、転びやすい草地の斜面に倒れた。あの虎もどきの黄色い目が、ほど遠からぬ場所でぎらつく。とっさにヴァン・チールが片手で喉をかばいかけると、若者はまた笑いだした。今度は含み笑いの混じらないうなり声だけだ。それからまたしても稲妻顔負けの鮮やかさで、雑草やシダの茂みを分けて姿を消した。

「突拍子もない野獣みたいなやつだ！」歩きながら独り言とともに、カニンガムのあの一言が蘇った。「おたくの森に野獣がいるね」

ゆっくりと家路をたどりながら、ヴァン・チールはこの界隈で起きたいろんな事件を考え合わせ、あの驚くような若い野生児がかかわっていそうな心当たりを探した。

そういえば最近なんだか森の鳥獣が減っているし、近隣農家からはひんぴんと家禽が盗まれ、野兎をめったに見かけなくなり、山の上から子羊が丸ごと一頭さらわれたという訴えもある。あの野生児め、利口な密猟犬でも使ってこの界隈を本気で荒らしているのか？　さっき、夜は「四つ足で」狩りさなどと言っていたが、「とくに夜には」自分に寄りたがる犬なんかいないと妙なこともうそぶいていた。意味不明もいいところだ。後はここ二ヶ月で荒らされたというあれこれをせわしなく思い浮かべる途中で、ヴァン・チールの頭も足もぴたりと停止してしまった。二ヶ月前に水車小屋から消えた子――水車の川へ落ちて流されたのだろうとはいうものの、家に届いた悲鳴は山腹からで、川とは反対方向だと母親はずっと言い張っている。むろんお話にもならないとはいえ、あの若者が二ヶ月前に子どもを食べたなどと物騒なことを言わなければよかったのに。たとえ冗談でも、あんな恐ろしいことを口にするものではない。

いつになく、森の話を出すのは気が進まなかった。教区評議員兼治安判事という立場上、地所にそんな怪しいやつを居座らせている事実だけでなんだか差し障りがある。へたをすれば、盗まれた子羊や家禽類の多大な請求書が届く恐れもある。だから夕食の席ではいつになく黙りこくっていた。

「声はどこいったの？」叔母に言われた。「狼でも見たのかと思われますよ」

狼を見たら口がきけなくなるという古い諺を知らないヴァン・チールは、ばかなと思った。地所で狼を見かけたら、舌を休める暇もなく吹聴して回るはずではないか。

翌朝の朝食になっても昨日の件が依然もやもやするので、思い切って列車で大聖堂のある隣町までカニンガムをつかまえに行き、あの森の野獣とやらの詳細を問いただすことにした。そう決まればいつもの快活さがいくぶん戻り、葉巻でお決まりの一服をふかそうと、他愛ない鼻歌まじりにのんびりモーニングルームへ行った。ところが戸口をくぐったとたん、鼻歌は驚きの声に変わる。あの森の若造がわざとらしいほどくつろいで長椅子に寝そべっているのだ。前の時より乾いてはいるが、同じ身なりで。

「なんでここにいる？」ヴァン・チールは怒った。

「森に居ちゃだめだと言ったじゃないか」若者は涼しい顔だ。

「だが、うちなんてもってのほかだ。叔母さまに見られでもしたら！」

どんな騒ぎになるか。ちらっと思っただけでヴァン・チールはうろたえ、招かれざる客人を「モーニング・ポスト」の新聞紙でなるべく隠そうとした。とたんに叔母が入ってくる。

「こちらは可哀相に、道に迷った若者で——記憶もなくしています。自分が誰か、どこから来たのかさっぱりだそうで」と、ヴァン・チールは説明しながら浮浪児の顔を必死でうかがい、丸裸以外の不都合な野性をまずいタイミングであれこれ出したりしないだろうなと牽制した。

ミス・ヴァン・チールは大いに気をそそられた。

「下着に名前かなにかないかしら」と水を向ける。

「それもあらかたなくしちゃったらしくて」話すかたわら、ヴァン・チールはなけなしの「モーニング・ポスト」がずり落ちないよう必死で押さえた。

若いのに宿なしの丸裸という境遇は、捨てられた子猫や子犬同然にミス・ヴァン・チールの温情に訴えかけるものがあった。

「じゃあ、うちでできるだけのことをしてあげなくちゃ」と決めてかかり、すぐさま牧師館へ使いを走らせて、給仕のお仕着せ一式と、シャツや靴やカラーなど必要附属品一式を借りてこさせた。それでこざっぱりと身じまいさせると、ヴァン・チールの目には相変わらず油断ならないのに、叔母にはなかなかの美少年とうつった。

「本名がわかるまで、呼び名がなくてはね。ゲイブリエル - アーネストなんかどうかしら。ぴったりの立派な名前よ」

ヴァン・チールは同意したものの、それにふさわしいほど立派な子かどうかは内心疑わしかった。いつもはあまり動かないスパニエルの老犬が戸外へ逃げ出し、震えて吠えながら果樹園の一番奥の隅から戻ろうとせず、いつもはヴァン・チールに負けないほどおしゃべりのカナリアがかろうじておびえ声を出すだけという事実がよけい不安に輪をかけた。一刻も早くカニンガムに相談しようという決意を新たにする。

叔母は馬車で駅へ出かけるヴァン・チールをよそに、午後のお茶に日曜学校の子たちを呼ぶから手伝ってねとゲイブリエル・アーネストに話していた。

当初のカニンガムはどうも歯切れが今ひとつだった。

「実を言うとね、うちの母がなにやら脳を患って死んだので」と説明した。「自分が見たか、見た気がした異常なものにはあまりこだわらないようにしてるんだ」

「けど、何を見た?」ヴァン・チールが食い下がった。

「見た〝気がした〟だよ。突飛すぎて、正気の人間が実話だと太鼓判を押しても本気にされまい。おたくをおいとまする前の夕方だった。ぼくは果樹園の門の生垣の陰から日没を見ていた。そしたら、いきなりまっぱだかの若者があらわれた。近くの池で泳いだのかなと思ったんだが、小高いはげ山の斜面でやっぱり日没を見ていた。それがいかにも野性的な異教の牧神(パン)を彷彿とさせるたたずまいで、すぐモデルに雇うことにした。もう一瞬あれば声をかけてたはずなんだ。だけどその瞬間に日が沈み切り、それまでのオレンジやピンクの光がふっと地表から消えうせ、冷たい灰色ずくめの世界になった。同時に途方もないことが起きた――あの若者が消えたんだ！」

「なんだって！　かき消えたのか？」ヴァン・チールが色めきたつ。

「いや。そこが恐さのツボなんだが」と画家は答えた。「今しがたまで立っていたむきだしの山腹に、黒ずんだ大きな狼がいた。ぎらりと牙を光らせ、冷酷な黄色い目をらんらんとさせて。さぞ君は思うだ――」

だが、ヴァン・チールは立ち止まって考えるような無駄をしなかった。早くも猛スピードで駅へ引き返しにかかる。電報を打つなど考えるだけ無駄だ。「ゲイブリエル - アーネストは人狼だ」などのヘボ過ぎる状況説明ではおよそ叔母に伝わらず、暗号を送ったのにキーワードを抜かしたと思われるのがオチだろう。あとは万事が日没前の帰宅にかかっている。降車駅で乗った辻馬車がもどかしいほど悠長に田舎道を行くうちに、沈みゆく太陽が路上をピンクと薄紫に染めた。帰宅してみれば、叔母は使いかけのジャムの瓶やらケーキ類を片づけている。

「ゲイブリエル - アーネストは？」ほとんど悲鳴に近い。

「トゥープんちの子を送っていったわ」と叔母が言う。「だいぶ遅いし、ひとりより安心かと思って。あらまあ、きれいな夕焼けじゃない？」

無下にするほど野暮ではないが、のんきに西の空をめでている場合ではない。ヴァン・チールは人が変わったようになってトゥープ家への小道をひた走った。道の片側沿いに水車の急流、もう片側は裸の小山だ。沈みゆく赤い太陽のふちがまだ辛うじて地平線にのぞき、次の曲がりで送り狼つきの子どもが見えるはずだった。そこでふっと色彩が消え、かわって灰色の薄闇が地上を覆い、ぞくりと震えが走る。たまぎる悲鳴があがり、ひたすら走ってきたヴァン・チールの足を止めた。

それっきりトゥープの子もゲイブリエル‐アーネストも消えうせたが、後者の衣類はすべて道端に脱ぎ捨てられていたため、おおかた川へ落ちた子を助けようと服を脱いで飛びこんだが果たせなかったのだろうという推測に落ちついた。ヴァン・チールとたまたま付近に居合わせた労働者数名が、服の近くで子どもの悲鳴を確かに聞いたと証言した。子どもなら他にも十一人いるトゥープのかみさんはひとりなくしても穏やかに諦めたが、ミス・ヴァン・チールはせっかく見つけた若者を心から惜しみ、その音頭取りで真鍮の記念プレートが教区教会の壁に設置された。献辞は「身元不詳の若者ゲイブリエル‐アーネスト、人命救助に雄々しく散る」。

おおむねいつも叔母の意見を通すヴァン・チールなのに、ゲイブリエル‐アーネスト記念プレート設置の募金には賛同しなかった。

(Gabriel-Ernest)

聖者と小鬼

その古びた聖堂では、側廊の目立たない壁龕(へきがん)に石の小さな聖者をおさめてあった。由緒をはっきり記憶している人がないかわり、そのほうがなんだか奥ゆかしくもある。少なくとも小鬼(ゴブリン)はそう言っていた。小鬼のほうは壁龕正面の壁についた持ち送りにちょこんと乗った古雅な石彫の名品である。聖堂内えりぬきの名品たちともそこそこつきあいがあり、聖歌隊席や内陣のついたてにいる異形たちや、はるか屋根の高みのガーゴイルまで知った仲だった。頭上のアーチ天井や、はるか下の地下廟の木材や石材や鉛板の中で放恣によじりくねる幻獣やこびとたちはすべて小鬼の親戚みたいなものだ。いきおい、聖堂内ではいっぱしの顔で通っていた。

小さな聖者と小鬼はとても仲よしだったが、世間を見る目はおおむね正反対だった。聖者は昔かたぎの博愛に徹し、性善説をとるが改善の余地はあるとみている。だから貧苦にあえぐ聖堂のねずみをことに不憫がっていた。対する小鬼は性悪説だが、へたに手出ししないほうがいいとわきまえている。聖堂のねずみは貧乏という歯車役で世の中を回しているのだ。

「そうは言ってもね」と聖者が言う。「やっぱりどうしても可哀想じゃないですか」

「そりゃそうでしょう」と、小鬼。「だって、あなたはそうした者たちに情けをかける歯車として世の中を回しておいでだ。もしもあいつらが貧乏でなくなれば、一緒にお役御免ですよ。窓際族になっちゃいます」

窓際族ってなんですかと尋ねてくれるかと思っていたのに、相手は口をつぐんで文字通りの石になっている。こんなことを考えていたのだ。小鬼くんの考え方にも一理あるだろうが、それでも冬が来る前に聖堂のねずみたちになにかしてやりたい。だってあんまり可哀想じゃないか。

そうして頭を悩ませるさなか、足の間にちゃりんと落ちてきたものに不意をつかれた。まっさらのターレル銀貨だ。聖堂のコクマルガラスのどれかがそんなものを集めてきて、壁龕の真上の軒蛇腹に入りこんだものの、聖具室のドアが閉まる音に驚いて落としてしまったのだ。火薬の発明からこっち、ずっと生きた心地もしない一族である。

「そこのそれは何ですか?」小鬼が尋ねた。

「ターレル銀貨ですよ。本当に」と続けて、「天の配剤ですな。聖堂のねずみたちに何かしてやれます」

「してやるとは、どうやって?」小鬼が尋ねる。

聖者は考えた。

「床掃除婦の夢枕に立ちましょうか。私の足の間にターレル銀貨があるから、それで穀物を枡(ます)に一杯分買ってきて、この壁龕に供えるように言いましょう。金があれば正夢だったとわかって言いつけ通りにするでしょう。それでねずみたちに冬越しの蓄えができます」

「そうですね、あなたなら」と小鬼。「だって、ぼくが夢枕に立てるのは胃に負担のかかるこってりした夕食後だけなんで。床掃除婦相手じゃ、そんな機会はめったにありません。聖者になるのも満更悪いことばかりでもないんですね」

そのやりとりの間も、銀貨は聖者の足元に転がっていた。まっさらのぴかぴか、選帝侯の紋が鮮やかだ。聖者の心にふと、めったにない機会に拙速は禁物だぞという思いがきざした。分不相応はねずみたちのためにならんかもしれん。あれらは貧乏という世の歯車なんだ。小鬼くんの意見ではそうだし、小鬼くんの見方はおおむね的を射ておる。

「ずっと考えていたんですが……」お向かいさんに話しかける。「穀物より、銀貨分の蠟燭を供えよと命じるほうがずっといいんじゃないでしょうか」

たまにはお灯明をあげてもらったほうが壁龕が映えるのに、などとしょっちゅう思うのだが、由緒の忘れられたお像にわざわざお願いする人間はいない。

「蠟燭のほうがまあ穏当ですわな」と、小鬼。

「たしかに穏当ですな」聖者が同意する。「底の部分をねずみの食いぶちにやればいい。蠟燭の底は脂肪のかたまりです」

小鬼にわきまえがなければウィンクしていたところだ。そうでなくても石の体では、どだい無理な芸当であった。


「まあ、なければないでいいんだけどさ！」あくる朝、例の掃除婦はそう言いながら、吹きさらしの壁龕にあったぴかぴかの銀貨を取り、ひっくり返してひとしきり調べたあげく噛んでみた。

「まさか食べる気じゃなかろうな」と思った聖者は、石の目をせいぜいこわばらせてにらんだ。

「へーえ」どこかすっとんきょうな声になり、「こんなのありかい！　聖者もびっくりよ！」

その後の行動が予想外だった。ポケットから使い古しの紐を出し、銀貨を十字にくくったあとで大きめの輪っかにして小さな聖者の首にかけたのだ。

それがすむと、行ってしまった。

「敗因はおそらく」小鬼に言われた。「眼鏡違いの一言ですよ」


「ねえねえ小鬼くん、ご近所さんの首にかかってるのはどういう装身具？」と尋ねたのは、すぐそばの柱頭飾りについた金属製の悪竜だ。

聖者はもう泣きそうになったが、石の目では泣くこともできない。

「コインだよ——おっほん！——すごい値打ちものの」小鬼は抜け目なく答えた。

すると、あの聖者の壁龕になんかすごい宝が奉納されて超豪華になったらしいよという話が聖堂内に知れわたった。

「小鬼くんも、ちょっとは気がさしたのかな」と、聖者はこっそりつぶやいた。

聖堂のねずみの貧乏暮らしは変わらない。だが、それも世の歯車の宿命である。


(The Saint and the Goblin)

ラプロシュカの未練

ラプロシュカは前代未聞のけちんぼながら無類の剽軽者だった。人をさんざんこきおろしてもすっとぼけた味わいがあり、自分も似たような陰口を叩かれていると承知の上で許せてしまう。陰口一切お断りでも、達者な話芸はいつでも歓迎される。そしてラプロシュカの話は実に名人芸だったのだ。

いきおいラプロシュカは顔が広く、念入りに選んだおかげで、奢るより奢られる一方に偏るやつとつきあっても痛くもかゆくもないような懐と預金残高の持ち主ばかりを相当にそろえていた。おかげでたかがしれた自己資金でも悠々自適どころか、だれかれの丈夫な堪忍袋にすがっては、かなりいい思いをさせてもらっていたというわけだ。

それでいて、貧乏人や自分同様に吹けば飛ぶような資産の持ち主への態度たるや疑心暗鬼を募らせ、流通しそうな貨幣の種類を問わず、困っているお仲間に数シリング、数フランでも懐からむしりとられるのではないかと恐れてやまないらしい。金離れのいい相手には必要悪とばかりに二フランの葉巻でも嬉々としてくれてやるのに、ウェイターにチップを出す段になれば、銅貨の持ち合わせを認めるぐらいなら嘘の口実を構えてでも出そうとしないのはわかっている。貸した小銭はなるべくさっさと回収――うっかり忘れてしまわないよう、あの手この手で督促する――それでも間違いは起こるものだし、たとえ一ペニー、一スーたりと、束の間の別離からとんだ災難を招く事態は避けたい。

こんな愛すべき欠点を知っていると、戦々兢々と財布の紐を締めているラプロシュカをついついいじってやりたくなってしまう。辻馬車を拾おうと誘って、手持ちが足りなかったふり、おつりの銀貨をどっさり受け取るのを見すまして六ペンス貸せと言ってやるなど、その時々にちょっと困らせる道はいくらでもある。いちおう言っておくと、この上なく進退きわまっても、「いやだ」の決定打を出さずにのらりくらり切り抜けるラプロシュカの機転は認めるにやぶさかではない。それでも世のごたぶんに洩れず、私にも一世一代のツキが訪れたのは、ある夜にラプロシュカと大通りの安食堂でつましい夕食をしていた時だった。(ラプロシュカは申し分ない収入のある人に招かれない限りは節食するのが常で、ご招待にありつくと食べ放題に食べていた)。食事がすんだとたんに私宛にさる火急の件で使いが届き、さかんに異を唱える連れにおかまいなく、無慈悲にもこう言い捨てて店を出た。「払っといて、明日返す」夜が明けてそうそう、いつもは通らない脇道を歩くところをラプロシュカの勘でつきとめられた。やつは一睡もしていない顔だった。

「ゆうべは二フランの貸しだぞ」と、挨拶代わりにまくしたてる。

私のほうはさらなる嵐を呼びそうなポルトガル情勢など持ち出して煙に巻こうとした。だが、ラプロシュカは柳に風と受け流してすぐさま二フランの話にねじ戻した。

「悪いがしばらく返せないよ」私はさりげなく痛打をかました。「ない袖は振れない」さらに嘘八百で、「これから出張でね、半年かもう少しかかるかな」

ラプロシュカは絶句していたが、目が少し飛び出ており、頬はバルカン半島の民族分布図そっくりのまだらになっていた。やつはその日の日没に死んでしまった。死因は「心不全」だが、あの男をよく知る私には、悲嘆による憤死だとわかっていた。

となると、問題はあの二フランをどうするかだ。ラプロシュカを死に追いやった元凶なのはさておき、遺愛の金をこのまま持ち続けるほどこちらも図太くない。世間の常道である貧者への施しは現状にそぐわないばかりか、死者を悲しませる無駄遣いの最たるものだ。反面、金持ちに二フラン贈るのはちょっと工夫を要する。しかしながら次の日曜日、パリで有数の人出を誇る教会の側廊の多国籍な人波をかきわけていると、この難題をあっさり解決する方法が降ってわいた。

立錐の余地もない人波に揉まれながら「教区司祭様（ムッシュウ・ル・キュレ）の貧者」と銘打った献金袋がおもむろに移動してくると、すぐ前のドイツ人が荘厳な音楽の興を冷まされたかして、連れを相手にその慈善とやらを聞こえよがしに腐（くさ）したのだ。

「金なんか要るもんかい、ありあまってんのに。貧乏人なんかであるもんか。どいつもこいつも甘やかされた連中ぞろいさ」

事実そうなら、とるべき道ははっきりしている。私は小声で感謝しながら、ラプロシュカの二フランを教区司祭様の金持ち用献金袋に入れたのだった。

それから三週間ほどしてウィーンへ行く機会があり、ある夜ひとりでヴァーリンガー街のすてきに小体な食堂（ガストハウス）の料理を満喫していた。素朴な品揃えながら、ご当地名物料理のシュニッツェルもビールもチーズも最高だ。味に見合った繁盛ぶりで、入口近くの小さなテーブル以外は満席だった。食事の途中でたまたまそっちに目をやると、テーブルはもう埋まっていた。鵜（う）の目鷹の目で料金一覧のいちばん安い料理を物色していたのはラプロシュカだ。一度だけこちらへ目を向けて、「おれの二フランで食ってるのか」と言わんばかりの顔でひとの料理を一瞥し、すぐ目をそむけた。どうやら教区司祭様の貧者はかけねなしだったらしい。とたんに口の中のカツレツはなめし革そっくりにもそもそし、ビールは生ぬるく、エメンタール・チーズは手つかずになった。頭の中はただひたすら、「あいつ」のいるテーブルから離れることばかり。なのに逃げながらも、ピッコロ吹きにやったチップをとがめる視線を感じた――それも二フランのうちだから。翌日のランチは、生前のラプロシュカなら絶対に自腹で行きそうにない高級レストランにして、死んだラプロシュカにもその一線が越えがたいようにと願った。狙い違わずだったが、一歩出れば、入口の値段表をしみったれた顔で検分するあいつがいた。やがて、やつはのろのろとミルクホールへ向かう。初めてのウィーンなのに、魅力的でも楽しくもなくなった。

以後、パリでもロンドンでも行くさきざきにラプロシュカがこまめに出没するようになった。劇場のボックス席では、薄暗い天井桟敷の奥から盗み見る視線を感じる。雨の午後にクラブに入りがけ、向かいの軒先にやつが雨宿りしていた。ハイドパークで一ペニーの貸し椅子を使う程度の贅沢さえ、たいてい向かいの無料ベンチにあいつがいて、いつだってじろじろ見るでもなく、こちらに気づいているぞとさりげなく伝えてくる。友人たちには様子が変だぞ、あんまりあくせくするなと言われだす。なろうことなら、ラプロシュカとはきれいさっぱり手を切りたいのに。

ある日曜日――いつにもまして混んでいたから、おおかた復活祭だったのか――またしてもパリのおしゃれな教会で音楽を聴く人波をかきわけるさなか、またしても献金袋が回ってきた。すぐ後ろの英国婦人が、手を伸ばして金を入れようとあがいた挙句に、入れてくださいと私に頼んできた。金を受け取って入れようとした。見れば二フランだ。ふとひらめいて袋には自分の一スーだけを入れ、ご婦人の銀貨はポケットにしまった。これで、受け取るいわれのない貧乏人からラプロシュカの二フランを取り戻したことになる。雑踏を離れぎわに、あのご婦人の、「あげたお金を袋に入れなかったみたいよ。パリだから、あんな手合いはごまんといるわ！」が聞こえたが、気分はひさびさに明るかった。

　それでもまだ、取り戻した分を渡し甲斐のある金持ちに渡すという難題が残っていた。またしても偶然のひらめきに任せたら、またしてもツキに恵まれた。二日後のにわか降りに追いたてられてセーヌ左岸のある由緒ある教会に駆けこんだら、内部の古い木彫に見入っていたのは、パリ有数の資産家で、みすぼらしい身なりでもパリ有数のR男爵だった。千載一遇の好機だ。いつもならイギリスなまりの強いフランス語の私が、わざわざ強いアメリカなまりでこの教会の建立時期や広さといった、おのぼりのアメリカ人定番の質問を男爵に次々と投げた。相手が面食らいながらもせいいっぱい答えてくれたところで、頃合いを見て真顔で二フランを握らせ、心から、「あげます（プール・ヴー）」と言うと、きびすを返した。男爵はいささか引き気味だったものの、善意に解釈してくれたらしい。壁に取りつけた小さな箱に行ってラプロシュカの二フランを入れた。箱の上には、「教区司祭様の貧者の献金箱」とあった。

　その夜、カフェ・ド・ラ・ペー脇の街角の雑踏にラプロシュカをちらりと見かけた。にこやかにちょっと帽子を上げると消えうせ、以後二度とあらわれなくなった。渡し甲斐のある金持ちに渡したおかげで、ラプロシュカの魂はようやく安らぎを得たというわけだ。

(The Soul of Laploshka)

獲物袋

「少佐がお茶にみえるわ」ミセス・フーピントンが姪のノーラに話した。「今しがた、馬を預けに厩舎へ回っておいでよ。せいぜい気を引きたててあげてね、お気の毒にふさぎこんでおいでだから」

パラビー少佐はどうしようもない環境を抑えるすべがなく、かんしゃくを抑えるすべもほとんどない。すこぶる人望のあったペクスデール狩猟クラブの前会長が委員会とぶつかったせいで後任におさまったら、少なくとも半数の会員の槍玉にあげられ、気働きも愛想もないせいで残りにもそっぽを向かれた。いきおい会費収入はがた落ち、狐もがっくり目減り、針金を張りめぐらした狩猟妨害もひんぴんと起きだして、折あるごとに気がふさぐと訴えるのも道理であった。

ミセス・フーピントンがパラビー少佐側で果敢に戦うのは、なるべく早いうちに少佐と結婚してやろうという魂胆が大きく作用している。癇癪持ちの悪評高いとはいえ、年収三千ポンドに加えて、いずれは準男爵の座が転がりこむとなると差し引きではお得になる。少佐のほうではこの縁談にセス・フーピントンほど乗り気ではないとはいえ、早くもちょいちょい話題になる程度には足繁くフーピントン・ホールへ通うようになっていた。

「昨日だって、お気の毒なぐらい参加者が少なかったの」と、ミセス・フーピントン。「なんであんな間の抜けたロシアの子なんか連れてくるかねえ、気が知れないわ。かわりに狩りに出られそうな殿方をひとりかふたり誘ってくれればよかったのに」

「ウラジーミルは間が抜けてなんかいないわ」姪が言い返した。「そうそういないくらい面白い人よ。叔母様のところに出入りする、狩り命の鈍ちんどもとちょっと比べてみれば――」

「とにかくね、ノーラ、あの子は馬にも乗れないでしょ」

「ロシア人はみんなそうよ。でも、銃は撃てるわ」

「そうだけど、獲物はどうよ？　昨日なんか、獲物袋にキツツキが入ってたわよ」

「だけど雉三羽と、兎もいくらか獲ってきたでしょ」

「だからってキツツキを獲った言い訳にはならないわ」

「外国人の獲物はイギリス人より幅が広いの。ロシアじゃ大公さまが英国の鴈撃ちと同じくらい真剣にハゲタカを狙うんだから。それはそれとして、ウラジーミルにはある種の野鳥を撃つのは狩猟家として株が下がるわよって教えておいたわ。もちろんまだ十九歳だから、株が下がると言っておけばまず確実よ」

ミセス・フーピントンは鼻であしらった。たいていの人はウラジーミルと会うと陽気さが伝染するのだが、現在ただいまの宿泊先の女主人はそんなものがこれっぽっちも伝染しないたちだった。

「ほら、おいでになったみたいよ。行って身支度しないと。ここの応接間でいただきましょう。降りてくるまでお相手して、なにより明るくふるまってね」

ノーラはこの叔母の温情であれこれうまい汁にありついているので、単調な田舎暮らしの格好な気晴らしにと連れてきたロシア人の若者が叔母に受けなくて気落ちしていた。ただし、当のお若い方はまったく気にせずに、疲れていつになく乱れた格好ながら、意気揚々と応接間へ駆けこんできた。獲物袋はぱんぱんである。

「ぼくが何を仕留めたか当ててよ」とせっつく。

「雉かしら、森鳩かな、兎かな」ノーラが悩む。

「ううん、大物だよ。英語の呼び名はわからないけど、茶色で黒ずんだしっぽの」ノーラが顔色を変えた。

「木に住んでて、木の実を食べる?」さっきの「大きな」という形容詞が誇張であってくれればと願いながら尋ねてみた。

ウラジーミルが笑った。

「違う違う、リス（ビエールカ）じゃないよ」

「水にいて、魚を食べる？」カワウソでありますように、とノーラは内心必死で祈った。

「違う」ウラジーミルはせっせと獲物袋を開けにかかり、「森にいて、兎や鶏を食べるよ」

ノーラがどすんと腰をおろし、両手で顔を覆う。

「ああもう、どうしよう！」と泣く。「狐を撃っちゃったのね！」

ウラジーミルは驚いて顔を上げた。酷いことになった、と説明にかかるノーラがいろいろとまくしたてる。若者には一言も伝わらなかったが、どうやら大変な事態のようだというのだけはのみこんだ。

「隠してよ、隠して！」ノーラが、まだ開けていない獲物袋を半狂乱で指さした。「じきに叔母さまや少佐が来ちゃう。あのたんすの上へ投げて！　そこなら見えないから」

ウラジーミルはたんすの上に獲物袋を投げたが、袋の紐が壁にかけた鹿の角にひっかかって、恐ろしい中身入りの袋はこれからお茶を置くはずのアルコーヴの真上へぶらさがる。まさにその時、ミセス・フーピントンと少佐が入ってきた。

「少佐は明日、うちの森で狐狩りをなさるのよ」ミセス・フーピントンがいかにも大満足の顔で宣言した。「うちなら狩り甲斐があるってスミザーズの折紙つきですもの。今週になって、栗の林で狐を三度も見かけたそうですわ」

「まったくね、そう願いたいもんですよ」少佐の顔は浮かない。「そろそろ、連日の手ぶらに歯止めをかけなくては。どこぞの藪へ狐が住みついたという話はしじゅう聞くのに、いざ狩り出してみれば影も形もない。ウィデン夫人の森でも狩り出しに行く前日に誰かが先回りして銃か罠で仕留めたとみえる」

「少佐、うちの森でもしも誰かがそんなまねをしたら、思い知らせてやりますわ」

ノーラはおのずとお茶のテーブルに寄っていって、サンドイッチにあしらったパセリを必死で並べ直した。片や不景気面をぶらさげた少佐、片や、おびえて惨めな目のウラジーミルである。おまけにお茶の上には、「あれ」。恐ろしくてティーテーブルからろくに目が上げられないし、狐の血が非難がましく垂れて、純白のテーブルクロスを汚しそうな気がする。叔母はしきりに、「明るく、明るく」と合図してくるが、歯の根が合わないのをこらえるだけで精一杯だ。

「今日の獲物は何でしたか?」ミセス・フーピントンはいつになく黙っているウラジーミルにいきなり矛先を向けた。

「い、いえ——申し上げるほどでは」若者が言う。

しばし止まった穴埋めといわんばかりに、ノーラの心臓が凄まじい勢いででんぐり返った。

「話の種になりそうな獲物が見つかるといいわね」と、女主人。「皆さん、舌をどこかにやってしまわれたのかしら」

「スミザーズがあの狐を最後に見かけたのは？」少佐が尋ねる。

「昨日の朝ですわ。黒ずんだ尾の立派な雄狐だそうです」ミセス・フーピントンが打ち明ける。

「それはそれは。明日はぞんぶんに馬を飛ばせそうです」少佐がわずかにご機嫌になった。あとはまた陰気に黙りこくったテーブルで、咀嚼（そしゃく）の音と、やたら震えた手でスプーンを受け皿に置く音ばかりが響く。ようやくミセス・フーピントンのフォックステリアが入ってきて、テーブルのご馳走をよく検分できるように空席に飛び乗ったとたん、冷めたティーケーキよりそそられる臭いが上にあるぞという顔で鼻をぴくつかせた。

「なにに興奮しているの？」犬がいきなり怒って短く吠えたかと思うと、震え声の長い遠吠えをしたので、女主人が言いだした。

「あらまあ」と続けて、「あなたの獲物袋よ、ウラジーミル！　何が入っているの？」

「おいおい」今度は少佐が腰を上げて、「かなりの臭いだぞ！」

　そこで少佐とミセス・フーピントンが同じことに思い当たり、そろいもそろって同じとはいかないが同系色の紫になり、声をそろえて金切り声で責めた。「あの狐を撃ったな！」

　ノーラがあわてて、二人からすればウラジーミルの悪行なるものを擁護につとめたが、耳に届いたかどうかは疑わしい。少佐は町へ買い物に行った女があれもこれもと試着するような勢いで、自らの憤怒に多彩な言葉の衣をとっかえひっかえしてみせた。運命とその奸計全般を憎み嘆き、涙も出ないほど痛烈な自己憐憫に浸り、生まれてこのかた出会ったあらゆる人間に際限なく異常な懲罰を下した。実際、破壊の天使を一週間借りられたところで、天使みずから手を下す余地はほとんどなさそうだ。怒声の合いの手はミセス・フーピントンの一本調子な繰り言とフォックステリアの吠え声のスタッカートだった。その十分の一もわからないウラジーミルは煙草をもてあそぶかたわら、だいぶ前に気に入って語彙に加えた、ある精彩ある英語の形容詞をこっそり繰り返していた。頭では、魔法の鳥を撃ったら意外や意外な結末を迎えた若者の古いロシア民話をなんとなく思い出していた。その間も少佐は檻(おり)に入れられた嵐みたいに応接間をぐるぐる回っているうちに、ふと見つけた電話に飛びつき、狩猟クラブの秘書を呼び出して会長を辞めると宣言した。少佐の馬はそれまでに玄関先へ回してあったので、ものの数秒でミセス・フーピントンの単調な嘆き節の独擅場となった。だがいかんせん、少佐の模範演技の後ではいくら頑張っても十全な暴言効果はない。ワグナー・オペラの最中におとなしめの雷雨の表に出てゆくようなものだ。もしかすると嘆き節がいささか盛り上がりに欠けると気づいたのか、ミセス・フーピントンはいきなり、しかるべき本物の涙に切りかえて応接間を出て行き、あとは今しがたの愁嘆場にほぼ匹敵するほど凄まじい沈黙ばかりとなった。

「どうしよう――あれ？」とうとうウラジーミルが尋ねた。

「埋めて」とノーラ。

「埋めるだけ？」ウラジーミルはかなりホッとした。どうでも村の牧師を立ち会わせろとか、墓で礼砲を撃てとか言われやしないかと思いそうな展開だったので。

そんなわけで暮れなずむ十一月の夕べ、ロシアの若者が幸運を願うロシアの祈りをつぶやきながら、あたふたとフーピントン家のライラック木立の陰にしかるべく埋葬したのは、大きなイタチであった。


（The Bag）

いたちごっこ

ミセス・ジャラットの若者パーティはごく内輪に限られていた。呼ぶ客が少なければ、そのぶん安くすむ。ミセス・ジャラットは安上がり本位の人ではなかったのに、どういうわけか、たいていはそれに成功するのだった。

「女の子はだいたい十人ぐらいか」パーティに向かう車内でロロは胸算用した。「男はたぶん四人、ただし、ロツリー兄弟が従弟を連れてこなければの話だ。頼むからやめてくれ。そうなると、ジャックとおれで三人を相手にしなきゃならなくなる」

ロロとロツリー兄弟は幼い頃から犬猿の仲だった。たまさか休日に顔を合わせる程度で、手近に味方が少なかったりするといつも悲惨な結果に終わっていた。今夜のロロは、数合わせ程度だが献身的でたくましい支持者の出席をあてにしていた。そうして到着してみれば、あいにく兄は伺えなくなりましてと、盾になってくれるはずの騎士の妹が女主人に謝罪するのが聞こえた。一瞬遅れて、ロッツリー兄弟が本当に従弟を連れてきたと知る。

二対三なら不快な結果に終わる可能性はあっても張り合えるが、一対三で楽しめる見込みは歯医者の診察なみなのは目に見えている。なので、ロロは目立たない程度になるべく早めに迎えにくるよう馬車に言いつけ、ギロチン台に登ったフランス貴族もかくやの笑みを貼りつけて同席者に向き合った。

「君がいて本当に嬉しいよ」ロッツリーの兄が心から言った。

「さて、皆さんはいろんなゲームをなさりたいんでしょ」ミセス・ジャラットにのっけからそう仕切られると、なにぶんのお育ちが災いして一同反対できず、どんなゲームをするかが焦点になった。

「いいゲームを知ってるよ」ロッツリー兄がさも他意がなさそうに言いだした。「男はみんな別室に行って、ある言葉を思いつく。その後にまた戻ってきて、女の子たちに当ててもらうんだ」

ロロはそのゲームをよく知っていた。党派争いで優勢であれば、こちらから提案したところだ。

「あんまり面白くなさそう」ぞろぞろ出て行く男の子たちを鼻であしらったのは高飛車なドレス・スニープだった。ロロは内心それどころではない。ロッツリーにぶっ叩かれる道具がせいぜいハンカチの結びコブ程度でありますようにと、神の采配に身を委ねた。

言葉選び組は熟慮中を邪魔されないよう、万全を期して書斎にこもった。神の摂理はほどほどの中立ですらないことが発覚した。書斎の作りつけの棚に、犬用鞭と鯨の骨製の乗馬鞭がかかっていたのだ。そんな殺傷力ある武器をそこらに放置するなど、ロロに言わせれば犯罪級のだらしなさだ。彼は究極の選択を迫られ、犬用鞭を選んだ。続く一分間かそこら、われながらなんでそこまで馬鹿な選び方をしたんだと思いながら過ごした。それがすむと、おざなりな期待顔をした女の子たちのもとへ一同帰ってきた。

「『ラクダ』だよ」とロッリーの従弟があっさりばらしてしまった。

「バッカじゃないの！」娘たちが悲鳴を上げる。「あたしたちが『当てる』ことになってるのよ。じゃあまた戻って、別のを考えてくるしかないじゃないの」

「そんなことないよ」ロロが言った。「つまりね、本当はラクダじゃないんだ。ふざけてたんだよ。『ヒトコブラクダ』ってふりをするんだ！」他の連中にひそひそと伝える。

「今、聞こえたわよ。『ヒトコブラクダ』って言った！　聞こえたわよ、どう言いつくろっても関係ないわ、聞こえたんだから」憎たらしいドロレスがぎゃあぎゃあ騒いだ。

「あんだけ耳が長けりゃ、何だって聞こえるさ」ロロは野蛮なことを考えた。

「じゃあ、また戻らなくちゃな」ロッリー兄が観念した。

男どもは法王選出会議(コンクラーベ)もどきにまたしても書斎に閉じこもった。「あのな、もう一度さっきの犬用鞭で叩かれる気はないぞ」ロロが抗議した。

「しないよ、そんなこと」と、ロッリー兄。「今回は鯨骨の乗馬鞭でやってみよう、それでどっちがよけいに痛いかわかるだろ。こういうものを見つけた人ならではの特典だね」

乗馬鞭が振りおろされると、さっき犬用鞭を選んだのは本当に正しかったとわかった。ロロが下唇をかみしめて何とか起き上がる間に、コンクラーべもどきではしかるべき言葉をどれにしようかという押し問答がなされた。「ムスタング（野生馬）」は不適切だ、女の子の半数はどういうものかも知らないんだから。というわけで結局「クワッガ（サバンナシマウマ）」が選ばれた。

「こっちにおかけなさいよ」戻ってくると、言葉調査委員会の女性陣が口をそろえた。だが、ロロは尋問される相手はいつも立っているのが本当だとして譲らなかった。そんなわけで、ゲームを切り上げてお夕食にしましょうという声がかかって全員ホッとしたのだった。

ミセス・ジャラットは若い者相手にケチケチするようなまねはしないが、夕食の席にやや高価な珍味をだぶつかせるような無駄は断じてしない。だから、まだあるうちに早い者勝ちというのはいつものことだった。今回は桃十六個を十四人の「皆さんに回す」ことになっていた。ロッリー兄弟とその従弟が食べ物なしで過ごす長い帰りの車中を見越して、それぞれ余分の桃をこっそりくすねてポケットに入れたのはまったく女主人のせいではなかったが、たった一個の桃を巡ってドロレスとおデブで気のいいアグネス・ブレイクが非常に難しいことになった。

「半分こにしたほうがいいでしょ」ドロレスがきつく言った。

だが、アグネスは「おデブ」が先で「気のいい」が後にくる。生まれてこのかたの信条がそうなっているのだ。だからドロレスには大いに同情しつつもさっさと桃を平らげ、分けたら台なしよと説明した。だって、汁けが全部流れ出てしまうでしょ。

「さて、皆さん。何をなさりたい？」気をそらそうとミセス・ジャラットが尋ねた。「本職の手品師を雇っておいたんだけど、土壇場で来られなくなってしまって。どなたか詩の暗誦はおできになる？」

一座に動揺が走った。「ロクスリー・ホール」の暗誦で評判のドロレスはちっとも動じなかったが。冒頭の「同志たちよ、ほんのしばしここに」を口にするたびに、聴衆の大半には文学の名を借りた命令に聞こえてならなかったというしろものだ。だからロロがあわてて、手品ならいくつか知っていますよと宣伝すると、ほっとしたつぶやきが流れた。そこまでやったためしは人生初だが、さっき書斎で二度も味わった憤懣のおかげで、いつになく徹底的にやってやろうという気を起こしていた。

「手品師が人のポケットからコインやカードを出すのを見たことあるよね」と宣言した。「さて、これから皆さんの数名から、もっと面白いものを引き出してお目にかけます。たとえば、ねずみなんかどうだろう？」

「ねずみはやめて！」予想通り、多数派から黄色い悲鳴があがった。

「うーん、じゃあ、果物」

その譲歩は歓迎され、アグネスなどは満面の笑顔になった。

ロロはそれ以上もったいをつけずに、敵の三人組にまっすぐ近寄ると胸ポケットに続けざまに手を突っこみ、桃三つを出した。拍手喝采はないが、その一撃で相手が絶句したのは、どんな拍手より手品師を喜ばせた。

「予想はしてたよ」ロッリーの従弟が力なく言った。

「やったぞ」ロロはこっそり含み笑いした。

「出来レースの手品なら、自分たちは何も知らないと誓ったはずよね」ドロレスが胸をえぐるような断定口調で言い切った。

「他に手品をご存じ?」ミセス・ジャラットがあわてる。

ロロは知らなかった。桃三つを何か他の品に変えましょうかとほのめかしたが、アグネスが桃の一つをさっそく女の子用に確保したので、手出しできなくなった。

「いいゲームがあるよ」ロッリー兄が重苦しく言った。「男どもが退出して、歴史上の人物を考えてくる。それから戻ってきて、演技で女の子たちに当ててもらわなくちゃいけない」

「残念ですけど、ぼくはそろそろお暇しなくちゃ」ロロは女主人に伝えた。

「お馬車ならあと二十分は参りませんよ」ミセス・ジャラットは言った。

「ずいぶん気持ちのいい晩ですから、途中まで歩いて出ようと思いまして」

「今はずいぶん降っておりますよ。ですから、歴史ゲームをなさるお時間ぐらいはあるわ」

「ドロレスの暗誦がまだでしょう」絶体絶命で口にしたとたんに失敗を悟った。代替案に「ロクスリー・ホール」を突きつけられたみんなから、満場一致で歴史ゲームがいいと宣告されたのである。

ロロは切り札を出した。ロッリー家の兄弟に向けたふりで声をひそめながらも、しっかりアグネスに届くように気をつけてこう述べたのだ――

「いいよ。さっさと行って、さっき書斎に置いてきたあのチョコレートを平らげようぜ」

「今度は女の子が退出したほうが公平じゃないかしら」アグネスがてきぱきと声を上げた。実に見上げた公平な態度だ。

「バカ言わないでよ」他の子たちが言う。「わたしたちのほうが多すぎるのに」

「そうね、女の子のうち四人が行けばいいわ。わたしも入る」

そしてアグネスはまっしぐらに書斎へ向かい、そこまでやる気のない娘たち三人が後に続いた。

ロロはのんびり椅子にくつろいで、ごくかすかにロッリーたちに笑いかけた。ごく一瞬だけ歯をむきだして。猟犬の牙から安全な深い湖へ逃れたカワウソなら、ちょうどそんなふうに感情を

あらわすかもしれない。
　書斎で家具を動かす音がする。アグネスが手当たり次第にひっくり返して、ありもしないチョコレートを探しているのだ。やがてもっと嬉しい音、濡れ砂利を嚙む車輪の音が聞こえた。
「本当に楽しい夕べでした」ロロは女主人に挨拶した。
(The Strategist)

流されて

ヴァネッサ・ペニントンはほとんどシャレにならないほど貧乏な夫と、そこそこ裕福だが余計なユーモアのセンスをそなえた崇拝者を持っていた。崇拝者の資産はヴァネッサにとって大変好ましかったものの、倫理観が邪魔をして彼女から遠ざかり、多大な雑事のあいまに思い出される程度が関の山の存在になりはてた。そのアラリック・クライドはヴァネッサを愛していたし、常に愛し続ける心づもりではあったが、知らず知らずのうちにもっと魅力的な別の愛人に惹かれていった。彼は人の集まる場所を避け続け、自らを国外追放の刑に処したと思っていたのに、その心は未開の地の呪縛にとらえられ、その優しさや美しさに開眼していった。若く丈夫で汚れない年頃には野生の大地が実に優しく美しく見えることもある。かつて汚れない若者だった男の群れが、いつしか汚れ切った魂になりはてる。昔は未開の地をよく知り愛していても、今はその呪縛を脱し、多くの人が踏みしだいた脇道にそれてしまったからだ。

クライドは世界中の不毛な荒野をさまよい、狩りをし、ギリシアの神のような死と慈悲をもたらす存在を夢見た。馬や召使たち、そして四つ足の追従者を引きつれ、あの地からこの地へと移動し、未開の村人や遊牧民たちにお客として歓迎され、人慣れしないすばしこい獣たちの友になったり殺戮者になったりした。霧深い高地の湖のほとりで旧世界の半分を越えてはるばる飛んできた大型の野鳥を撃った。ブハラの彼方では荒くれたアーリア人騎士たちが馬比べに興じるさまや、薄暗い茶館で美しく忘れがたい野趣あふれる現地の踊りを見物した。あるいはチグリスの大河が流れ込む渓谷で雪解け水の急流を泳ぎ、転がり回った。そのころのヴァネッサはベイズウォーターの裏街で毎週の洗濯物リストを作り、特売セールに出かけ、もっとやる気のある時はホワイティング（成魚になる手前のタラの一種）の新しい料理法をあれこれ試してみた。たまのブリッジパーティに出ると、ゲーム自体は華々しくなくても、各国王室や皇室の内情をいろいろ聞けた。ある意味で、クライドが道を踏み外さないでいてくれてよかったとヴァネッサなりに思っていた。人から尊敬されたい願望は生まれつき強かったものの、もっと気のきいた状況で、よりよく範を垂れる立場で尊敬されるほうがよかった。非難される余地がないのは確かに大事なことだが、高級住宅地ハイドパークに少しでも近づくほうが、もっとありがたかっただろう。

そこでいきなり彼女の尊敬に対する見解と、クライドの倫理観が不用品のごみためにぶちこまれてしまった。どちらも最盛期には何より大事な時もあったのだが、ヴァネッサの夫の死で当面は必要なくなったのだ。

状況が一変した知らせをクライドが受けたのは、のんびり未開地巡りを続けていた時で、オレンブルク平原のどこかでようやく知らせが届いて足止めされた。知らせを受けた当座の心境を分析するのは、自分でも困難を極めた。運命は思いがけず（そして、もしかするとほんの少々お節介にも）邪魔者を取り除いてくれた。大喜びするのが筋だが、つい四ヶ月かそこら前、実りのない追跡でそっくり一日を棒に振ったあげく、まぐれでユキヒョウを仕留めた時のような歓喜はない。もちろん戻ってヴァネッサに求婚するつもりはあるが、絶対にある条件をつけるつもりでいた。自分は新たな恋人と別れるつもりは断じてない。だから、一緒に未開の地へついてきてもらうようヴァネッサに承知してもらうしかない。

くだんのご婦人は、彼の出国で生じた安堵にも勝る喜びでその帰国を迎えた。ジョン・ペニントンの死で未亡人になると、以前に輪をかけた困窮にみまわれ、ハイドパークは現住所を隠すために長年かたちばかり保持していた称号として便箋のヘッドレターに残るのみの遠い存在となった。たしかに前よりしがらみはなくなったが、自由というのは多くの女には荷が勝ちすぎ、ただの女という名目に分類されるヴァネッサには無用の長物に等しい。そんなわけで四の五の言わずにクライドの条件を受け入れ、地の果てまでついていくと宣言した。世界が丸い以上、どれほど遠くさまよおうがいつかは巡り巡って遅かれ早かれハイドパークの街角へたどり着くはずだから。

その平常心はブダペスト東部でしだいに薄らぎ、これまでドーヴァー海峡に抱いたこともないような親近感をこめて黒海を語る夫の姿に不安がきざした。もっと育ちのいい女性なら冒険も一興だろうが、ヴァネッサには恐怖と不安の二本だてしか起こさなかった。アブに嚙まれたのに、駱駝が同じことをするのを止めようなんて無意味だと説き伏せられる。クライドはできるだけのことを実によくやってくれ、砂漠の長期ピクニックを宴のように仕立ててはくれたが、たとえ雪で冷やしたエードシックのシャンパンでも、有色人種はみんな隙あらば喉をかっさばこうと狙いながらうやうやしく侍っていると思いこんでいては、味も何もあったものではない。ユースフが西洋の召使には滅多に見られないほど献身的にクライドに仕えていようと、まるで役に立たない。ヴァネッサの教育程度でも、歌のレッスンを受けるベイズウォーターの人間と同じくらいお気楽な人生を送る有色人種がいるくらいはわきまえていた。

いらだちと反抗を募らせたヴァネッサはさらに幻滅し、夫婦の共通点が何もないとわかって無力感が生まれた。砂鶏の習性や渡り、タタールやトルクメンの伝説や民俗風習、コサックポニーの特質――ヴァネッサにとっては、ただひたすらどうでもいいことばかりだ。いっぽう、クライドはスペインの王妃様がモーヴ色を毛嫌いなさっているのとか、某王子と結婚した某公爵夫人は断じてご一緒したくない料理がお好きで、牛肉のオリーブ煮に狂おしく激しくご執心なのよとか聞かされても、面白くもなんともなかった。

ヴァネッサはしだいに、安定した収入に流浪癖を足した夫を手放しには喜べないという結論に達するに至った。世界の果てまで行くのと、居つくのはまるで話が違う。たとえしかるべき尊敬を受けているように見えても、テントで受けるのではありがたみがいささか薄れる。

退屈と幻滅の新たな放浪生活で、ヴァネッサはミスター・ドブリントンという気晴らしを見つけてなりふり構わず飛びついた。コーカサスの未開某地で未開人の敵意を受けた時にたまたま行き会ったのがなれそめだ。ドブリントンは苦心惨憺して英国人に見せかけていたが、恐らくは亡き母への敬意からだろう。なんでも母方に、はるか前世紀にリヴィウにやってきた英国人家庭教師の血が混じっているそうだ。だから、無防備な時を見すましてドブリンスキーさんと呼べば、たちどころに返事したかもしれない。王家の末裔を名乗る自由はどう見てもありそうになかった。外見はたくましくも男前でもないが、ヴァネッサの目にはクライドがさっさと無視し捨て去ってしまったらしい文明社会との絆に見えた。「イッピアディー」などと当時の流行歌もどき（正しくはイッピー・アイ・アディー・アイ・アイ）を歌えるし、知り合いか何かのような口ぶりで何人かの公爵夫人の話を出し——ロンドンでも高級な部類のレストラン月旦や、ワイン備蓄の是非さえうんぬんしてみせ、まさに聖書を批評するがごときご高説にヴァネッサは恐れ入った。しかも彼はクライドの遊牧民本能に対する彼女の不満といらだちに初めから同情的で、最初は目立たぬように、後になるともっと大っぴらに味方してくれた。ドブリントンは油田に関する商売でバクー付近へ来ていたのだが、ちゃんとした女性の聞き手に感心される喜びと、たまたま得た新しい知己の旅程のおかげで大幅に寄り道してしまった。そしてクライドがペルシアの馬商人たちとの交易や、灰色の野豚狩りや、中央アジアの野鳥に関する手控えを増やすほうにうつつを抜かしているすきに、ドブリントンとクライドの妻は砂漠での立派なふるまいについて話し合い、日ごとに意見の一致をみた。ある夜、クライドがひとりで食事しながら読んだヴァネッサからの長文の手紙には、もっと文明化された土地へ、もっとまともな人と一緒に逃げますという自己正当化の文章が連ねてあった。

心情的にはしごくご立派なヴァネッサにとってとんでもなく不運だったことに、愛人とともに逃げ出した先にはクルドの野盗集団がいて、逃亡初日に捕まってしまった。むさくるしいクルドの村で内縁の夫に過ぎない男と親密にしているところを暴露されて、全欧州の注目をひいてしまうことは将来のひどい面汚しな事態の前兆となり、折からの複雑な国際情勢が事態をさらにややこしくした。「英国婦人と外国籍の夫がクルドの野盗に拘束され、身代金を請求された」最寄りの大使館にそんな報告が寄せられた。ドブリントンの心は英国人でも他はハプスブルクの臣民であり、ハプスブルクはこの場合に限り、この多種多様な民族構成にさほど誇りも喜びも感じず、彼の身柄と交換でシェーンブルン公園に珍種の小鳥や哺乳類を入手できるなら喜んでそうしただろうが、国際的な体面もあり、彼の身柄回復にしかるべき意思表示をしなくては立場上まずい。

二国の外務省は通常の手続きを踏んで、それぞれのしかるべき臣民をさらなる混迷の泥沼から救出すべくつとめた。逃げた二人を追跡するクライドにさしたる意欲はなかったものの、自分に期待された役割を何となく感じ取り、同じ野盗一味の手に落ちたのだった。不運なご婦人のために全力を挙げるにやぶさかでなかった外務省はその手をさらに広げる意向を示し、ダウニング街のさる軽薄な若手政治家はこう言った。「ミセス・ドブリントンのご主人なら誰でも喜んで救い出す所存ですが、まずは何人いるかちゃんと確かめようじゃありませんか」というわけで、立派な婦人としてのヴァネッサの評価は事実上ここで地に落ちたのであった。

ちょうどその頃、捕虜たちを巡る状況は当惑を免れないものとなっていた。クライドは逃げ出した二人との関係をクルドの野盗の首領に説明していたく同情されたものの、略式の報復提案はすべてきっぱりとはねつけた。ハプスブルクがドブリントンを生きたまま、そこそこ無傷の状態で引き渡せと主張するのは確実だったからだ。毎月曜日と木曜日にクライドがたっぷり三十分ばかり恋敵をぶちのめすのは大目に見てもらえたとはいえ、ドブリントンが気持ち悪い緑色の顔色になってしまうと、以前の同意をしぶしぶ取り下げる首領の命令が出された。

おかげで相容れない三人は、山のあばら家という狭苦しい場所で、ただ手をこまねいて苦痛の時間を過ごした。ドブリントンは震え上がって口をきくどころではなく、ヴァネッサは屈辱で口も開けず、クライドは憂鬱に黙りこんでいた。そこでリヴィウの交渉人が無理に気を奮い立たせて、震える声で「イッピアイディー」を歌おうとしたが、「変わり果てたる故郷(ふるさと)の」という歌詞までできて、ヴァネッサに涙ながらに止められてしまった。あとはひたすら息詰まる沈黙がふくらむ中、三人の捕らわれ人はひたすら悲劇的に顔つき合わせていた。日に三度集合して、水飲み場で敵意を棚上げした砂漠の動物たちが無言で集うような趣で出された食事を飲みこみ、またぞれぞれめい引き下がってつらい待機の姿勢に戻る。

クライドは他の二人よりそっけなかった。「あの女の側にずっと留まっているのは、嫉妬の一念だよ」とクルドの連中は思っていた。村のかなたで彼を呼ぶ何百もの声、より荒々しく、より真実の愛人の声を知らないからだ。ある夜、見張りが手薄なのを見すまして、そっと抜け出したクライドは山腹を降り、またしても中央アジアの野鳥研究に舞い戻った。おかげで、あとの二人の警備がよけい厳しくなったが、ドブリントンとしてはクライドとの別れを惜しむ気持ちはこれっぽっちもなかった。

外交の長い腕、あるいは長い財布といったほうがいいかもしれないが、それがついに功を奏して二人は解放された。ただし、あらわれた二人にハプスブルクはまったくいい顔をしなかった。救出された二人が再び文明世界と接触した黒海の小さな港の波止場で、ドブリントンは嚙む相手を差別しない狂犬病とおぼしき犬に嚙まれた。嚙まれたほうは狂犬病の兆候がはっきり出るより早く恐怖で死んでしまい、いささか社会的な尊厳が回復したという感覚にどこか良心がとがめながらもヴァネッサだけが帰国にかかった。クライドは中央アジアの野鳥に関する著作の草稿を手直しする片手間に離婚訴訟を起こし、結審するが早いかゴビ砂漠の一人暮らしに戻って当該地域の動物に関する著作の材料集めに励んだ。ヴァネッサは昔取った杵柄のホワイティング料理の腕を買われて、ウェストエンド・クラブなる厨房の働き口にありついた。鮮やかな転身とはいかないが、ハイドパークに徒歩二分以内の場所というのがせめてもであった。

(Cross Currents)

十三人いる

人物

リチャード・ダンバートン少佐
ミセス・カリュー
ミセス・ペイリー - パジェット

場面──東行き汽船の甲板。デッキチェアにダンバートン少佐。隣の一脚に、「ミセス・カリュー」と名前があり、すぐそばにもう一脚並んでいる。

（上手よりミセス・カリュー、おもむろに自分のデッキチェアにかけ、少佐は知らん顔）

少佐　（にわかに向いて）エミリー！　ずいぶんご無沙汰だったなあ！　これは運命だね。

エミリー　運命！　全然違うわ。私の一存よ。男っていつも運命論者ね。あなたと同船しようと三週間も出発を延ばしたの。あとは船の給仕に心づけをはずんであまり人の来ない場所にふたりの椅子を並べさせ、今朝はとりわけ見栄えするように苦心惨憺したの。そしたら言うにことかいて、「これは運命だね」。どう、今日の私は特にきれいでしょう?

少佐　ああ、前にも増して。歳月のおかげで、きみの色香に熟した艶(つや)がいっそう増している。

エミリー　そうくると思った。求愛の語彙ってすごく限られているのよね。とにかくなにより大事なのは確かに求愛されているという事実よ。今のあなたは求愛中でしょ?

少佐　いとしいエミリー、きみがここに来る前から、こっちはとうに手を打っておいたよ。やっぱり給仕に心づけをはずんで、おいそれと人目につきにくい片隅にふたりの椅子を並べさせてね。

エミリー　よくまあ先に朝食なんか食べてたものね。私なんか船室を出てすぐに椅子の件を片づけたのに。「お任せください」という返事だった。朝食もそこそこにね。

少佐　無茶を言わないでくれ。幸い、きみもこの船にいると知ったのは朝食の時なんだから。こっちは食事中に、きみを嫉(や)かせようといつになくフラッパー娘に乱暴なちょっかいをかけてやった。今頃は船室で、フラッパー仲間宛にぼくのことをくだくだ書いてる最中だろうな。

エミリー　わざわざそんな手間をかけるまでもないわよ、ディッキー。嫉妬なら、何年も前に他の女を嫁になさった時にとうにしてるわ。

少佐　まあね、で、きみのほうは別の男と――しかも、当時はやもめだったやつと。

エミリー　まあね、やもめが相手でも特に不都合はないんじゃないの。本気で素敵な人なら、またいつでもやもめと結婚する気まんまんよ。

少佐　なあ、エミリー、そこまで先走るのはフェアじゃないよ。きみのほうが一周勝ち越してるんだから。今度はこっちからプロポーズする番だろう。きみはただ「はい」と言ってくれればいいんだ。

エミリー　そんなこと言ったってねえ、もう言ったも同然なのに。そこでグダグダしなくったっていいんじゃない。

少佐　あ、じゃあ――

（見つめあったあと、いきなり、ひしと抱き合う）

少佐　昔はいい勝負だったが。（にわかに飛び上がり）いかん――忘れてた！

エミリー　なんのこと？

少佐　子どもさ。あらかじめ話しておくべきだった。コブつきはいやかい？

エミリー　まあ人並みの数なら、別に。何人いらっしゃるの？

少佐　（急いで数え）五人。

エミリー　五人！

少佐　（心配そうに）多過ぎるか？

エミリー　それなりね。いちばん困るのは、うちにもいること。
少佐　多いのか？
エミリー　八人。
少佐　六年で八人だって！　おい、エミリー！
エミリー　私の子は四人だけよ。ほかの四人は先妻の子でね。でも、数には変わりないわ。
少佐　そして八たす五は十三になる。十三人もの子沢山で新婚生活なんて無理だよ。あいにくもいいところだ。（興奮してうろうろ歩き回る）なんとか手を打たないと。十二人に減らせないかな。十三なんて縁起でもない。
エミリー　一人か二人をなんとかよそへやれない？　フランス人って子どもをほしがるんでしょ？　「フィガロ」によくそんな記事が載ってるわ。
少佐　ほしいのはフランス人の子じゃないかな。うちの子はフランス語を話すのさえ無理だ。
エミリー　子どものどれかが堕落して放蕩者になって勘当できるかもよ。その手の話を聞いたことがあるわ。
少佐　まったくもう、だけどその前にまずは教育ありきだろ。いい学校にやるまでは放蕩してくれと思うほうが無理ってもんだ。
エミリー　生まれつき悪い子だってことにしたら？　よくある話よ。

いだろう？

少佐　堕落した両親の血統を継いだ場合に限るけどね。まさか、ぼくに堕落なんか思いもよらないだろう？

エミリー　一代飛ばしで出ることだってあるのよ。ご親戚に悪い人はひとりもいない？

少佐　絶対口に出せないような伯母さんなら。

エミリー　ほらね！

少佐　だからって期待しすぎは禁物だよ。ヴィクトリア時代の中頃なんてぼくらがしごく普通に思うようなことでも、けしからんって話にしちゃってたんだから。どうせこの伯母さんだって、おおかたユニテリアン主義のやつと結婚したとか、馬にまたがって狐狩りに行ったとか、その程度じゃないかな。まあとにかく子どもたちのどれかが、悪かったかどうかも怪しい大伯母さんに似るまでただ待つわけにはいかない。なにかほかの手を考えないと。

エミリー　養子縁組なんかどうかしら。

少佐　子なし夫婦にそんな話があるとは聞くし、その手の――

エミリー　黙って！　誰か来るわよ、どなた？

少佐　ミセス・ペイリー - パジェットだ。

エミリー　まさにうってつけだわ！

少佐　え、養子縁組に？　自分の子は？

エミリー　しけた女の子の赤ちゃんひとりだけよ。

少佐　探りを入れてみるか。

（上手よりミセス・ペイリー＝パジェット）

ああ、おはようございます、ペイリー＝パジェットさん。けさの朝食で、前にお会いしたのはどこだったかなと考えていたところでしてね。

ミセス・PP　クライテリオンじゃございません？（空いた椅子に腰をおろす）

少佐　そうそう、クライテリオンでしたね。

ミセス・PP　スラグフォード卿夫妻とお食事の時でした。いいかたなんですけど、なにしろ締まり屋で。食後はある舞踊家の演出によるメンデルスゾーンの「無服歌」を観にヴェロドロームに連れてってくださったんですけど、天井近くのせまい桟敷（さじき）にまとめて詰めこまれまして、もうどんなかはお察しくださいませよ。まるでトルコ風呂みたい、しかも当然なにひとつ見えませんのよ。

少佐　だったらトルコ風呂とは大違いです。

ミセス・PP　少佐！

エミリー　おいでになった時、ちょうどふたりであなたさまのお噂をしていましたのよ。

ミセス・PP　まあ！　ひどい噂でなければいいんですけど。

エミリー　そんな、まさか！　船出してそうそうにそんな、早すぎますわ。ふたりでお気の毒がっておりましたのよ。

ミセス・PP　わたくしを？　いったいどうして。

少佐　お子さまのない御家庭や、その他もろもろをね。小さい子の駆け回る足音が聞こえないのでは。

ミセス・PP　少佐！　よくまあそんなことを。たぶんご承知の通り、小さい娘ならおりますわ。娘だって他の子並みに走り回れるんですのよ。

少佐　足は二本だけですか。

ミセス・PP　当たり前でしょう。うちの子はムカデじゃございません。あんな、ろくなバンガローもないおぞましいジャングルの駐屯地に転勤すると思えば、子なしの家庭というより家庭なしの子というほうが当たっていますでしょう。いずれにせよご親切にありがとうございます。悪意はおありじゃなさそうですし。ぶしつけにはなりがちですけど。

エミリー　あのですね、ミセス・ペイリー・パジェット。あんな可愛いお嬢ちゃんがひとりで大きくなられるのはお気の毒ねと話していただけですの。遊び相手になる弟も妹もいらっしゃらなくて。

ミセス・PP　ミセス・カリュー、控えめに言っても無神経なお話という気がいたします。結婚してやっと二年半では家族が少なくて当然でしょう。

少佐　小さい女の子一人に家族呼ばわりはかなり大げさでは？　家族というにはもっと頭数がそろいませんとね。

ミセス・PP　あら少佐、本当に独特のご解釈ですこと。まあ今のところはお言葉に従えば、女の子一人だけですけど――

少佐　いやいや、いくら当てになさったところで女の子が男に変わるわけじゃなし。悪いことは言いません、こうした件ではあなたよりはるかに場数を踏んでいるわれわれです。女はいつまでたっても女なんだ。自然は間違いのないものですが、間違ったっていつも涼しい顔です。

ミセス・PP　（立ちながら）ダンバートン少佐、この船がいくら狭苦しいとはいえ、これからの船旅でお互いに顔を合わせずにすませる程度の設備はあるはずです。あなたにも同じことをお願いいたします、ミセス・カリュー。

（ミセス・ペイリー - パジェット、下手に退場）

少佐　なんとも母性に欠ける母親だな！（椅子に沈みこむ）

エミリー　あんな癇癪持ちに子どもを預けてたまるもんですか。ああ、ディッキーったら、どうしてそんなにぽんぽん産ませちゃったの。ぼくの子を産ませたいのはきみだけだなんて、いつも言ってたくせに。

少佐　きみが他の男の子を産んだり引き取ったりして大家族を作り上げてるのに、自分だけ待つ気はなかったからね。きみこそ切手みたいに子ども収集に励まず、四人で満足できなかったのかね。四人の子持ちやもめと結婚なんて！

エミリー　だけどさ、現に五人の子持ちやもめと結婚してほしいわけでしょ。

少佐　五人！（とびあがって）ぼく、五人と言ったか？

エミリー　たしかに五人と言ったわよ。

少佐　おお、エミリー、たぶんぼくの数え間違いだ！　いいかい、一緒にかぞえてみよう。リチャード——もちろん、ぼくの名にちなんだんだ。

エミリー　ひとり。

少佐　アルバート・ヴィクター——国王即位の年に生まれたはずだ。

エミリー　ふたり！

少佐　モード。誰にちなんだかというと——

エミリー　誰にちなもうと別にかまわないでしょ。三人！

少佐　それにジェラルド。

エミリー　四人！

少佐　それだけだ。

エミリー　本当？

少佐　誓って言うけど、それで全部だよ。アルバート＝ヴィクターをふたり分に勘定しちゃったんだな。

エミリー　リチャード！

少佐　エミリー！

（抱き合う）

（The Baker's Dozen）

小ねずみ

幼時から中年までシオドリック・ヴォーラーを手塩にかけた母は、「がさつな世の実相」なるものからひたすら愛息をかばうのを最優先していた。母の没後、シオドリックは何もそこまでというほどがさつな世の実相にひとり置き去りにされた。そんな過保護に育ってしまうとただの列車旅行もささいな困惑やちょっとした不和だらけになるもので、とある九月の朝に二等客車をとった時も波立つ気分や動揺を抱えていたわけである。田舎の牧師館に滞在した帰りで、そこの家族は乱暴でも飲んだくれでもなかったのは確かだが、先が思いやられるほど家政への目配りがなっていなかった。駅まで送ってもらうはずのポニー馬車もちゃんと支度できておらず、出かけるどたんばになっても支度係の下男が手近に見当たらないとくる。いよいよ切羽詰まってきて、口には出さねど憤懣やるかたないシオドリックが牧師の娘とともにポニーに馬具をつけざるをえなくなり、厩（うまや）と呼ばれる、それらしい臭気——ところどころ、ねずみの臭い以外は——のたちこめた暗い納屋を手探りして回るはめになった。本当にねずみが怖いわけではないが、がさつな世の実相に分類される生き物で、わずかでも神の摂理が働いていたら、とうの昔に存在しなくても一向に差し支えないとみなされて、一線から遠ざかっていたはずである。列車が走り出してからもシオドリックの過敏な神経にはかすかな厩の残り香やら、いつもはブラシが行き届いた衣類にカビた藁（わら）しべが一、二本くっついていそうな感じがした。さいわい相客はシオドリックと同年輩の女性ひとりで、他人を観察するより眠っていたいとみえる。この後の停車駅はおよそ一時間後の終点だけだし、通路のない旧型車両のおかげで、シオドリックが半分占有するコンパートメントにこれ以上の闖入者（ちんにゅうしゃ）もなさそうだ。ところが、列車が通常スピードにかかるが早いか、いやおうなくまざまざと痛感させられた。眠る女性の同席者は自分だけでなく、服さえひとりで着ていたわけではなかったのだと。素肌を這い回る、生温かくてすごく嫌なありがたくない存在、強烈な見えないこいつはどうやらポニーに馬具をつけるさなかに駆けこんできたとおぼしい迷い子の小ねずみだ。足踏みしても貧乏揺すりしても、むやみにほうぼうつまんでみても侵入者の排除はかなわず、どうもこやつの座右の銘は「より高みへ（エクセルシオール）！」で間違いないらしい。服の正当な占有者はクッションにもたれ、この共有状態の解消策をさっそく講じるべく苦慮した。今後一時間も浮浪ねずみども（妄想侵入者数は早くも倍増している）に格安宿泊施設（ロートン・ハウス）をご提供なんて論外だ。反面、今の苦境をすっぱりと脱するには、一部なりとすっぱりと着衣を脱する以上の策はないわけだが、いかにまっとうな理由であれ異性の前で脱ぐなんて、思っただけで耳たぶまで赤らむほどにいたたまれない。ご婦人の目に透かし織りの靴下をさらすのさえできない相談なのに。だが——この女性は目下、どう見ても熟睡中だし、片や、ねずみのほうは頑張って全身巡礼(ヴァンダーヤー)を数分で切り上げにかかっているらしい。輪廻の説にいくらかでも真実があるとすれば、このねずみの前世はきっと登山愛好会員だ。たまに熱中しすぎて足を滑らせ、一インチばかり落下する。すると怖いのか、むしろ腹立ちまぎれというほうが当たっていそうだが、噛みついてくる。進退きわまったシオドリックは人生最大の大ばくちを打つしかなくなった。眠る相客をビーツ顔負けに赤面して必死にうかがいつつ、音をたてずにコンパートメントの両端にある網棚にすばやく客席用ひざかけを渡し、うまいこと目隠し用の仕切りカーテンに仕立てた。この狭いにわか脱衣所で猛烈に手早く服を剝(は)ぎ、ツイードと半分ウールの綾織りから身体の一部とねずみの全身を出した。解放されたねずみが一目散に転がり出たとたんにひざかけの両端が外れて落ち、バサッと心臓が止まりそうな音をたてた。ほぼ同時にそれまで寝ていた女性が目を開けた。シオドリックはねずみに勝る素速さでひざかけに飛びつき、裸をあご下まですっぽりくるむと、向かい席の隅っこにへたりこんだ。体内を駆け巡る血が首とこめかみの静脈を乱打し、今にも通話機の紐を引いて車掌を呼ばれるだろうと居すくまっていた。ところがご婦人のほうは蓑虫(みのむし)もどきの妙な姿を無言で見ているだけでいいらしい。いったいどこまで見られてしまったのか、今のていたらくをいったいどう思われているのかとシオドリックは自問自答した。

「さ、寒気がするらしくて」やけっぱちでそう言ってみた。

「そうですか、それはいけませんね」と、婦人が応じる。「ちょうど、窓を開けていただこうかと思っていたのですけど」

「マラリアかな、という気も」と、言い分の裏づけに怖さも手伝って、わずかに歯を鳴らしてみせた。

「手荷物にブランデーを入れてきておりますけど、よろしければ降ろしていただけますかしら」

「いえいえそんな——その、そこまでしていただかなくても」シオドリックは本心から言った。

「熱帯でおもらいになったのかしら?」

シオドリックと熱帯のかかわりはごく限られていて、セイロンの伯父から毎年送られてくる紅茶一箱に限られている。マラリアにまで避けられたような気がして、小出しに苦境の実情を訴えてみようかという気になってきた。

「ねずみはお嫌いでしょうか?」ただでさえ真っ赤なのに、なろうことならよけい赤くなりながら思い切って言ってみた。

「生きながらねずみに食われておしまいになったマインツ司教のハットー二世みたいに、いっぺんにたかられるのでなければ、あまり。なぜ、そんなことを？」

「今しがたまで服に這いこんだのが一匹おりましてね」自分のものとは思えない声だ。「この上なく間の悪い思いをしましたよ」

「きっとそうでしょうね、ぴったり体に合ったお召し物なら特に。でも、ねずみって変な場所に入りたがりますでしょう」

「あなたがおやすみの間に出さないわけにいかなくなりまして」と、派手に息をついて、「そいつを出すためにこう――こうなりまして」

「小ねずみ一匹出したぐらいで、寒気ってことはございませんでしょ」シオドリックが思わずムカッとするほど頭ごなしの断定口調だった。

どうやら彼女はこちらの苦境にいくらか気づいていて、当惑する様子を楽しんでいるらしい。全身の血が一気に寄り集まったかというほど赤くなるとともに、無数のねずみより耐え難い屈辱に心を責めさいなまれる。そして、思い返すにつれて屈辱感は強い恐怖へと変わっていった。この列車は人がたくさんいる終着駅に刻々と近づき、向かいからぼんやり眺める一対の目にかわって何ダースもの詮索がましい目にさらされる。一縷の望みはあるが、あと数分で決断しなくては。相客がまた居眠りでもしてくれないものか。だが数分が過ぎてしまい、望みも潰えた。向こうの様子をたまにうかがってはみたが、眠るどころかまばたきする気配もない。

「じき終点のようですね」やがて、そう言われた。

終点まぢかを告げる、ごみごみした小さな家屋のかたまりがとうに先触れとなって恐怖をだんだんと募らせていた折も折だ。その一言がだめ押しとなった。狩られる獣が巣穴を飛び出して、束の間の逃げ場を無我夢中で求めるように、シオドリックはひざかけをはねのけ、脱ぎ捨てた服を必死で着た。窓の外を殺風景な郊外の駅がいくつも過ぎていく。心臓がバクバクして胸苦しくなり、車室内の向かい側から氷のような静けさが漂ってきても正視できない。服を着終えてほとんど抜け殻のようなありさまで座席にかけ、減速した列車が終着駅に入りにかかると、あの婦人が言いだした。

「あのう、お手数ですけど」と尋ねる。「ポーターを呼んでいただけません？　馬車まで案内するようにって。お具合の悪いさなかに心苦しいんですけど、目が見えないと、鉄道駅はなにかと不便で困りますのよ」

(The Mouse)

四角い卵

THE SQUARE EGG
1924

四角い卵

今回の塹壕（ざんごう）戦が人をどんな動物そっくりに変貌させるかというと、それはもうアナグマだろう。薄暗がりや闇の中で穴掘りや溝掘りに精を出し、耳を澄まし、不快な環境でなるべく身ぎれいにし、蜂の巣状の地面数ヤードを巡って泥仕合をくりひろげる、あの茶色い獣だ。

アナグマの世界観は結局わからずじまい、残念だが仕方がない。塹壕にいると、自分の考えもよくわからなくなる。議会、税金、社交の催し、経済、必要経費といった文明社会の恐怖の千夜一夜語りははるかかなたに遠ざかり、戦争自体も現実離れした遠いものに思えてしまいそうだ。錆びた鉄条網や足の踏み場もない空き地をへだてた二百ヤード先から、不寝番を続ける敵が弾丸を雨あられと降らせてくる。向こうの塹壕で寝ずの番をする敵さんたちは、モルトケ元帥、ブリユッヒャー元帥、フリードリヒ大王、大選帝侯フリードリヒ・ヴィルヘルム、ヴァレンシュタイン将軍、ザクセン選帝侯モーリッツ、赤髭王（バルバロッサ）、ザクセンのアルブレヒト熊伯（ゆうはく）、ハインリヒ獅子公、ザクセンのヴィテキントといったそうそうたる顔ぶれの、どんな鈍（にぶ）いやつでも血沸き肉躍る英雄たちが率いた将兵の末裔なのだ。そんなつわものどもと塹壕で対峙し、一対一の銃撃で狙い撃ちして近代史上に冠たる激戦を繰り広げているというのに、相手を思いやる折はまずない。片時も敵の存在を忘れるなと戒められているはずなのに、つい忘れがちだ。向こうさんは熱いスープを飲んでソーセージを食べているのか、飢えと寒さに苦しんでいるのか、「メゲンドルファー・ブレッター」誌あたりの諷刺雑誌や娯楽小説が行きわたっているのか、無聊（ぶりょう）を持て余しているのか、などとはさっぱり思い浮かばない。

対峙する敵より、欧州全域の大戦より、今は目の前の泥のほうがはるかに切実だからだ。どうかするとチーズにはまったダニそっくりに体ごとのみこまれてしまう。動物園では大鹿や野牛が膝の上まで泥たまりにつかってのんびりしている。その姿を見るたびに、上から下まであんなに泥まみれで一時間も立ちんぼうなんてどんな気分かと思ったものだ。今はわかる。いったんは凍った狭い補助壕内部がにわか陽気と大雨で溶け、泥の流れる壁づたいに灯のない壕内を手探りしていけば、深さ五、六インチのポタージュ状の泥に両手両脚ついて四つん這いになって待避壕に逃げこめば、泥の中に立って泥の壁によりかかり、泥のこびりついた指で泥まみれの品をつかみ、まばたきで目の泥を払い、トントンと頭を揺すって耳の中の泥を出し、泥つきの歯で泥つきビスケットを噛めば、泥の中の一生がどんなものか十二分にわかる――わかる反面、野牛にとっての快適とはどんなものかがよけいわからなくなるのだが。

泥のことでなければ、頭にあるのはエスタミネではなかろうか。エスタミネは近隣町村にそこそこあるお休み処で、屋根が飛んだり空き家になったりした跡にかたちばかり間に合わせの手を入れて店開きしたに過ぎないが、それでもけっこうな入りで、住民がごっそり抜けても軍人どもが切れ目なく流れこむおかげで金離れのいい客に事欠かない。エスタミネとは飲み屋とカフェの中間的な店で、片隅に小さなカウンター、細長いテーブルやベンチ数台を配し、目立つ場所に炊事用コンロが鎮座し、裏手でささやかな食料雑貨などを売っている。いつも子どもが二、三人走り回り、厄介な角度で人の足にぶつかったりする。エスタミネの子どもは走り回れる程度に大きく、股をくぐれる程度に小さいという規格があるらしい。ところで戦場で子ども時代を過ごせば、おいしい余禄がひとつはある。ちゃんとお片づけしなさいなどと言われないですむのだ。鬱陶しいことわざに、「よろず相応の置き場あり」というのがあるが、屋根のあらかたが裏庭へ吹っ飛び、すぐ隣の寝室をぶち抜かれて寝台いっぱいにビーツの山ができ、鶏小屋の天井も四方も正面もなくなった鶏どもが、そこらにあった肉の貯蔵戸棚にもぐりこむ有様では、そんなきれいごとを言ってはいられない。

おおむね砲撃で荒廃した田舎町の、砲撃で荒廃した家屋にしつらえた、ひなびた飲み屋を夢のパラダイスだといくら説明したところでなかなかご理解いただけまいが、どこもかしこも泥と水浸しの砂嚢（さのう）ばかりの荒れ果てた土地で一時間でも過ごした後では、熱いコーヒーと並級ワイン（ヴァン・オルディネール）にありつける粗末な一杯飲み屋は泥水だらけの世に温（ぬく）もりを点じる忘れがたい安らぎの場となる。塹壕と兵舎を往復するだけの軍人たちには、東洋の遊牧民や隊商にとっての隊商宿（キャラバンサライ）も同然の存在だ。出入り自由の寄り合い所帯で、目立つか否かはこちらのやりようひとつ、みな一律にカーキの軍服に巻きゲートルでは、キャベツにとまった青虫なみに場から浮く気遣いはない。おひとりさまでも二、三人でも気がねは無用だし、人恋しければ、雑多な帽章の一団が真偽とりまぜた体験談をやりとりする中に混ざればいい。

軍服組の泥とカーキの濁流に、はらはらと散りかかる落ち葉さながら異彩を放つのは、地元民や軍服の通訳官。れっきとした正規軍から場数を踏まないと識別不能なのまで、諸外国のいろんな軍服の私兵もいる。それにもちろん、平時戦時を問わず地球上の大部分に出没して絶えず策を凝らし、こんな戦場までも股にかける不敵な詐欺師の大軍の代表たち。イギリスにも、フランスにも、ロシアにも、コンスタンチノープルにもいる。もしかするとアイスランドにもいるだろうが、確証はない。

私が「ツキを呼ぶ兎」というエスタミネで一服していると、年齢不詳で身元不明な軍服の、マッチ一本借りれば正式な紹介状と銀行の信用状がわりになると考えそうなやつと隣り合わせになった。快活そうでいてくたびれ、まんべんなく愛嬌をふりまくのにこすっからいカラスみたいな素地がちらつく。場数を踏んで慎重になり、ここぞという時に押しをきかせる。隠者のように垂れた鼻と口ひげをして、ちらちらと人を盗み見る――全世界共通の詐欺師仕様を完備したやつだった。

「おれはねえ、戦禍のあおりをもろに食らった口なんですよ」挨拶もそこそこに大声で言い出した。

「『卵を割らなきゃオムレツはできない』ってね」と私。何十マイルも広がる荒廃地や屋根なしの家を見てきたもので、そんな話にはそこそこ耐性がついている。

「卵か！」男は叫んだ。「今、卵の話をしようとしてたんですよ。卵ってのは実に重宝ですが、ひとつ大きな欠陥がある。考えたことあります？　よくある普通の卵ですよ、売ったり買ったり料理に使ったりする」

「すぐ古くなるとか」と言ってみた。「北アメリカの合衆国なら、時とともに格があがって箔がつくけどね、卵はそうはいかない。いつまで頑張ったってよくならないね、お国のルイ十五世そっくりだよ、年ごとに人気低下の一途をたどった――歴史家が一から十まで違うことを書いたのでなければ」

「いやいや」エスタミネの知り合いは真剣に答えた。「鮮度の話じゃなくてさ。形ですよ、あの丸っこい形。あっさりゴロゴロッといっちゃうだろ。テーブル、棚、店のカウンター、どこだってちょっと押したらすぐ落ちて割れちゃう。貧乏人やけちんぼにとっちゃ、災難もいいところだよ！」

私は肩をすぼめて賛成した。当地の卵は一個が六スーもするのだ。

「ムッシュウ」相手は続けて、「おれはそこを熟慮してね、ご家庭の財布によくないあの形状をですな、変えようと頭をひねりましたよ。タルン県のヴェルシュ・レ・トルトーって小さな村で、うちの叔母が小さな搾乳場と養鶏場をほそぼそとやってましてね。貧乏じゃないがカツカツで、汗水たらしてやりくりして、よろず財布の紐を締めてかからないとやってけません。で、ある日ふと気がつけば、叔母の雌鶏のうち、ぼさぼさ頭のブーダン種の一羽だけが丸いとは言い切れない変わった卵を産んでる。かといって四角とも言い切れないんだけど、なんか角ばってるなって感じのをね。ためしに調べたら、その雌鶏はいつもそんな卵を産むんですよ。そうとわかって妙案がひらめいたね。こんなふうに少し角のある卵を産むやつを手当たりしだい買い占めて雛をとり、なるべく四角い卵を産むやつを選んで数世代の交配をやりぬけば、ゆくゆくは四角い卵ばっかり産む新品種になるぞって」

「そこまでは数百年かかりそうだ」と、私。「いや、数千年かな」

「そりゃあ、あんたらみたいに北国育ちのトロい雌鶏の話さ」飲み友達は焦れて相当にむかっ腹を立てた。「こちとらのピチピチした南国娘の雌鶏と一緒にしないでくれ。いいかい。おれはだね、調査して実験して近郷近在の養鶏場をしらみつぶしに当たり、近隣の市場もずいぶん物色して回ったよ。でだ、角っぽい卵を産む雌鶏を見つけしだい買い占めた。やがて似たような特徴を持つ雌鶏の手持ちがふくれあがったわけだ。そこから孵（かえ）した中で、なるべく丸くない卵を産むのを選びに選んでいく。ずいぶん根気よく続けたね。そしたらさ、ムッシュウ、どんだけ押そうが突こうが、おいそれと転がらない卵を産む新品種ができたんだ。実験成功なんてもんじゃないさ、さしずめ近代産業の立志伝ってやつだね」

それはそうだろうが、同感は表に出さなかった。

「おれの卵は有名になったよ」自称（ソワ・ディザン）養鶏家が話す。「初めのうちは物珍しさが売りだったんだけどね、じきにかみさん連中も商売人連中も、そんじょそこらの卵とはわけが違う便利なすぐれものだってわかってきて。相場よりかなり高値がつくようになって儲かりだした。だって、おれんとこにしかないから。むろん四角い卵を産む鶏は絶対譲らんし、卵は万にひとつも孵らんように念入りに滅菌処理した上で出荷する。あと一歩で金持ちになれそうだったよ、大金持ちに。そこへ今度の戦争だろ。おれは鶏やお客をうっちゃって前線へ出るはめになり、商売は叔母が引き受けて引き続き四角い卵を売ってる。おれが工夫し、創造し、完成した卵で儲けてんだよ。なのにさあ、叔母のやつったら一サンチームもよこすつもりはないときた！　鶏の世話も餌代も市場の出荷も全部あたし、だから儲けは全部いただきって。むろん法的にはおれのだよ。訴訟費用が工面できりゃ、開戦以来の分はそっくり取り返せる。訴訟だからまあ少しはかかるけどさ、知り合いの弁護士に安く頼めるんだ。ところがあいにく手持ちじゃ届かないんだよね、あと八十フランばかり。しかもよりによって戦争中だもんな、借りるあてもなくて」

　ことに戦争中はだれもかれも借金したがる。かねがねそう思っていたので、その通り言ってやった。

「大金ならね。だけど、たかがそれっぽっちだぜ。何百フランならあっさり借りられるのに、小口の借り先ってのがなかなかないんだよ」

　自称養鶏家は口をつぐみ、しばし緊張のひとときが訪れた。やがて一段となれなれしくなって、またぞろこんなことを言いだした。

「イギリス軍じゃ金持ちも兵隊にとられてんだって？　それっぱかしの銭を寸借できそうな知り合いがいねえかなあ――むろん、あんただっていいよ――万にひとつも外れなしの濡れ手に粟(あわ)、しかも出資分はすぐ返ってくるんだけど――」

「数日の賜暇(しか)がおりたら、ヴェルシュ・レ・トルトー村へ出向いて、四角い卵の養鶏場を視察してくるよ」私は真顔で言った。「地元の卵商人にも商売の現状と展望を尋ねてこよう」

　飲み友達は見落としそうにわずかな動きで肩をすくめ、座り直してやれやれと煙草を巻きにかかった。こちらへの関心はとたんに雲散霧消らしいが、ここまで凝った話を紡いだ以上はどうにか幕引きに格好をつけないわけにはいかない。

「へええ、ヴェルシュ・レ・トルトーの養鶏場を視察するんだ。で、今の四角い卵の話がほんとだとわかれば、ムッシュウはどうするね？」

「叔母さんに求婚するよ」

(The Square Egg)

西部戦線の鳥たち

地域経済に与えた戦禍に比べれば、鳥類の被害はものの数ではなかろう。野ねずみも家ねずみも召集令状がきましたという感じで戦場に群がると、フクロウ族から召集されたメンフクロウが追いすがって獅子奮迅の働きで数減らしにかかる。戦果のほどは定かでないが。塹壕（ざんごう）内に住みついて夜になると出てきては、ひとの顔を練兵場や運動場がわりにするねずみの残党は跡を絶たない。フクロウの巣材はふんだんにある。戦闘地域のちゃんとした納屋はたいてい兵舎になっているが、巣によさそうな倒壊家屋が街路単位とか密集したかたまりごとに、ニネヴェとバビロンに人影が絶えて以来の規模でありあまっている。農耕する人間がいなければ麦一粒はおろか生ゴミも出ないので、ねずみが激減したニネヴェのフクロウは心ゆくまで狩りができなかっただろうが、ここ北フランスのフクロウにはねぐら用の廃墟や獲物のねずみが無尽蔵にある。産卵期は夏冬二度なので、増えゆく戦時ねずみに拮抗する戦時フクロウが堅調に量産されるわけだ。

フクロウ以外の里の野鳥類にはさほど影響ないようだ。前線あたりはさぞかしカラスやワタリガラスが群れているのだろうと思っていたら、あにはからんや。高性能爆薬の炸裂音と硝煙がカラス族の肝を潰したという明快な説明もつくが、そういういかにもな説明はだいたい的外れだ。当地のカラスは戦場に寄ってこないかわり、驚いて逃げない。そういえば平時のミヤマガラスは神経質で銃声をすこぶる苦手とし、納屋の戸をばたんとさせたり、おもちゃのピストルを発射したりすれば群れごと逃げていく。なのにこの前線では、ミヤマガラスのすぐ横で砲弾が炸裂、耳障りなライフル銃の音が四方八方ひっきりなしに鳴っていようが平気の平左で、破壊された村のごみの山からせっせと餌を漁(あさ)るのを見かけた。酸鼻のただなかにいながら、眠気を催す英国の片田舎の日曜午後を彷彿とさせた。だれもがドイツ軍の恐ろしさに震えあがる中、北東フランスのミヤマガラスだけはどこ吹く風で、むしろ図太くなっていた。界隈一円の次世代の子どもらは、播種をすませた畑からミヤマガラスを追っぱらおうと思ったらよほど恐ろしいものを工夫せざるをえまい。カラスやカササギは砲弾炸裂におかまいなく巣を作る。ある時など、小さなブナ林のさきでカラス二羽がハイタカ二羽と大喧嘩していた折も折、ほぼ真上の相当な高度で連合国戦闘機とドイツ軍戦闘機が二対二の空中戦を繰り広げていた。

カササギはメンフクロウと異なり、戦禍でごっそり目減りした住宅街に居つく。いつもは大通りのポプラ並木に営巣するのに、今は見る影もなく吹き飛ばされた木々がずたずたの焼け残りをさらしているばかり。その一本がとりわけお気に入りだったらしいつがいが、焼け残りの幹に丸天井つきの大きな巣をかけていた。焼け残りがわずかしかなくて巣のほうが大きくなってしまったが。メルローズ修道院址（あと）で国教大監督就任式をあげるような趣だ。野生のカササギは人を信用しない慎重居士なのに、これまで地上にのさばっていた恐ろしい人間どもになにか起きているらしいぞというので目が離せないのだろう。今の人間どもは動物界きっての臆病者に成り下がり、野外で見つかっては大変とばかりに身をかがめてこそこそしているのだから。

　いちばん熱心にねずみを狩るノスリは戦場に立ち入らないようで、ここでは一羽も見かけない。だが、チョウゲンボウのたぐいはねずみがいちばんいそうな場所がいきなり吹っ飛ばされ、黒や黄色の土がなだれ落ちても意に介さず、いちばんの激戦中に上空でほぼ一日ずっと輪を描いている。ハイタカはかなりたくさんいる。砲弾の去来する最前線から一、二マイルも退けば、ニシアカアシチョウゲンボウらしき猛禽二羽が低いオーク林の上空に輪を描いている。

　ロシアの博物学者たちの調査によると、東部戦線の鳥類がこうむった戦争被害のほうがずっとはっきりしている。「ミヤマガラスは開戦から一年で姿を消し、畑にもうヒバリのさえずりはとだえ、森鳩も消えた」。こっちのヒバリは敵味方の塹壕でずたずたに二分され、砲弾で蜂の巣になった牧草地や麦畑でしぶとく踏ん張っている。濡れねずみで哨戒中の少人数と、こそこそと駆け回るねずみ多数の気配しかなく、底冷えの濃霧と雨にみまわれて、夜明けまであと少しという時にいきなりヒバリが天にのぼり、おそらく無理やりに歓喜のさえずりを始めたことがあった。砲弾で土が飛んで穴だらけの地面に巣をかけるほど図太いはずはないのに、いきなりうつぶせた拍子に、ヒバリの雛たちを巣ごと危うくつぶしかけたことがある。うち二羽はもう何かでつぶれて相当無残なありさまだったが、生き残りは巣の中で平然とくつろいでいた。

激戦で見る影もなく叩かれた森（後世に残る名だが、ここでは伏せておく）の片隅で一個師団がいきなり全砲斉射の火ぶたを切り、高性能爆薬や散弾や機関銃がその場所をこっぱみじんに爆破し、えぐり、粉砕するさなか、小さな雌のズアオアトリが一羽だけ、緑のかけらもない折れ木立をうろうろと物色していた。倒れた負傷兵がその小鳥に気づけば、羽があるしとどまる理由は別にないのに、なぜぐずぐずしているのか理解に苦しんだはずだ。叩かれた森はずれに叩かれた果樹園があり、おそらくはその果樹園に巣をかけてしまったので、子育てには危険すぎるけれども見切りをつけかねたのではないか。だいぶ後になってズアオアトリの小さな群れがその森にやってきた。どうやら、前からそこは餌場へ向かう途中の休憩所だったのだ。あの雌のはぐれ鳥と違って、この鳥たちは鈍（にぶ）い頭なりに長居無用の態度を露骨に示していた。ほかに見かけた鳥といったら、カササギが倒木だらけの跡地を低空飛行していたぐらいか。「一羽だけのカササギは悲しみの前触れ」など昔からの迷信に言う。悲しみなら、その森に満ちていた。

イギリスの森番は野生動物に偏った狭い知識しかないのが普通で、いちばんしぶとい野鳥も根は神経質だという宗教めいた思いこみがある。ヤマウズラは巣のある野原をテリアに駆け回られたり、ねずみ狙いのチョウゲンボウに生垣の上空あたりを旋回されたりすると、肝を潰して卵を捨て、ほうほうのていで隣の郡へ逃げこむと信じているのだ。

だが、この戦場のヤマウズラはそんな細い神経を持ち合わせていない。輜重隊のそうぞうしい車輛、しょっちゅう出入りする軍隊、切れ目ない銃声、耳を聾する砲声や爆音、そんな中で夜通し照明弾がちかちかしてもお気に入りの餌場から逃げ出さず、どうやら子育てにも果敢に挑んでいるらしい。森番どもを兵役につければ、少しは身になる自然観察ができそうだ。

(Birds on the Western Front)

国家の祭典（ガラ・プログラム）

知られざるローマ稗史のひとこま

ローマ暦の黄道吉日、民に慕われる若き名君プラシドゥス・スペルブス（見上げた落ち着きと、不動の傲慢の二通りの意味あり）帝が生誕節を迎えた。市民こぞって極上の祝賀祭典に期待を寄せる。天気も上々とあって、当然ながら円形競技場は押すな押すなの満員御礼であった。余興開始に先立つ数分前に高らかなトランペットが皇帝出御を知らせ、万雷の拍手を浴びて専用席につく。怒濤の歓呼が引くのといれかわりに、身の毛もよだつ出待ちの声がすぐ近くであがった。檻（おり）に閉じこめられた帝室御用の野獣どもが、怒りをたぎらせて吠えたりうなったりしているのだ。

「式次第を申せ」皇帝は式部長官を目で呼んで命じた。

式部長官は当惑をおもてに出した。

「皇帝陛下、お眼鏡にかないますこと保証つきの余興をあまた企画いたしました。第一部では前代未聞の贅（ぜい）を凝らした戦車競走を予定しております。ヘルクラネウム（ポンペイと共に噴火で滅んだローマ都市）杯にかたじけなくも恩賜の金一封を添えまして、三組の二頭立て戦車にしのぎを削らせます。オッズは各戦車にあいなるべく公平にと手心を加えまして、民の賭け申し込みも相当に集まってきております。一番人気はおそらくトラキアの黒馬かと……」

「であるか」朝からそればかり聞かされた皇帝（カエサル）は、とっとと話題を変えた。「して、ほかの演目はどうなっておる？」

「第二部は凶暴性本位で特に選びぬいた野獣どもが、すさまじい死闘を繰り広げます。闘技場にヌビアのライオンを雌雄（しゆう）とりまぜて十四頭、虎五頭、シリア産の熊六頭、ペルシア豹八頭に北アフリカ豹三頭、ゲルマニアの森林狼と大山猫多数、やはりゲルマニア森林産の巨大野牛七頭をいっせいに放ちます。残忍無比な野猪、アフリカ北海岸の犀（さい）、狂暴な猿人数名、狂犬の定評を取るハイエナも一緒です」

「ほう、実に面白そうだ」皇帝が言った。

「はい、陛下、実に面白くなるはずでございました」式部長官はしょんぼりした。「それはもう。ですが、ここにきて面白さと趣向のはざまに暗雲が出来（しゅったい）いたしまして」

「暗雲だと？　どういうことだ？」竜顔が曇った。

「婦人参政権一派でございます」式部長官は説明した。「かの者どもが戦車競走を妨害すると脅迫しております」

「やれるものならやってみよ！」いたくご不興である。

「陛下のご期待に添えぬ不祥事を憂慮いたしております」式部長官は言った。「むろんのこと、水も洩らさぬ警備態勢を手配いたしました。闘技場出入口すべてと厩舎に三倍の衛兵を配しまして。ですが戦車入場のファンファーレを合図に、五百人の女どもが一般席からロープにすがって戦車トラックに降りて座りこみをする気だと噂になっております。そうなれば競走はいやおうなく中止、式典は収拾がつかなくなります」

「朕の生誕節だぞ。よもや、そこまで野蛮な実力行使に出るとは……」

「重い式典であればあるほど自己顕示と大義宣伝に悪用したがる輩でございます」式部長官は言った。「神殿の神事すら妨害騒ぎを起こしてはばからぬ有様でございまして」

「この婦人参政権一派とやら、そもそもどのような連中だ？」皇帝は訊ねた。「パンノニアの親征から帰国して以来、その者どもの横紙破りや非道なやり口ばかりを耳にしておる」

「できて日の浅い政治結社にございます。政治権力の大半を掌握せんともくろんでおります。法の制定施行能力なら自分たちにもあると信じさせたいらしく、暴動破壊、あらゆる権威の否定などの非道三昧を方便にいたしております。すでに、史上まれな価値を有するかけがえのない国宝をひとつならず破壊されまして」

「われらが下にも置かず渇仰してやまぬ女性に、そんな荒くれどもが多数生じるなどということがあってよいのか？」

「女性には、ありとあらゆる貌がございますので」それなりに世慣れた式部長官が言上した。

「とは申せ」と顔を曇らせ、「そのほんの一部でも出せば、国家式典を覆すに足ります」

「その懸念は杞憂に終わるであろうよ」皇帝は式部長官をなだめた。

「ですが、やつらがあくまでやる気なら」と式部長官。「式典は完全に台なしにされてしまいます」

皇帝は答えなかった。

五分後のトランペットが余興開始を告げ、十重二十重の大観衆が期待と興奮で大いにわいた。すかさず最終賭け率が朗々と公表され、厩舎への各門がおもむろに開いた。一世一代の競走を邪魔だてされまいと、騎兵の一隊がトラック周辺を巡回する。ふたたびトランペットが鳴りわたった。すると最初の戦車の登場より先に、獰猛な鬨の声、笑い、抗議の声、金切り声の挑発がいちどきに大騒ぎを起こした。共犯者の手を借りて、何百人もの女どもが闘技場に降りてくるや、たちまち制御不能の暴徒と化して出走トラックを走り、踊る。競走用の馬もこんな狂人の群れに出くわした例はなかろう。戦車競技が不可能になったのは明らかだった。あてがはずれた観衆の失望と怒りの声に、狂女集団が勝利の雄叫びで応じる。続々と降りてくる女たちを円形競技場の衛兵たちがなんとか押し戻そうとしたが、焼け石に水だ。婦人参政権一派の群れは、追われても追われてもトラック内の移動にとどめている。

式部長官は憤怒と悔しさで眩暈（めまい）を起こしそうになった。涼しい顔のプラシドゥス・スペルブス帝が目で呼び寄せ、短く耳打ちする。すると、ずっと苦かった式部長官の顔が、その午後に初めてふっとほぐれた。

皇帝席からトランペットが響きわたった。観衆席が水を打ったようになる。ここで背に腹は代えられないと婦人参政権一派にいくぶんの譲歩をなさるのだろうか。

「厩舎の門を閉じよ」と式部長官は命令した。「そして野獣の檻を開け。先に第二部を行なうようにとのご命令である」

式部長官の言葉通り、第二部はかけねなしに迫力満点だった。雄の野牛は名前通り野生そのものの暴れっぷりで、噂のハイエナは狂犬という評判をみじんも裏切らなかった。

（The Gala Programme）

地獄の議会

　独創性や新味を発揮するのが前にもまして困難な昨今、バグトン・ビダーデイルは新種の病で死んでいちやく時の人となった。「前から思ってたわ。あの子はいつか、あっと言わせることをやってくれるぞって」と伯母たちは言いあった。「私たちの目に狂いはなかった」だが、認めようとしない者もいた。有名医師の多くはまだ完全に死んだわけではないと主張、白黒つくまで葬儀は延期に追いこまれ、伯母たちはひとまず半喪に服した。

　当のビダーデイルはすでに地獄入りしていたが、受け入れを決める確証がもっと出るまで客人扱いとされた。「完全に死んだとみられてないなら」地獄政府の者たちに言われる。「こっちがズルして身柄確保を急いだととられたくないんだよ。地獄が深刻な人不足だなんて建前はもう古い。ただし君の家に限れば、うちの帳簿に数えきれないほどビダーデイルが載ってるんだ、あとで見せてあげるけど。地獄の一環として身内親戚の共同生活を推奨してるんだよ。地上を観察すれば、ここで狙う効果をあげるにはそうしたほうがいいという根拠がいくらでも見つかるからね。ただし、お客期間中は万事にご不快がないようくれぐれも気を配るし、とくに知りたいことがあればなんなりと見せてあげよう。うちの議会はもちろん見たいだろう？」

「地獄に議会があるんですか」ビダーデイルは驚いた。

「ごく最近にね。もちろん世情の混乱はいつものことだが、議会が役に立つわけじゃない。でもさ、トルコやペルシアさえ議会ができるほどの流行っぷりだし、ゆくゆくはアフガニスタンや中国にもできるんじゃないかな。なのにうちだけ時流に逆らって作りませんなんて、なんだか痩せ我慢してるみたいじゃないか。ほら、いまそこを通ったあの若い悪魔は東硫黄区の選出議員だよ。頼めば喜んで案内してくれるさ」

「ちょうどこれから冒頭質疑なんだ」議員に案内されて広い玄関ロビーを抜けた。そこの壁画は人間の堕落、金の発見、トランプの発明ほか、地獄にふさわしい昔ながらのお題各種のフレスコ画だ。「地獄の釜地区の議員が、『悪魔的』なる用語を人間しかやらない悪行にまで不等流用するのは悪魔への風評被害だ、すなわち地獄界のイメージ低下につながりかねない誤用だから、地上各国の議会に強硬抗議せよという動議を提出するんだよ」

議会自体は、なにより異様な大きさが特徴だった。議員の割り当てスペースは小さいし出席者もまばらだが、一般傍聴席は視界の及ぶ限り何段も続いて立錐の余地なく埋まっている。

「ずいぶん世間の関心を集めた討議なんですね」ビダーデイルは大声を出した。

「希望すれば、議員は討論出席を免除される」悪魔は説明した。「最大の議員特権のひとつだね。一方、選挙区民は最後まで演説を聞く義務がある。くれぐれも言っとくけど、ここは地獄だから」

ビダーデイルは胴震いをこらえて演説に目を向けた。

「現況のなにがけしからんといって」登壇中の悪魔が述べる。「文明社会の人間は、恥さらしな醜行を一から十まですべてわれわれに結びつける癖がついております。悪魔がそんな過激な行為をするなど俗説に過ぎません。悪徳とは多分に人間のもの、というより人間固有の行為ですのに、恥ずかしげもなく『鬼畜』と表現してみたり、もっと言語道断にも悪魔的などと悪口雑言を垂れおる。『炭鉱坑内のポニー虐待は鬼畜の所業』とか、『コンゴの悪魔的残虐行為』などの表現がわれらの同類たる地上議会で濫用されますが、実態を調べれば、坑内で働くポニーやコンゴの原住民に対する、いかにも人間らしい所業が問題の焦点だったという動かぬ証拠がぞろぞろ出て参ります。かかる残虐行為に悪魔が関与した事例はひとつも実証がありません。よく人間は、面白くもなければ悪魔的でもない冗談を悪魔的な笑いなどと評して、妙にわれわれの意を迎えようとしますが、そちらは苦情にも値しないでしょう」

壇上で間を置くと、重苦しい沈黙が広い議場全体にのしかかった。

「どうかしたんですか」とビダーデイルは訊いた。

「五分の静粛だよ」案内役は説明した。「ぐうの音も出ないしるしさ。地獄最高の名誉でもある。では、喫煙室へ行こうか」

「動議は可決されるでしょうか」ビダーデイルは訊いた。その抗議が英国議会に届いたら、エドワード・グレイ卿はどうさばくだろうか。地獄と協約締結なんてさぞ楽しそうだが、外務大臣の想像力でははしごをかけても及ぶまい。

「可決？　ないない」と悪魔は言った。「地獄の議会じゃ、動議は右から左へ自然消滅だよ」

「地上の議会じゃ、たいていの問題が自然発生です」ビダーデイルは言った。「賃金問題に始まって交通経費にいたるまで」

なにはともあれ、家系で初めて地獄で冗談を言った人間になれたわけだ。

「それはそうと、地上の議会といえば、ここにも政党はありますか？」

「地獄に？　あるわけないだろ。ここには褒賞制がないんだ。懲罰問題ばかりをとことん突き詰めすぎて、対になるもうひとつがすっかり抜け落ちたんだね。それに、地上の君たちのような欺瞞政治はここじゃ通用しない。当然ながら私は誘惑に目くじらを立てる気はみじんもないが、地獄にはこんなことわざがあってね。『ねずみとりにチーズをしかけるなら、ねずみの入る余地を必ず作れ』たとえば君たちの『四ペンス払って九ペンスもらおう』（一九一一年の国民保険法で自由党のロイド・ジョージが提唱したキャンペーン）とかいう政党スローガンは地獄じゃ効かないよ。ねずみの入る余地どころか、想像力の余地すらないじゃないか。お国にも似たようなのがあるだろう。たしか、『地獄落ちのバカにまさるバカなし』。ここのバカは当然ながらみんな地獄落ちだがね、とはいえ――あいつらを『四ペンス払って九ペンスもらおう』で釣ろうなんて思わないように」

「手を替え品を替えて言いくるめ、モラルと知性ある人間の当然の義務だと信じこませるのは無理ですかね？」

「こっちは人間の才能をすべて持ってるわけじゃないから」と悪魔は言った。「エリバンクの若殿（エリバンク初代男爵アレグザンダー・マレー。財務省の要職にありながらインサイダー取引汚職で辞任した）みたいなのはそもそもここにはいないんだよ」

そこで議題書類がビダーデイルの目にとまった。「特別地獄関連の票決」とある。「ほほう。『特別な人間には相応に特別な地獄が用意されている』とはよく言いますね。その話をぜひ聞かせてくださいよ」

「支度中のひとつを見せてあげようか」悪魔はそう言うと廊下へ出た。「これにはお国のさる一流劇作家に入ってもらうことになってる。下っ端妖魔の人海戦術で、現在の演劇広告を切り抜いて巨大なスクラップ・ブックのアルファベット順に並んだ作家名の下に貼りこみ作業中なのが見えるだろう。あれ一冊に五十万件近い広告が入るはずで、ここの特別収容者に唯一支給される読み物だよ」

ビダーデイルには、さほど酷い仕打ちとは思えなかった。

「いまどきの劇作家なら、同時代の切り抜き広告のスクラップ・ブックを永遠に読んでろと言われても、人によってはさほど苦にしないんじゃないか?」

悪魔は嫌味に笑いながら声をひそめた。

「Sの字が抜いてあるんだよ(当時の人気作家バーナード・ショー=Shawを暗に皮肉っている。サキは彼のけれん味を嫌っていた)」

ビダーデイルは初めて地獄を実感した。


(The Infernal Parliament)

猫を讃えよ

少し前まで仇敵同士だった国家や民族がいつしか仲良くなり、手を結びさえする。政治史ではよくあるし、博物学の種の変遷にも類似例がある。長年ずっと角突き合ったのに今では共存した文明人と家畜とか。遠い昔のサーベルタイガーや洞穴ライオンが原始人の敵だった時代の人類対ネコ族の激しい葛藤は、より有利な武器を持った側――親指を持った側――に有利な決着をみて長い時を経ている。敗れたネコ族の末裔はジャングルや草原の荒れ野に追いやられ、なるべく息を殺して生きることだけを絶滅防止の武器にしている。だがフェリス・カトゥス、すなわち現代のイエネコのご先祖にあたる（現在も議論の的となっている）種は、適応という巧妙な巻き返しで絶滅を逃れ、征服者の社会のかなめともいうべき場所に座を「かちえた」。このもっとも誇り高い哺乳動物は、人間に隷属もせず使役もされず友好関係になった。荷役動物のような奴隷でなく、犬のようなさもしい軍属でもない。猫が家族になるのは自己の利害と位置する場合だけだ。猫舎に入れられたりせず、くつわをつけられることもなく気ままに出かけ、人の都合で出入りを制限されたりしない。人類との長い付き合いで、世渡りの技に一段と磨きをかけた。猫がクリームの皿を思い浮かべながら甘える技術は、絶対に敵を作らない中世の枢機卿に匹敵する。そんな社交性、無邪気にゴロゴロなつく人懐こさ、ふかふかのビロードの手足のすべてを瞬時にどこかへうっちゃって敏捷な獣になり、わざと知らん顔して人の手が届かず、意にも介さずにいられる屋根や煙突に隠れてしまう。あるいは生存をかけて戦っていたころの原動力だった持ち前の野性がつややかな毛皮の奥でふたたび目覚め、不運な鳥やねずみを死ぬまでいたぶって、弱い者いじめの本能（人間と猫だけに共通）をいかんなく発揮する。高度な文明だけが供せる贅沢を享受しながら中世的な野蛮を手加減なしに気ままに堪能する——世界の果てから交易で取りよせた肌触りのいい衣をまとい、産業社会の労働力が深い地中から取り出した燃料でぬくぬくと暖を取り、富に飽かせた珍味佳肴のおこぼれにあずかる一方で、自由な自然児にも、勇敢な猟師にも、殺戮者にもなれる——大勝利だ。猫が勝ったという証拠はこれに尽きる。だが、そんな成功のしるしのほかに、猫には認めざるをえないもうひとつの性質がある。エジプト人には神と崇められ、ローマ人には尊い自由の象徴とされ、無知な中世ヨーロッパ人には悪魔の手先として忌避されたが、時代を超えて密接にからみあった二面——勇気と自尊心の象徴でもあった。どれほどの窮地にあっても、このふたつは最後まで失わない。こころみに人間の子、犬の子、猫の子をいきなり危険にさらしてみるがいい。人間の子はとっさに助けを求めてきょろきょろする。犬の子は迫りくる苦難に屈して尻尾を垂らす。だが、猫の子は小さな背中を丸めて徹底抗戦しようとする。あとは贅沢好きの猫をふだんの安逸怠惰な境遇から追い出して、文明――犯罪者すれすれで踏みとどまるために、わずかな日銭とひきかえに街角に立ち、どぎつい挑発的格好で客寄せに踊らせるような文明――ならではの悲惨な状況下で冷静に観察してみよう。猫はスラムや裏町に捨てられて飢えに苦しみ、たえず追っ払われる宿なしにされようと、相変わらず闊達な豹の歩みでしなやかに悲惨の中を歩き回る。その昔、テーベ神殿の中庭を歩いた姿とちっとも変わらない。それに、人問が飼い馴らしても薄れなかった矜持と用心深さは今も健在だ。そして万策尽きて過酷な運命から逃れられず、衆寡敵せず、力及ばず身を守れなくなると、猫は最期の瞬間まで戦いぬいて死ぬ。怒りに喉をつまらせ、全身を震わせて必死にあがき、苦しさ痛さを断末魔の絶叫に変えて思うさまぶつけて死ぬ。人間という動物も、どたんばでそうした叫びをふりしぼることがある。幸福にしてくれたっていいのに――してくれなかった運命への最後の抵抗だ。

(The Achievement of the Cat)

古都プスコフ

有史このかたの危機の渦中にあるロシアが、圧しひしがれて不満と混乱のしみついた国土を外国人に連想させたところでまんざら不自然ではないし、なんらかの問題を報告されていない地域は帝国領のどこであれまず見当たらない。今や「ノーヴォエ・ヴレーミヤ」はじめ各紙は、英国各紙におけるさまざまなスポーツ行事と同等の紙面をさいて、定期的にそうした混乱を報じている。それだけに、政治の齟齬（そご）による不安をつかのまでも隠したり度外視したりできるようなロシアの別な日常をたまに知れば、嬉しさもひとしおだ。ヨーロッパ側のロシアには、まったくなじみのない空気に人をいざなう場所がいくつかありそうだ、たとえば、往時にはロシアの主要拠点の一角を占めていた古都プスコフのように。平均的な現代ロシア人にとって、在留国をよく知るためにプスコフを訪れる外国人など、不可解で気違いじみている。サンクトペテルブルグ、モスクワ、キエフ、ことによればニジニー・ノヴゴロド、田舎の休日をお望みならフィンランドの温泉保養地があるのに、なぜプスコフ？　そうして足の向くままに踏みしだかれた田舎道をたどり、心そそられる田舎町をせっせとたどって昔の大ロシア国境へ近づくにつれ、モンゴル侵略以前、ビザンチンの外来文化の洗礼もほとんど受けずじまいの、中世ロシア自治都市もかくやの光景がたちあらわれてくる。

二股の川にはさまれ、不毛の大地に広がるその小さな町のたたずまいにも建築物にもほどよい魅力があり、異教のリトアニアや暴虐なドイツ騎士団を数百年にわたり撃退してきた砦や塔がいまだにそっくり残っている。そのかみ、闇の諸勢力は、もっと実体のある人間の敵と同じく厳重に監視されていたし、びっしり茂った木立のいただきの上に、あまたの教会や修道院や白壁に緑の屋根の鐘楼が昔のたたずまいをとどめて、古さびたみごとな建築がここちよい色彩の調和を見せている。塁壁をめぐらした街の心臓からつづら折りに曲がりくねる街路の果てには二つの川の岸辺に二つの橋、そのうち素朴な低い橋桁（はしげた）の木造大橋のさきにひらけた対岸には、さらに塔や修道院やもっと控えめな建物が気ままにばらまかれて郊外へと続く。川面では高いマストのはしけが思い思いに派手な深紅や緑や白や青に彩られ、幼児のがらがらを彷彿とさせる金塗りの木製の旗をてっぺんに掲げている。市街どちらを向いても古色蒼然たるドアや深いアーチや木の切妻壁や手すり階段が並び、渋いセージグリーンや鈍い赤の屋根が目を楽しませる。だが、ひときわ異彩を放つのは豊潤な旧世界にしっくりなじむ住民たちだろう。たいていのロシアで見かける深紅や青のブラウス姿の労働者たちが、ここでは目もあやな色をまとい、女性たちもそれに負けじと派手にしており、どこの通りも河岸も市場もみごとな色彩効果をあげる人垣で光り輝くばかりだ。桑の実、オレンジ、錆朱、オールドローズ、ヒヤシンスの紫、緑、ライラック、多種多彩な青が、シャツやショールやスカートやズボンや腰帯に組みこまれている。自然がパーシー・アンダーソン（当時の英国で絶大な人気を誇ったインテリアデザイナー。舞台美術も手がけた）と競い合う、などという軽薄なコメントが心をよぎるが、中世めいた群衆を的確にとらえた言葉とは言えまい。この町ではいつも市（いち）が立っているらしく、住民は見るからに満足そうにやりとりしている。素朴な荷車が川っぷちをぞろぞろ行きかい、荷馬たちはロシアやポーランドのいろんな場所で見かけるように、飼葉（かいば）のあらかたを無雑作にあご下にさげている。

勾配がきつい通りの両端に古めかしい小屋掛けがずらりと並んで、木製のおもちゃや独特の風変わりな絵付けの陶器を並べて売っている。開けた市場では女たちの井戸端会議のすぐ横で大籠に盛ったいちごや、脚長の子馬が親馬のひく荷車の陰にのんびり寝そべり、色彩家の魂を喜ばせそうなオレンジや桑の実や白い服を着たばあさんに見張られて、すこぶる満足顔の豚がぶらぶら散歩している。たくましい農民たちが、西側諸国がとっくの昔に忘れ去った太古のままの農器具である鉄を打った小さな木の鋤（すき）を担いで農耕馬のくつわをとり、でこぼこの砂利道を渡っていく。

二つの川のうち大きいほうの軽快なベリーカヤ川では、老若の男たちがまっぱだかで水につかり、もっと慎みある洗濯女たちが色とりどりの服をゆすいだりはたいたりして洗濯に精を出している。川の中ほどへ泳いでいき、大河の中であごまで水につかって「鮭の視界」で小さな街を眺めるのは気持ちがいいし、何層にも分かれて、河岸、木立、灰色の塁壁、さらにまた木立、ごちゃごちゃした屋根と重なった上に、崩れかけた城砦（クレムリン）の壁の上から古い三位一体聖堂が街の守護者のごとく見守っている。その聖堂をさらに近くでよく見れば、正真正銘のロシア古建築の逸品で、ふんだんに彫刻をあしらって深紅や金の渦巻文を施し、聖者に列せられた地元の英雄たちや君主たち、プスコフ共和国の歴史を助けたさらに古代の聖遺物や聖遺物もどきが安置されている。そうした墓やイコンや滅んだロシアの遺物を眺めて一、二時間ほど過ごせば、うんざりするほど成金趣味で、歴史的興味を全く欠いた値札本位の案内係のいるサンクトペテルブルグのおぞましいほど壮大な聖堂にまたわざわざ入る気が失せるに違いない。

　そうした辛さが身にしみたプスコフっ子は、満足しきった見かけとはうらはらに、自分たちなりにもっと幸せな自国の新時代を待ち望んでいるのだろうか。だが、通りすがりの者の目にはそこまでわからない。疲れた国土の片隅に、どうやら満足しているらしい景観を見出して感謝するまでだ。「翼を傷めて飛べなくなった渡り鳥にも似た憂鬱にふさぐ」疲れた国土に。

(The Old Town of Pskoff)

クローヴィス、実務のロマンなるものを語る

「今時のはやりだよね」クローヴィスが言う。「実務のロマンを語るのは。そんなもの、ないのに。のらくら徒弟やサボり屋、敵前逃亡するやつ、そろばん勘定には目もくれず、実務なんか好きにしろって連中には、また別のロマンがあるんだけどさ。たまたま個人的に知ってる中じゃ、食料品店なんか指折りの血沸き肉躍るロマンがあるけどね、ロマンを生むのはあくまで店の商品であって店のおやじじゃない。シトロン、スパイス、ナッツ、なつめやし、アンチョビの樽、オランダチーズ、キャビアの瓶詰、箱詰め紅茶なんて品々を見ていたら、心はレヴァントの港町や熱帯の河辺を遊び、欧州の波止場や低地ネーデルランド各地の埠頭、砂塵のアストラハンからはるかな支那まで飛んじゃうよ。食料品店の見習い店員にロマンがあるとすれば、店のカウンターでの店員教育の賜物じゃなくて、ずっと貧乏に甘んじても夢と放浪の旅への憧れを絶やさないこ

とかな。小さい頃のぼくは南米や小アジアとかの地域がなんだか気になってた。主要河川の名や主要な山の高さを頭に叩きこんでね。自分のいるこの世界にはそういうものも含まれるんだなあって思いを馳せてた。そうやって思い描いていた場所を初めて実感したのが、いろんな品のそろった大型食料品店だったんだ。魅惑とロマンの見本市って感じでね、商売人にはわかんないだろうなあ。だって面白くもなんともない、ただの管理人だろ、スペインオリーブやらラングーン米のうんちくを垂れ流してるだけでさ、スペインなる国についちゃなんにも知らないし、知ろうとも思わない。ラングーンとかいう場所を思い描いたこともなければ、思い描くのも無理なんだ。交易ルートを新規開通し、新たな市場を開拓し、目新しい食品や誰も知らない薬味の本国用見本や荷を運んできてくれたのは、商品台帳とは無縁の放浪者、のんきな船乗り、あてのない旅人だよ。商売の店先に輝くロマンを運んできてくれた功労者はその人たちなのに、その場でポンドやシリングやペンスに換算され、請求書、複式簿記法、見積もり、償却とくる。たぶん、用語はあらかた違ってるかもしれないけど、ちょっと違うぐらいのほうが、かえって説明の手間を大幅に省く場合もあるんだ。

そうした一方で、だんだんと商売を覚えて早くから身を固め、遅くまで働くまじめな見習い店員なんか、大都市郊外のつましい家にはそれこそごまんといるからね。そんな連中が、ロンドンのケンサルグリーンはじめ大きな墓地にどれほど眠っているやら。どんなロマンがあったところで、芽吹きもしないうちから店や倉庫や事務所に埋もれて一巻の終わりだよ。だからぼく、ちらっとでも実務っぽくなったり、几帳面だったり、心を入れ替えてまじめに働こうなんて気まで起こしたら、すぐケンサルグリーンへ行って、実務に明け暮れた人たちの墓を見ることにしてるんだ」

(Clovis on the Alleged Romance of Business)

聖賢語録

哲人の風格ある米作農民モン・カ*は、イラワジ河の急流のほとりで、葦（あし）でできた家の縁側に腰かけていた。家の前後に緑の沼地、その先は未開のジャングル。緑の沼と思えたものは実を言うと水田で、サンカノゴイやコウノトリや優美な白鷺が闊歩（かっぽ）し、いかにも鵜（う）の目鷹の目で爬虫類採りに精を出すかたわら、明らかに実用ばかりか美観にもぬかりなく一役買っている。川っぷちの丈高い葦の茂みでは、のんびり草をはむ水牛たちの青みがかった濃色が深い草むらのそちこちに転がったプラムを思わせ、モン・カの家に陰を落とすタマリンドの林では、午後になるとカラスどもがしわがれ声でひっきりなしに騒ぎたて、彼らがこれまで話してきたことを何度も何度も繰り返していた。そのために彼らはここにいるのだ。

モン・カはビルマの老若男女に欠かせない緑がかった茶色の特大葉巻をくゆらしながら、二人の仲間のためになったり、教訓になるような俗事のあれこれを語り聞かせている。マンダレーから川上りの汽船がモン・カのもとへ週に三度ラングーンの新聞を運んでくる。それには世界中から電信で送られた事件の進展が、きびきびした文章で綴られている。モン・カはそうした記事に目を通し、しかるべき頃合いを見計らって友人隣人に自分なりの哲学を加味して伝えるので、地元では政治に一家言ある人という定評を得ている。ビルマでは哲学者をやめずに政界に身を置くことが可能なのだ。

友人のモン・スワはチーク木材商で、遠方のバモから下流へ戻ったばかりだ。出先では中国人の商人相手にもったいつけた悠長な値切り交渉を何週間もやってきた。当然ながら、戻ってくるやまっさきに噛みキンマの箱と太い葉巻を抱えて、タマリンドの林陰にあるモン・カの葦小屋の縁側に居座った。若いモン・シューガレイはマンダレーの外国人学校で英単語をずいぶんたくさん覚えて戻り、やはりカラスの騒ぐ声を聞き流して、モン・カの語る世の健全な姿についての箴言を聞く少人数に加わっていた。

木材や米相場など地元の世俗の事柄を枕に、もっと広く遠い、日常生活から離れた事件を話題にするのがいつもの流れだった。

「ところで、ここから遠く離れた場所でいったい何が起きたんだ?」新聞購読者のモン・スワが尋ねた。

「ここから遠く離れた」は村境のかなたに広がる世界の大半をさしている。

「いろいろだよ」モン・カが思い返して、「だが、まずはまるで正反対の、実に興味深い事件がふたつ。ただし、どっちも政府の動きにかかわることだ」

モン・スワはすべてのお上(かみ)を崇め奉りながらも信用していないという空気を漂わせて、重々しくうなずいた。

「最初の件は旅の途中ですでに聞いたかもしれんが」モン・カが言う。「インド政府の行動でね、達成してまだ日が浅いベンガル分割を取りやめた」

「多少は聞いてるよ」モン・スワが言った。「同じ船に乗り合わせたマドラス人の商人から。だが、政府がそんな行動に出た理由までは知らんなあ。なんで分割を取りやめたんだい？」

「それはね」モン・カが言う。「ベンガル多数派の要望に反するからさ。だから取りやめにせざるを得なかった」

モン・スワはしばらく黙りこんだ。「そうしたのは政府にとって賢明だったかねえ？」ようやくそう尋ねた。

「人々の要望を考慮するのはいいことだよ」モン・カが言う。「ベンガル人が自分たちに最善のことを常に願うとは限らんが。そんなの誰にわかる？　ただし、少なくともその要望は考慮してもらえたわけで、その点はよかったよ」

「で、さっき言ったもうひとつの事件ってのは?」モン・スワが尋ねた。「まるで正反対のほうだよ」

「もうひとつはね」モン・カが言った。「英国政府が英国分割を決めたんだ。あっちじゃ、政府も議会もひとつずつだったのを、今後はそれぞれ二分し、財務省も二つなら税も二ヶ所に納めるらしい」

モン・スワはその話にがぜん興味をそそられた。

「それで、英国の民意はその分割に好意的なのかい?」と尋ねる。「嫌にならないのかねえ、自州分割を嫌ったベンガル人みたいに?」

「英国人の感情は考慮されなかったし、これからもされない」モン・カが言った。「分割条例は政府が圧倒的優位な委員会のひとつで通過し、わずかに遅れて別の委員会でも通った。その後にランド分断法として成立する見こみだ」

「だけど、民意を諮らないほうが賢明なのか?」モン・スワが尋ねた。

「そりゃ大いにそうさ」モン・カが答えた。「だって、そういった法律施行にあたって意見聴取となって、民意を諮ったらいつものようにノーと言われでもして、その案ばかりか政府にとどめを刺されてみろ、そりゃあ政府としちゃ民意に耳をふさいでいるほうが賢明だね」

「だけど、何でベンガルの民には聞く耳もつのに、英国民の言い分には知らんふりされなきゃならない?」モン・スワが尋ねた。「自国の分断なら、当然ながら自分たちに直接かかわる問題じゃないか。その意見が取るに足りないほどくだらんのか?」

「英国民はそいつを民主主義と呼ぶのさ」モン・カが言った。

「民主主義?」モン・スワが尋ねた。「なんだそりゃ」

「民主主義ってのは」モン・シューガレイが熱心に口をはさんだ。「自分たちの望みや利益に沿って統治する社会集団のことさ。選挙で選んだ代表たちに法律を制定させ、監督させ、政権を掌握させる。その目的や狙いは、社会集団の利益に基づく社会集団の政治なんだ」

「じゃあ」モン・スワが隣人へ向いて、「かりに英国民が民主主義なら——」

「英国民が民主主義だとは言っとらんよ」モン・カが穏やかに口をはさんだ。

「おれたち二人とも、さっき確かにあんたにそう聞いたぞ!」モン・スワが声を上げる。

「正しくは」モン・カが言った。「〝民主主義と呼ぶ〟と言ったんだ」


(The Comments of Moung Ka)

＊—原文の Moung Ka は孟子の本名・孟軻。ビルマの彝語(いご)音準拠の表記。

その他の短篇

犬と暮らせば

アーテマス・ギボンは生来の品行も趣味もまっとうだった。だからもっとましな巡り合わせなら、早期見通しに沿って、色素欠乏症（アルビノ）なみに潔白な人生を送れたかもしれない。だが、押しに弱い性格のぬるま湯育ちではそもそも救いようがない。それでいてなかなか図太いところもあるときては、先行きは目に見えていた。発端はある午後だった。およそ人間の生態一般でさんざん実地検証ずみの真理として、無事にすませる可能性の芽という芽を徹底的に摘みとられてしまったら何が困るといって、若い男にありがちな局面で、教会バザー以上に失態の許されない行事はおそらくない。なのに主教夫人による開会の辞に、もうシャレにならないほど地元のお歴々の後援がついたまさにそんな場面で、アーテマス・ギボンは予想外の落とし穴にはまったのだった。

まっさきに認めざるをえないが、殺風景な独身男性の趣味嗜好に訴えかけて財布の紐をゆるめるに足る品があいにく見つからなかったのは、持ち前の臆病に祟られたせいが大きい。たいていのブースでは売れ筋らしいベビー用品は瞬殺、手刺繍でクラッとするような深紅と金の王室紋をあしらった「即位記念スカーフ」など、地味好みには一目で腰が引けてしまう物件である。なので、やむなく無難だが不要不急のピンクッションとダーラム大聖堂の風景画二点を買い、われながら見事な退却を、非難を浴びることなくなしとげたと思った。そのとき、予言された避けがたい運命が登場し、穏やかな人生という潮目をひっくり返した。見るからに偉そうで権高な（ただものでなく）いかつい顔のご婦人に飛びつかれ、お買いになるべきは絶対に犬よと吹きこまれたのだ。

「たったの二ギニーよ。あっちでうちの姪が世話してるわ。クララ！」一瞬後に気がつけば、ピチピチした乙女――と犬がすぐ目の前にいた。生まれてこれまで、狭い自宅に犬の入る可能性など皆無である。たとえばの話、穏やかな目をしたスパニエルをそれとなく炉辺に控えさせて健康作りのお供にするとか、もう少し後で、もしかしたらカッコつけの堂々たるディアハウンドとか――を思い描くことならたまにある。だが、目の前の犬はまったくそんな範疇にそぐわない。いかにも遊び好きなフォックステリアで見るからに放恣な恥知らず、あくびまじりの斜に構えて、世の中なんてくだらんと片っぱしから見下す態度が透けて見える。アーテマス・ギボン氏が露骨に迷惑顔を向けるような犬どもと一緒くたにしてもらっちゃ困ると言わんばかりだ。

巻きこまれた激変の力を完全に悟るより早く、ギボンはあのピチピチした乙女の言うなりに四十二シリング払い、買いたての犬の名はベルゼブブですという驚天動地の事実を知らされた。そこでなんとなく、たったいま金もろとも安らぎまで人手に渡してしまったという気がして、生来の控え目さとは相容れないけたたましさで吠えながら突進しようとするテリアのおまけつきでバザー会場を後にしながらも先が思いやられ、もはや安らぎのかけらもない終わりの始まりを本能でうすうす感じとった。焦って衝動買いした犬だが、いつもの良識ある立場では返品を申し出るわけにもいかない。しかもその犬の性格たるやひたすら強い反感しか湧かず、家の備品には不都合極まる。すぐさま買い手を見つけるか、お払い箱にするか、行方不明になるか、さもなければ始末するより仕方がない。

だが、ここでまたしても容赦ない社会規範がギボンの脱出のチャンスをふいにした。双方の意志力がぶつかったあげく、当然ながら人間がフォックステリアにやむなく降参、夕食時までに小間使いの手入れがすみずみまで行き届いていた独身男の居間は非難と当惑あるのみと化した。犬はその惨状のど真ん中でうるさがたらしくすましこんで、一脚しかないアームチェアを平然と独占していた。いつものギボンなら自分から小間使いに話しかけたりしないし、ありきたりな挨拶か、ナプキンを忘れているなどの細かい点をやんわり指摘するのがせいぜいだ。だが、ただでさえベルゼブブの登場に始まる現実離れした事態の連続のせいで、なにやら頼みごとをされていると小間使いは気づいた。

「その、メアリ、おそらくその、この、小犬なんだが――ミセス・マルベリーに伏せておいてくれないか、その、まだそのちょっと、私がその自分で――ああ――知らせるまで――明日の朝に」ギボンは自らその役を負うと、テーブル越しにメアリの方へ汗ばんだ生温かいシリング銀貨を押してよこした。まるで、そうすればひとりでに動き出して望む方向へ転がっていってくれるとでもいうふうに。口止め料は犬がいると気づかれたら必至の、女家主との揉(も)めごとを回避する方便であり、そのご禁制品を自分の寝室にうまく密輸した上で、ここまでは状況の許す限りなかなかみごとな手際じゃないかとギボンは自画自賛した。しかしながら翌朝のお湯が届いたすきにドアをすりぬけた犬が女家主の愛猫を追いかけまわしてそっちの寝室へ追いこみ、ベッドのブランケットにもぐりこむと、くぐもった音で派手なバトルロイヤルをかましたおかげで、口止め料は賢明だったかどうかさえ疑わしくなった。

はたと気づく頃には、新しい部屋選択の自由はかなり狭まってしまった。というのは、彼の犬のお供に対する偏見が見込みのありそうな女家主たちの胸にしっかり根づいていたからで、犬は当然のようにどこへでもついてくる。あげく、贅沢なボヘミア風内装の続き部屋(スイート)にふらふら入りこんでいつもの狼藉をしでかし、あくまで自分仕様に改造して断固出てこなくなった。ギボンが部屋中追いかけ回しても無駄で、家具をひっくり返してしまうのがおちだ。とうとう女家主にこう提案された――「もうその部屋をお借りなさいよ。犬はその気のようですし」神の摂理に逆らう申し出にぎょっとしたものの結局は屈した。またしても弱虫が抵抗を試みたあげく長いものに巻かれるというお決まりの図式だ。

ペットとの悪しき絆の毒はいずれ身辺の秩序をじわじわと蝕みだした。新しく借りた部屋がどれほど趣味の悪いギラギラした内装でも遠慮して指一本触れられず、豪奢な壁面にあのダーラム大聖堂の絵をかける余地はなく、それをきっかけにどこまでも流されていった。こうしたお堅い建築物のかわりにふだんの生活で目にするようになったのは、どうやら女性ゆえに衣装への誘惑に負けたご婦人の胸騒ぎというお題か、戦績つき競走馬の絵か、似たような浮名を流す社交界の名花だれかれの肖像画だった。それにもまさる主な堕落は、アーテマス・ギボンにかわってベルゼブブの地位が着実に上昇したという一事に尽きる。そんな名前自体がそもそもまっとうな生活にはとんでもなく不都合だし、若造がただでさえ可愛げのない犬畜生をそんなけしからん名で呼んでいたら、体面を重んじる知り合いはとんと寄りつかなくなる。

それで友人の顔ぶれを変えると、日々の習慣もおのずと変わった。昔の日課だったまっとうな散歩は月並みゆえ、ベルゼブブはあっという間に飽きてしまい、かわりに通りすがりのからの辻馬車にぽんと飛び乗ることにした。御者は当然止まり、犬は絶対出てこないのでギボンが乗りこむしかない。行き先も泥縄で――いつも玄関からほんの数ヤード先でやられ――よんどころなく、あるレストランを指定する。そうするとベルゼブブは閉店まで帰ろうとしない。いつもラガービール一杯でウェイターの非難の目にさらされてついお代わりを頼んでしまい、帰りの足は犬ばかりか自分のためにも馬車ということがままあった。こんな運命に翻弄されるうちにかつての知人は遠ざかり、新たな環境にふさわしいお仲間をベルゼブブにあてがわれた。けばけばしいベストや会話をまとうおしゃれな若者たちが、いろんな人懐こいテリアとともに寄り集まり、平穏な過去のけじめは一つまた一つと遠ざかっていった。いつも夜更かししてろくに寝ないうちに、さんさんたる白昼に寝ぼけまなこで目覚めて雑然たる部屋を見渡す。ところかまわず犬の足跡や煙草の灰やら飲み干したグラスの林立やらに、けばけばしいスポーツ雑誌、散らばったカードだらけだ。

しかしながら、とどめはまだこれからだった。ある晩、犬と一緒にすっかり行きつけとなったカフェで、かつてのようにラガービールでなくスコッチソーダをちびちび飲んでいるうちに、ふと、「もっと幸せな昔の日々を思い出す」嘆きという建物にすっかり閉じこめられてしまった。特に、ややチャラい遊び人っぽかったヒラリー・ヘルフォレザーという犬時代以前の若い友人、自分が模範と教訓の力で何とか感化しようとしていた人物が、立派だった昔へのまっすぐな細道のように思えた。白昼夢をきっかけに出てきたそんな嬉しくない物思いから、いらだちと仰天のせとぎわで我に返り、この十五分ばかりなんとなく目を惹いていたすぐ隣席のご婦人に目を転じる。小鳥を思わせる妙齢の——特に髪は、ノリッジ種のカナリアがめざしながらも実際に到達するのはまれな黄金色だった——しかもどことなく繊細な異国風で、服装は紫と金のラプソディ（にはっきりした間奏つき）に豪奢なオーストリッチ羽毛のボアでまとめた印象的な着こなしだった。この長く柔らかいエレガントに輝く小物が常に目ざといベルゼブブの注意を惹き、持ち主の椅子から垂れているところへこっそり寄ってきて、こまめにちょっかいをかけては羽根を一枚ずつむしって散乱させた。

ギボンの怯えた目は、ご婦人の無理からぬ取り乱しようにも煽られて、台無しにしたボアのただなかで巣の中の子鴨よろしく寝汚く（いぎたなく）ガーガー眠りこけている四つ足のけだものへと向けられた。「ご婦人が泣くのは不思議ではない」し、その顔色がどうも不自然だという点に思い至っていれば動じることもないが、ベルゼブブの飼い主はひたすら浮き足立って謝罪と弁償額のお伺いを嵐のごとくまくしたてた。

挑発的態度のわりにご婦人はいたって穏やかにふるまい、さきほどは興奮から、だめにされたボアの査定をボンド・ストリート相場より吊り上げたにせよ、大事なものをなくせばいっそう大事に思えるというだけで他意はなかっただろう。さしあたってのギボンの手持ちでは足りなかったので、そのご婦人の住所を頂戴するか、まあそのほうがいいかもしれないが、自分の名刺を渡して翌日には耳を揃えて間違いなく云々の経緯をたどり、ふと気づけばボアを失った乙女とデートの約束をしてしまっていた。

これまでアパートにご婦人客を呼んだこともない身では、降ってわいたようなこのおもてなしが諸事行き届かないのは当然として、美しい客はその未熟ぶりを補い、ノンアルコール飲料の後で酒と煙草を出せばいいのよと明言してくれた。しかも、ありがたくもお招きに応じて再会した動機らしきものを超えて、おもてなしの主人役におもてなしという技術を指南し続けた。早い話が終始ごきげんで、すっかりあがったギボンに弁償の話題を出すすきも与えず、自ら進んで何度もキスして好意を示すという行動に出たのである。

こんなふうに頼まれもしないご厚情ののち、帰りに玄関ドアへ見送りに出る頃にはしかるべく親密なご交情が生まれていた。しかしながら、まさに時を同じくしてヒラリー・ヘルフォレザーが階段の上がりはなからこっそり顔を出したのは不運もいいところだった。アーテマスはそそくさとお客を送り出すと、急ごしらえの笑顔で新しい客を出迎えたが、かつての弟子のにやにや笑いに相対することとなった。

「あれえ、すみに置けませんね！　ドライフラワー顔負けに枯れきった系だと思えば。なあんだ！　おや、可愛いテリアですね。あなたの犬ですか？」

「いや、ぼくがこいつのなんだ。身も心も」と、ギボンはわびしくつぶやいた。


(Dogged)

トム叔母さんの旅

E様

トム叔母さんと旅するスリルに比べたら、自動車の運転なんか目じゃありません。乗り換えが四度ありまして、そのたびに叔母さんは鉄道会社が確かに積み込んだとわかるように、われわれのトランク一式をお盆に載せてうやうやしく運ばせようとしました。しかも十分ぐらいおきに予言者ばりの確信をこめて、他の品と一緒に「お母さまの形見のレース」を入れておいた自分のトランクはエジンバラへ絶対届かないよと言い切るのでした。いっそ、叔母さんに母親など初めからいないほうがよかったと思いかけたのも一度や二度ではありません。切れ切れでだだ洩れの嘆き節を最後まで我慢できたのはユーモアセンスの賜物（たまもの）以外にありません。しかも、確かにそのトランクはエジンバラに届いていませんでした！

三十分後の次の便で必ず届きますからと車掌がいくら太鼓判を押しても無駄でした。やれ、ブリストルとクルー（チェシャーの町。鉄道分岐点で有名）は柄が悪い、自分のトランクはこじ開けられてお母さまのレースを人に盗られてしまった、今頃は誰かがつけているのよと言い張ります。それで私が口を出し、朝の八時にレースなんかつける人はいやしませんよ、休憩室で朝食でも取りながら次の便とやらを待とうじゃありませんかと説き伏せました。そしたらさらにまずいことが――バップ（柔らかいテーブルロールの一種）がないのです！　素敵なフレンチロールならありましたが、震え上がったウェイターをとっちめた叔母さんの言いぐさときたら、遠路はるばるエジンバラまでパンを食べにきたとでも思うか、ですって！

　バップ抜きの朝食中に表に出てみれば問題のトランクが届いていたので、小柄なボーイに運ばせて叔母さんのすぐ足元に置いてあげました。なのにトム叔母さんったら、ろくすっぽ見もしないでトランクを受け取り、相変わらずバップがないとこぼし続けます。

　やがて二人でホステルを一軒ずつ回って宿探しという楽しい時間になり、トム叔母さんは三十年前にさるスコットランド事務弁護士会会員が留守中の部屋を貸してくれた顚末を飽きずに何度も持ちだして、今もその部屋があるはずだと言うのです。「やっぱり私たち、こうしてエジンバラを目にしているのねえ」ひょっとすると、モーセが砂漠を四十年さまよった末にアジアを目にして、同胞に感慨を伝えた時もこうだったでしょうか。やがて二人でこの宿にやってくると、部屋をとるより早く、叔母さんは女支配人や召使たちや宿の全員を気が狂わんばかりにやっつけました。なにもかも自分の好みと違うというのです。私はあわてて、叔母は長旅で疲れて気が立っており、お目当ての部屋を取れなくて落胆しているんだとホテルの一同に言いつくろいました。そして片隅でブーツを持ってそっと泣いていた部屋付きのメイドをなだめ、屑籠にもぐりこんでいたホテルの子猫を出してやり、洗顔とひげそりに行きました——で、戻ってみれば、トム叔母さんは満面の笑顔で、このホテルを友人全員にお勧めするわと大きく出ています。「ここの人たちを意のままに動かすのなんて朝飯前よ」とランチの時に言われました。「人心掌握術さえ心得ていれば」そして女支配人には、私がひどい変人だと伝えるのです。おそらく火曜の朝まではここですが、その後は別の部屋になります。ホテルの人たちが親身にあれこれ計らってくれましたので。

トム叔母さんは本当にすごいですよ。十六時間もまんじりともせずに列車に揺られ、宿探しに一時間かけた後でもひたすら外出して店を回りたいっていうんですから。叔母さん的には「すごく楽」な旅だったそうです。私自身はここまで消耗した経験はありませんけど。

愛情深い弟

H・H・マンロー

(Travelling with Aunt Tom)

ジャングルの掟

〝毛なし手足の不死身〟のモウグリは期待の目で〝相手〟に話しかけた。

「ジャングルの掟は、いま話した通りさ。今度はあんたらのややこしい政治システムの話をしてくれよ」

「悪いが」相手が言った。「あんなのをシステムとは呼べんね。ただし、もしかすると、わざと全体像をつかみづらくするために法の規制がかかっているのかもしれん」

「けど、支配カーストはあるんだろ?」

「その必要性は認識しだしてるから、いずれなにかできるのは間違いない。当面は政治屋の大群に舵(かじ)取りをやらせてる。なにかうまみのある仕事に鞍替えさえしなきゃ、ゆくゆくはひとかどの政治家に化けるやつも出てくるだろう」

「ねえ」とモウグリ。「ひとかどの政治家になるってどうやるのさ」

「まずは十八から二十歳ぐらいになったらピットやバークやタレーランそのほか歴史上の大物政治家の本を読ませる。進取の気性に富んでるそのころが人生のピークというやつも多い。お次にその大半が政党政治というオウム屋敷に入れられ、オウムの叫び声そのものの雑音を聞かされっぱなしで何年も過ごすんだ」

「オウムの叫び声って、どんな?」

「多すぎて覚えきれないよ。『不労利得』『生活水準』『いかなる代償をも辞さぬ和平』『心の連帯』『国家主導貿易』『不撓不屈』『国土に立ち返る』『国民の糧』『経済効率』——オウム屋敷じゃこんなのを言葉だと思ってるんでね、きみが狼の群れを離れたくなったらいつでも聞きにおいでよ、そういう視点がまだまだ面白いうちに。オウム屋敷じゃ、いつも口に出してものを考えるんだ」

モウグリはあくびした。「ひとかどの政治家の話だったろ」

相手が考えこむ。

「ひとかどの政治家になろうと思ったら、いちばん手っ取り早いのは結婚による閨閥入りだね、ただしもちろん相手は選ばなきゃだめだよ。この国の掟じゃ一夫一婦制しか許されてないんだから、結婚で政治家に成り上がるのは口で言うほど楽じゃないんだ。それから温和で気さくな人柄が大いにものを言う、蜜は一滴で蠅数匹を捕らえるとかって言うだろ。自分を蠅だとわきまえてる限りは最高の助言だよ。たしかに持ち前の度量や能力で勝負する連中もいないわけじゃないけど、そういう政治家が大向こうの支持をとれるかなあ。だって、えてして言葉足らずで愛想がなかったり、みんなの頭に疑念がきざした時に限って余計なことをいろいろ言うじゃないか」

「だけど」とモウグリ。「急場になればおのずと適材適所におさまるもんだろ。おれたちはそうだし、違う展開なんてありっこないよ」

「ところが」と相手。「こっちじゃあるんだな。例えば、外交上手の英国政治家は世に知られる限りひとりしかいないけど、そいつはずっとインドに据え置きだ。いやいや、矛盾でも何でもなく、そういう風習なんだよ。つまり、軽い神輿ほどあてにするという」

モウグリは考えこんでしまった。「で、そうしてあてにせざるをえない面々に技やコツがまるっきりなかったら?」

「ここのややこしい掟のひとつでね、適格とされた者は、そうじゃないと露呈するまで適格とされる。で、そのあとは——」

「そのあとは」モウグリが話を引き取る。「狼の群れによってたかってばらばらに食いちぎられる」

相手はふっと笑った。「そんな手ぬるいもんか。内閣ごとばらばらにされるんだ」

「だけど、群れのかしらに舵取りできる器量が足りないなら、なんで会議の岩にのぼらせとくんだ？　ほかにいないのか？」

「いるよ、だからさ。政権を替えなきゃってつぶやきが起きれば、さっそく対立陣営の領袖たちが鳴り物入りでしゃしゃり出てくる。それっきり幕切れってのがお約束さ。いいかい、モウグリ、うちの国の立ち位置を見せてやろうか。心の目でついてきな、まずは〝東方の覇者〟ウラジオストクを出発点に満洲国へ南下して大河に乗って黄海へ、そこから北上してチベット高地、さらにインダスを渡ってアフガン平原、はるかペルシア湾岸へ出てチグリス川沿いにバグダッドへ。そう、そこからトルコを横切って未開のバルカン山地へ、さっと後戻りして紅海沿岸からアフリカの広大な原野を一巡り。それがわが国のジャングル、狩りまた狩られる舞台となるべき場の一部に過ぎない。そして世界が狭まり、大英帝国が広がるにつれて狩りはいっそう熾烈になり、夜も昼もなく働く者が将来の安泰を得る。それは君らのジャングルの掟だし、うちのジャングルでもご同様だ。

　さて、いったん君のふるさとへ戻り、そこから英国流の時局のつかみ方をとくと見るがいい。そこらの町や村や地域の連中がその時々に選挙するだろ、投票者の十人に一人はアジアの多種多様な諸民族も定住地域もさっぱり知らんとくる。まったくの絵空事も同然なんだよ。なのにせっせと候補名に小さい×印をつけ、その×が集計されれば数ある政治課題をさておいて最重要事となる。政治屋どもはその総数に息を呑み、たがいにこう言い合うのが聞こえるよ。『九二年の時に比べて票が増えたな、四百票アップじゃきかないぞ。投票者数は二百五十も減ったのに』肝腎なのはそれなんだ」

「そんなのを政治システムなんて呼ぶわけ?」とモウグリ。

「だから忘れたのかい」と〝相手〟。「さっき言っただろ、違うって」

〝毛なし手足の不死身〟のモウグリは立って伸びをした。「もう灰色狼の群れに戻ろうかなあ」

(A Jungle Story)

政界ジャングルブック

（キプリング先生ごめんなさい）

ヒューギーラの狩りの巻

おお　ねぐらへの道は細く
（されど豹の喉はいかにも太い）
かの細道にはまりたる子ヤギは
「迷える」という罪深き枕詞を負わずにすむだろう
（ついでに成長の手間も省けよう）

「あの岩場をうろついてるのは？」モウグリが尋ねた。

ハリネズミが一瞥すると、しなやかで白っぽい毛皮に、やたらと目立つ地紋の獣がいた。

「あいつはヒューギーラ、寒い雪豹だよ。会議の岩じゃ、〝同じ血の若造〟呼ばわりでさ。心な

ヒューギーラ、場を凍りつかせる寒い豹

しか、〝血縁とは心外な〟ってニュアンスもたまにうかがえる」

「なんで、そこまで?」

「そりゃ、だって。あそこの獣たちとは狩りの作法からして水と油だろ、だからってお払い箱にもできないし。しかもあいつ、いつもあんなお高いとこへ居座ってるもんだから、なにかにつけ上から目線もいいところでさ。そのくせ」ここでプッと笑い、「氾濫期のガンジス河なみに、見境なくなんでもかんでも深みにはめちまうんだから」

「で、なにをあんなにムキになってるんだ?」と、モウグリ。

「めぼしい動きはゆるやかな氷河がせいぜいの高地で、霧にくるまって長らく過保護に過ごしてきたせいで、昨今のジャングル世界のめまぐるしい変化にぜんぜんついてけないんだよ。きみの縄張りよか上流の高地で体裁よく暮らせりゃ、それはそれで大いに結構だけどさ。へたすりゃ雪盲になっちまうって事態も考慮しとかなきゃ」

するとヒューギーラはぷいと岩場を離れ、「神への義務」臭をあとにまき散らして跳躍しながら通り過ぎた。めざす先には草場があり、じきにそっちで怒号や懸念の声が盛大にあがってモウグリの耳に届いた。帝国ワシのアスキラもやはりその喧噪を聞きつけ、さっそく舞い降りてきた。なにか争いがおっぱじまると、たいていアスキラが前面に出てくるのだ。

「なんか毛むくじゃらのが駆け降りてくよ」と、モウグリ。「どうなってんの?」

帝国ワシ、アスキラ

「あれはね、回り込んだヒューギーラが子ヤギの群れを自分のねぐらへ追い込んでるんだ。子ヤギどもが細道の端へ駆け込めば、どうしたって反対端へと抜け――そこで待ちかまえるヒューギーラに出くわすって寸法さ」

「ヒューギーラには好都合だね」と、モウグリ。

「しかも〝やつの〟見方では」ハリネズミがいう。「〝子ヤギらに起こりうる最良の事態〟ときたもんだ」

「けどさ、子ヤギたちはむしろヒューギーラから逃げておとなのヤギになりたいんじゃないか」モウグリが反論した。

「ま、それはそれ、これはこれ」が、ハリネズミの返事だった。


(The Political Jungle-Book: III. Hugheera's Hunting)

〔解説〕

＊ヒューギーラ

初代クイックスウッド男爵ヒュー・セシル（一八六九―一九五六）。英国首相を三度つとめた保守党の領袖サルスベリー侯の末っ子（第八子）。父だけでなく、兄たちや親戚にもそうそうたる政治家を輩出した名門貴族の御曹司である。自他ともに認める敬虔な国教会信者で、幼児宗教教育推進派だった。本作執筆当時の二十世紀初頭には保守党の若手貴族グループを率い、若き日のウィンストン・チャーチルもその仲間であった。が、時代錯誤な政見や傍若無人な異端児ぶりに年長議員たちは眉をひそめ、フーリガン（無頼派）をもじって「ヒューリガン」呼ばわりした。どちらかというと学者肌で、後半生は学究生活へ転向、政治家としては大成しなかった。

＊アスキラ

ハーバート・ヘンリー・アスキス（一八五二―一九二八）。

セシルらの対立政党である自由党の大立者。本作の六年後の一九〇八年に首相となる。ワシを思わせる鋭い眼光にワシ鼻の持ち主で、古代ローマの昔からワシを象徴とする帝国主義の亜種・自由帝国主義の信奉者として大派閥を率いるタカ派の親玉（つまりワシ）でもあった。たたき上げの苦労人ゆえのしぶとさと、弁護士の職歴を活かした容赦ない討論スタイルで頭角をあらわし、内政外交に活躍した功により初代オックスフォード伯に叙爵された。ただしタカ派の論客として推し進めた軍備増強政策は第一次世界大戦を招く一因ともなり、功罪は相半ばする。女優のヘレナ・ボナム＝カーターは曾孫にあたる。

挿絵＝フランシス・カラザース・グールド

エデンの園

　蛇は苦心惨憺して、すでにとりかかった押し問答や誘い受けをありったけ練り直し、即席でいくつか新しいのを思いついたが、イヴの答えは終始一貫して揺るぎもしなかった。もう決めたのだ。蛇はとうとう拗ねてとぐろをくねらせ、あからさまにへそを曲げて這って消えた。

「よもや、禁断の実を口にしてはおらんだろうな」数分後、感じはいいがかなり心配そうな声がイヴの肩のあたりでした。声の主は大天使のひとりだ。

「いいえ」イヴは落ち着いていた。「ゆうべ、アダムと二人でその件をとことん話し合いまして、あの木の実を食べろだなんてかなり不適切な話だよねとお互い一致しました。だって、食べるものならほかにいくらでも木の実や野菜がありますものねえ」

「むろん、そうした分別はあてになる」大天使の口調は熱意のかけらもない棒読みだった。「ただし、そのせいでかなり失望する向きもありそうだ。そなたが巧みに言いくるめられてあの禁断の実を口にするかもしれぬ、という意見も出ているからな」

「この数日、ここの蛇から実際にそういう話は出ました」と、イヴ。「その手には乗らないと言ってやったら相当怒ってましたけど、ゆうべ、アダムと二人でその件をとことん――」

「ああ、はいはい」大天使はちょっと閉口して、「むろん、実に見上げた心がけだ。それと同時に、まあその、みなの予想通りとは言いがたい。やはりなあ、すでに原罪がこの世に入りこんでおるわけだし」

「はい？」イヴはいちおう応じたものの、乗ってくる感じはない。

「そして皮切りになる人間というと、実質おまえしかおらんのだから」

「そんなの知りません」イヴは涼しい顔だ。「アダムと私なりに興味の範囲がありますし。ゆうべはとことん――」

「あのな」と大天使。「おまえなら誘惑に負けるだろうという推測のもとに、これ以上ないほど念入りなお膳立てがされていたのだ。そして『人間の堕落』と題した無数の名画が生まれ、いずれ不朽の詩がものされる、題して『しつら――」

「題して、なんですって？」寸前で踏みとどまった大天使に、イヴがつっこむ。

「『しつらえの楽園』だ。おまえとアダムが禁断の実を食べたいきさつが、その作品にすべて織りこまれる。もしも食わずじまいになれば、その詩になにを歌えばよいかわからんではないか」

イヴはあいかわらず頑として――木の実ならもう間に合ってますと言う。

「けさ早くにイチジクとプランテーンバナナとセイヨウカリン六個を食べ、お昼は桑の実とマンゴスチン数個、ゆうべはアダムと一緒にアスパラガスの若芽やパセリの新芽をザクロソースでたらふくいただきましたし、昨日の朝は――」

「もう行かなくては」大天使はそう言うと、かなり不機嫌そうに、「蛇を見かけたら、もういちど試してみろと声をかけてやっても無意味かな――?」

「ええ、まったく」イヴは翻意しなかった。


「困るのは」大天使はやや落ち着きを回復して翼をたたむと、エデンの一部始終を詳しく報告した。「あの園に果物がありあまっている点です。だから特定の一種類に強くそそられないのです。一部が不作にでもなれば……」その案は採用された。虫害、うどんこ病、芋虫毛虫、季節外れの霜が樹木や灌木やハーブの別なく壊滅させた。プランテーンバナナはしおれ、アスパラガスは地表に顔を出さなくなり、パイナップルはいつまでたっても熟さず、ラディッシュはまるまると育ちきる前に虫に食われてしまった。あの禁断の知恵の木だけが無傷で青々と茂っている。

「結局はあれを食べるしかないな」かびたタマリンド数個に昨日食べたメロンの皮という、わびしい朝食をすませたアダムが言った。
「食べちゃいけないいんでしょ。だったらこれからもそうよ」イヴは揺らがない。こうと決めたら、てこでも動かない女だったのだ……。

(The Garden of Eden)

モーナはかねがね悲劇の女主人公を自任してきた。名前もそうだがつぶらな黒い瞳、いちばん似合う髪型など、すべてがその方向性にかなっている。過去に辛酸をなめたか、とにかく早晩そうなりそうな薄幸の雰囲気をいつも漂わせていた。おまけに、ほかの人が運転手つきの車をすぐそこの角に待たせており、時分になったら参りますと言うような口ぶりで、しじゅう「死の天使」を持ちだすくせがある。そんな性癖に気づいた占師どもは、過度の明言を避けつつあの手この手で悲運をほのめかすのであった。「ご自分で選んだ人と結婚なさいますが、あとあと風変わりな試練の炎を幾度となくくぐられます」と、鑑定料二ギニーもするボンド・ストリートの手相見は言った。「ありがとう」と、モーナ。「はっきり聞いてよかった。でも、そういう自覚はずっとあったの」

ジョン・ワダクームとの結婚で、モーナは自分が「半分見える世界」と呼んで慣れ親しんだ空想の悲劇とはまったく接点のない男と連れ添うことになった。夫には夫なりに苦労多い世界があり、まるきり視野の埒外（らちがい）の世界にわざわざ目を配って根も葉もない妙な気まぐれを追うゆとりはない。なにぶんにも馬鈴薯の虫害、豚の熱病、政府の土地政策など農家ならではの苦労に気力を奪われ、かりに精神疾患の可能性を認めたにせよ、モーナの分類では十一種類に細分化されるすべて不治の病を、二週間ほど海辺で静養すれば完治するさと軽くあしらう。みもふたもなく言えば、ジョン・ワダクームは土に根ざした泥臭い男であった。政界に打って出る気になれば「正直ジョン」で通るのは必至、正直以外に表現しようのない男だった。

結婚して二日かそこらで、モーナは終生にわたって従う伴侶に興味の接点がなく、したがってその方面の理解は得られないと悟って悲嘆にくれた。二人の性格や気質をよく知る者なら誰だって婚約発表と同時に予見できたことだ。ジョンはジョンなりにモーナが好きだったし、モーナもまるで違う流儀ながらモーナなりにジョンがかなり好きだった。だが、ふたりは発想からしてほぼ水と油のごとく相容れなかった。

きっと誤解されるわと思いながらモーナは結婚生活に入り、しばらくしてジョンも、この女はさっぱりわからんというわかりきった結論に達し——「ほっとく」でよしとした。夫の鈍さに妻は初め苛立（いらだ）ち、やがて失望した。「物言えば唇寒し」が夫のひとつ覚えであったが、モーナのだんまりにはかえって裏目に出てしまう。夫がソウルメイトでないのがモーナの悲しい悩みであった。なのに夫のほうもそれを悲しめないのはどうして？　当初はたぶんに芝居がかっていた愁訴がシャレにならないほど深刻化した。病的な素地がついにひと山掘り当ててせっせと蝕(むしば)みにかかったわけだ。ジョンが農業にお約束の苦労を抱えながらまずまず充実した日々を送るさなか、モーナは何も手につかずに悩み苦しみ、ちょっとどころでなく不幸であった。

　そんなころ、いつものように内心の懊悩(おうのう)を抱えてあてどなくさまよううちに、モーナはあの「池」に行き当たった。ここらあたりは白亜の台地で、天然の水場はまず見当たらない。人造のアヒル池とか牛馬の水場一、二ヶ所が農場にあるぐらいで、数マイル四方に池があるとはついぞ知らなかった。丘の急斜面に放置されたブナ林のただなかで粘土の露呈した窪地に、見るからに不吉な暗い水がたたえられ、柵を巡らした上に陰気なイチイや朽ちかけたブナの怪樹がおおいかぶさるようにのしかかっている。お世辞にも気分は上がらず、見ごたえはあっても陰惨の一言だ。この池に人を登場させるとすれば、ぷかぷか浮かぶ死体の図しかない。一目でモーナは惹かれた。気質にも、おそらく心境にも合っている。ほぼつねに足が向く先はあのブナ林となり、そのメッカに詣でるたびに、見るからに底なしのひっそりと黒い水面はいっそ悪意に近い失意を漂わせた。丘が喜ぶとか谷間が笑うとかの空想にふける向きには、まちがいなくひどい渋面に見えそうなたたずまいの池である。

その池の過去をあれこれ想像するに、たいていの場面に悲運に沈む人が出てきて力尽きた様子で深淵の誘いに身を任せようとし、ついには水草にまじって陰気なむくろを浮かべた。想像図を微調整のたびに亡者がどんどん自己の姿と重なる。いつも池べりの周囲をとりまく急斜面に立つか座るかして池をのぞきこみ、ついうっかり水辺へ寄りすぎて足をすべらせたらどうなるだろうと考える。自分の作り出したお話のヒロインみたいに静かに浮かぶまで、あの深い水草の中でどれくらいもがき苦しむのか、頭上におおいかぶさるイチイとブナの葉叢が通す日光や月光を受けてしばらく浮いたあとで捜索隊に見つかって引き上げられ、検死や埋葬といった気の滅入る必要悪を経るのか？　安らぎを誘うあの暗い池で、心を蝕む懊悩に自らけりをつけるという案が日を追うごとに明確な形をとる。池の深みをうろつく精霊がにこやかに浮かび出て、もっとこっちにいらっしゃい、もっと乗り出しておいでと手招きしているみたいだった。行くたびに、その誘惑の強まりを自覚し、落ちて一巻の終わりになったら、という恐怖がどんどん薄れゆくのもなんとなく心躍る。不本意ながらしぶしぶ引き上げにかかるさい、やじと非難が相半ばしたつぶやきにくるまれる気がした、「今日じゃなかったのか？」

やがていよいよという時に、牡牛なみに頑丈で悪天候でもへっちゃらそうだったジョン・ワダクームがにわかに倒れて急性肺疾患の重体に陥り、医師や看護陣や頑健な体力をもってしてもあわやの事態までいった。危篤の最中はモーナが必死で看病し、われ知らず巣くった自殺願望との戦い以上に死力を尽くして、夫をさらおうとする死神に抗った。そこをくぐり抜けて回復期に入ってみれば、長患いで弱った夫はかなり気難しくなったとはいえ、ぴんぴんしていた頃よりはるかに心を開いて可愛げのある人になった。変なわだかまりや互いの苛立ちが取れ、夫婦ともに昔からすれば望外の通い合いが生まれた。モーナはあの池を忘れるか、思い出してもゾッとするだけになり、自分の病的な弱さやバカさかげんを軽蔑する健全な視点が芽生えた。ジョンばかりかモーナも回復期を迎えたわけだ。

夫への新たな共感と関心が、自己憐憫や自殺願望を一掃した。そうはいってもモーナにもとからあった病的な潜在意識は切っても切れず、あっさり根絶やしにはできない。秋のある日、その潜在意識にふと導かれるまま、かつて弱気が災いしてろくでもないバカな誘惑にかられたあの池に行ってみた。自殺願望がなくなった今、あの池はどんな感じかなと思ったのだ。前にもましてわびしい眺めだった。初秋の彩りはすっかり消えうせ、雨に叩かれたブナの濡れ落葉は汚泥そっくりだ。裸木のただなかでイチイばかりがひときわ黒く不気味に密集、腐りかけた落葉からはキノコ類が伸びている。モーナはどす黒い水面を見おろし、虫や腐った水草でドロドロによどんだ汚水の深みで息ができずに死ぬというおぞましい最期を思い描いたかつての自分に戦慄した。そのおぞましい水が腐った長い腕で自分を抱きかかえて引きこもうと持ち上がった気がして、嫌悪にあとずさる拍子に腐葉土まじりの粘土にずるっと滑っていやおうなく池っぷちの急斜面を落ちていく。すぐ抜けてしまう木の根や滑りやすい濡れた地面に半狂乱でしがみつこうとしたが、体重のせいで勢いが止まらない。惹かれつつ結局は突き放した、あのおぞましい池がさっそく大口を開けて待ちかまえている。たとえ泳ぎの心得があっても、水草にからみつかれた池の底では助かる見こみはなく、以前の自分が望みかけた姿でジョンに発見されるだろう——前から愛してくれ、今は前にもまして深い愛を学んだジョン、自分も心のありったけで愛しているジョンに。何度も何度も大声で呼んだが、夫は一、二マイル離れた農場で、発病前にもまして一心不乱に農作業に励んでいる。斜面がずるずる遠ざかっておぞましい黒い汚水となり、落ちながら払い落とした石ころや小枝が足もとの水でかすかな音をたてる。頭上はるかな高みとおぼしいあたりにイチイが納骨堂の屋根よろしく陰鬱な枝をかざしている。

「おいおいなんだよ、モーナ、どこでそんな泥んこになった?」無理もないが、ジョンはいささか驚き声をあげた。「豚どもと追っかけっこでもしたのか? どこもかしこも泥まみれだぞ」

「池に落ちたの」

「え、馬洗いの池か?」

「いいえ、あっちの林の中にある池」と説明する。

「このへん数マイル一帯に、池なんかあったかなあ」

「まあ、池と呼ぶのは大げさかしらね」モーナの声にかすかな恨みがましさがのぞいた。「深さが一インチ半ぐらいしかないの」

(The Pond)

聖戦

レヴィル・ヤルムトンは、暮れなずむ初夏のプロシア平原を西へつっきる北急行の食堂車に揺られていた。商用での二年近いロシア辺境のアジア巡りを終え、英国西部の田舎のわが家と妻のもとへ戻る途中だ。実際に住んだことは一度もないが、子ども時代の聖域同然に思い、戻る日を心待ちにしていた。その家には懐かしい思い出がつまっているのだ、たとえ体験より夢想のまさった思い出にせよ。小さい頃からの実家はよどんだ西部の村にある不景気なわりに気取ったコテージで、丘の手前の破風造りの古屋敷では独身の伯父が身内どもをなるべく避けて静かに暮らしていた。透き見に便利な常緑のヒイラギの生垣から、めったに近づけない場所をこっそり眺めた子ども心にそのたたずまいが焼きつき、いつかは住みたい素敵な家だと憧れてきた。こうして列車に揺られて夕食をすませながらもありありと浮かぶ。玄関先には大きな池、まだらの鴨や艶やかな青首の群れが、内海を行きかう派手な小型商船さながら泳ぎ回り、白塗りの高い門のさきは片やイチイにふちどられた庭園、片やわら敷きのひろびろした家畜放牧場で、きらびやかな雄の軍鶏（しゃも）たちがせわしなくつつきまわる雌鶏どもを従えて闊歩するかと思えば、すべらかな黒紫の豚どもがそこらを掘り返して餌をあさり、日がな一日うたた寝していた。さらに奥の斜面には筆舌に尽くせぬ喜びをもたらす果樹園が広がり、春になればゴシキヒワが巣をかける。折々のリンゴやグリーンゲージ種のスモモやサクランボに食いつくように見入って、しまいに目が痛くなった。思い返せば、子ども心をとりこにする要素は他にもごまんとあったが、成長して大人になる歳月という厳しい試練を経てもなお、心騒ぐ魅力がみじんも褪（あ）せなかったのは驚きだ。そして両親どちらも世を去っておとなしく追憶に組みこまれてしまうと、彼は立派に成功した実業家として界隈を再訪した。老伯父は往年よりだいぶ角（かど）が取れ、あの破風の古屋敷は昔のままだった。その数ヶ月後に彼が大事な商用で東方へ旅立つと伯父が亡くなり、あの地上の楽園をそっくり甥に遺してくれた。ヤルムトンは引き継ぎを妻にやらせ、ロシアの事業を軌道に乗せるまでは憧れの地に足を踏み入れる楽しみを封印した。そうして脳内にたぎりたつ期待を抱えた行く手に、わが家——と、妻シルザがいる。しかしながら皮肉な思いが、たえずうっとうしく出しゃばる。行く手にうずたかく積まれた楽しみのうちに、妻は本当に入っているのか？

　シルザ・ヤルムトンは名うての仕切り屋だった。そんな評判はたいがい話半分の茶化しだが、シルザはものの性質、とりわけ幸福も生きがいも十人十色で、他者による押しつけは無理だという人間性をこれっぽっちも悟らない残念な手合いであった。シルザがいようものならうんざりするほど管理監督のあげくにかえってぐだぐだにしてしまったはずの、いい意味で適当だったここ二年の旅暮らしには心の奥でこっそり神に感謝している。丘の下の古屋敷からへだてられた残り時間をもどかしく指折り数えながらも、本音では、またしても妻の仕切り圏内におさまるようにと自らを鼓舞する気にはとうていなれなかった。

やがてポニーにひかせた馬車で小さな田舎の駅に迎えにきたシルザを見て、ヤルムトンはあの皮肉っぽい心の声が的中したのを悟った。心や頭の期待度はあいかわらず大きいが、妻の顔を見るが早いか現実味が消えうせた。虫の知らせを妻へのもやもやと混同したのがまずかったのだ。ポニーの蹄(ひづめ)を合いの手にとめどなくしゃべる妻をそれとなく受け流していたら、ある言葉が不快なほどはっきり耳に飛びこんできた。

「前に見た時より、ずいぶんいろいろ良くなったとわかるはずよ」

「〝良くなった〟?」

にわかに気になって聞き返した。あの思い出のおとぎの国に、あれ以上「良くなる」余地などこれっぽっちも思いつかない。

「そうね、たとえば」シルザは勢いよく角を曲がって正門の見えるところへ出た。「あそこの玄関先にあった古池はつぶしたわ。湿気があがるし、見た目にだらしないもの」

ヤルムトンは黙っていたし、シルザは夫の目の表情に気づかなかった。ヤルムトンは無言を通した。亡き伯父秘蔵だった強面（こわもて）ぞろいの軍鶏の元気な放し飼いのかわりに、針金囲いにひしめく白色レグホンどもをおひろめされた時も。

「前のは、粉屋にあらかた引きとってもらったわ」と、告げられた。「あの軍鶏ときたら、やたらうろつき回って喧嘩っ早くてさ。きれいにいなくなってせいせいした。こんどの血統は折紙付きだから、卵を産ませてひよこをどっさり孵（かえ）すわよ。ここが前の果樹園ね」

と、見せられた場所には、ごたいそうな板塀囲いに剪定（せんてい）ずみの小さな果樹苗を一列に植えこんであった。

「こんどの木が大きくなれば、前の三倍は実入りがいいでしょうよ」が妻の言いぐさだ。

「うちは金に困ってるわけじゃない」

シルザは冷水を浴びせられて怒り出した。ひとの苦労もお構いなしで、いい気なもんだわ。

「いくらあったって困るもんじゃないでしょ」きつく言い返した。

「前の果樹園にはゴシキヒワが巣をかけていたんだ」ヤルムトンが、だれにともなく言った。

「野鳥なんか、庭にいてもろくなことはないんじゃないの。そうしたければ、大きな檻（おり）にでも入れて飼ったらどう」

「したくない」ヤルムトンはそっけなく応じた。そこへ、黄色いものが新参者めがけて庭の小道をまっしぐらにやってきた。

「やあ、ピーターキン」うれしそうなヤルムトンの大声に、ふかふかした金色の猫は喉を鳴らして腕に飛びこんできた。

「んまあ、変ねえ！」とシルザ。「その猫ったら、わたしがこの家にきて一週間もすると、ぜんぜん見かけなくなったのよ。まだ生きてたなんて。中へは入れないでね。家の中を猫にうろつきまわられるのはありがたくないから」

返事がわりにヤルムトンは猫を抱いてモーニングルームへ行き、炉端にゆったりとしつらえた大ぶりの棚へ乗せてやった。

「伯父さんの生前は、あれがそいつの玉座だった。これで玉座についたね」

シルザはすぐさま四日間の頭痛を起こすことにした。誰かにたてつかれたり困らされたりした場合の常套手段だ。これまでもそうやってクリスマス週間や春の大掃除といった気の重い行事をうまく先送りにしてきたが、かといって取りやめにはしない。

さしあたってのシルザは何も言わなかった。

その晩の食事がすむと、ヤルムトンは上機嫌でゴロゴロいうピーターキンと並んで、開け放した窓辺で夕闇のかなたに聞こえるはずの懐かしい音に耳をすましました。

「森でフクロウの声がしないのはどういうわけだ?」とたずねる。「今時分はいつも雑木林で鳴いていただろう。はるばるヨーロッパを横断する間じゅう、あのフクロウたちの夕べの歌が聞きたくてたまらなかったんだ」

「あんな騒々しいのが好きなの?」とシルザ。「わたし、がまんできない。だから地元の森番に撃ってもらったのよ。ほんとに辛気臭くて耳障りな声じゃないの」

「ほかにどんな悪さをしでかしたんだ、この素敵な古屋敷に?」ヤルムトンがたずねた。胸の内のつぶやきだったのに、しっかり口に出していた。やがてさらに、「きっと、おまえもただではすまないぞ!」

シルザは息をのみ、三十秒ほどまじまじと夫を見た。

「長旅でお疲れでしょう」ようやくそう言うと、たっぷり一週間は続きそうな頭痛を起こしに二階へあがっていった。

分別ある発掘作業の甲斐あって、あの池に往年のきらめきがいくぶん戻り、まだらや艶やかな青首の鴨の大群が、生まれてこのかたそうしてきましたという顔ですいすい泳ぐようになった。同情した粉屋からわけてもらった若い軍鶏二羽が、かつての居場所にのさばる白いよそ者の雄どもをあっさり駆逐、これ以上フクロウを撃ち落としたらいろいろ思い知らせてくれるぞと地付きの森番には釘を刺しておいた。果樹の圃場(ほじょう)さえ苗床っぽさが多少は薄れ、西のひなびた果樹園らしい輝きがなんとなく戻ってきた。野鳥たちももう邪魔だてはされない。ただし、ピーターキンが見張るスグリの茂みで獲物になったやつは別だが。とはいえ、こうしたことどもを実行に移すさなか、ヤルムトンと妻には節度ある暗闘が起きた。究極の勝ちをおさめなくてはならないとわかっているシルザは、なんとかして勝とうとあがいた。実存をかけた戦いだったから——自分が幸福でいつづけるためには、仕切り、横やりを入れ、監督するのが必須条件だ。彼女が知らず、また悟らなかったことがある。ヤルムトンの戦いは聖戦であり、したがって負けるはずがなかった。

夏と秋を越して冬に入ると、シルザは仕切り屋のエネルギーを前にもまして村の田舎づきあいに注ぐようになった。そっちなら、ヤルムトンにもっと狭い領域をくつがえされたような頑強な抵抗を免れる。コテージ住まいの村人にはいい顔をされなかったとはいえ、ごり押し技ならお手のものだ。

「水車場の池に行ってくるわね」一面にざくざくの霜柱が立って二日たった午後、シルザは宣言した。「そろそろ子どもたちの下校時間でしょ。氷に乗っちゃいけないと言われてるんだから、じかに目を配ってちゃんと守らせるわ」

「氷にはまだ乗れんだろう」と、ヤルムトン。

「乗れるわよ、浅い水辺は」

「じゃあ、浅い水辺だけにさせとけばいいじゃないか」

「いけないと言われてるの。この件は問答無用よ。意地でも乗らせないように見てくるわ」

ふたを開けてみれば、子どもたちは村の反対側でそり遊びに熱中し、水車場の草地にいるのはシルザだけだった。ヤルムトンが果樹園の門から見ていると、大きな池がいくつも連なる葦の水辺を大急ぎでたどっていく。藪の隠れがからこっそり滑り降りようとする悪ガキに、にらみをきかせようと意気ごんでいるらしい。やがて黒い影が無人の冬の枯野をよぎり、以前のなにげない言葉が予兆となってヤルムトンの心に浮かんだ。「きっと、おまえもただではすまないぞ」とたんに白いものがばたばたと藪を躍り出て、ぎょっと後ずさったシルザが滑りやすい水辺でひっくり返る姿と、凍てつく大気をつんざく悲鳴が草地をへだてて届いた。ヤルムトンが懸命に走ってもその場所までだいぶかかったが、砕けた氷やぬかるみに埋もれかけた妻をよそに、幽霊めいた白いものが夕闇に吸いこまれていく。岸辺でだれかに撃ち落とされ、いずれは死ぬ身を葦陰にひそめていた野生の白鳥だと見分けがついた。飢えや死の恐怖で弱りながらも、やりとげるだけの怒りを温存していたのだ――さっきの仕業を。


(The Holy War)

暮らしの歳時記

「ねえ」ヴェラ・ダーモットがクローヴィスに話しかけた。「五十万部売り上げた例のカレンダーにならって、ご当地向けの歳時記カレンダーに予言をつければ、けっこう売れそうだって思ったことない？」

「そりゃまあ」と、クローヴィス。「けど、楽じゃないぞ。予言者はお膝元で迫害されるのが昔ながらのお約束だし、ご託宣の対象が身近過ぎたらなにかと不都合だよ。もしも欧州の王族に悲惨な末路を予言しておきながら、その週の一日おきにいやおうなく昼食会やお茶会に招かれてみろ、気まずいったらありゃしない。悲惨な末路の期限切れが迫る年の瀬だったりすれば、特に」

「発売時期は新年直前よね」ヴェラは気まずい未来図をほのめかされても馬耳東風だ。「定価十八ペンスで、タイプは友だちに頼む。そしたら一冊ごとに儲けが出るし。みんな、いくつ予言が外れるか知りたい一心で手を出すわよ」

「あとがだいぶ面倒じゃないか、不成立の予言が続々と出たら？」と、クローヴィスは尋ねた。

「大外れになりっこない予言だけにしとく。第一弾は教区司祭が感動ものの年頭の説教で『コロサイ書』をとりあげるって予言ね。私が物心ついてずっとそうだし、あのお年じゃもう変える気ないわよ。一月はさしずめこんなのが無難かな。『深刻な財政危機に瀕する地元の名望家ひとつならず、ただし本格化には至らず』その時分になれば界隈の家長はもれなく赤字超過であっぷあっぷ、よほど財布の紐をしめなきゃやってけないもの。四月か五月ごろはディブカスター家の娘のどれかが生涯最良の選択をするとでも匂わせておくかな。八人いるし、そろそろ結婚なり女優デビューなり大衆小説執筆なりに誰かが本気を出してもいい頃でしょ」

「有史以来ただの一度もそんなためしのない家だぞ」クローヴィスが抗議した。

「危険は承知よ。でも、無難路線なら二月から十一月までは使用人絡みかな。『地元屈指の主婦またはそれに準じる立場で使用人に悩む方々あり。当面はひとまず収束』とかね」

「無難な予測ならまだあるよ」クローヴィスが示唆した。「ゴルフクラブのメダルコンペ開催日にあてればぴったりだろ。『地元のゴルフ名人ひとりかふたりがありえない悲運続きに泣き、技量相当のメダルを逃す』当たったと思うやつは一ダースじゃきかないはずだ」

ヴェラはいまのを書きとめた。

「早売り分を半値であげる。そのかわり、おたくのお母様には定価で一冊買わせて」

「二冊買わせる。一冊はレディ・アデーラにやればいいさ。ひとに借りられるものなら自腹を一切自粛する人だから」

歳時記はバカ売れ、予言はおおむねそこそこ当たって定価十八ペンス相当の予言力という編者の口上を裏づけた。ディブカスター家には看護師になろうという娘とピアノをやめようという娘がひとりずつあらわれ、そのどちらも人生最良の選択かもしれず、使用人問題もゴルフの悲運も年間の各家庭やゴルフクラブでそれなりに立証された。

「七ヶ月で料理人を二度も替えるだろうなんて、あの人どうやって当てたのかしら」地元屈指の主婦とは自分のことだとすんなり思いこんだミセス・ダフがのたまう。

「地元の家庭菜園で前代未聞のみごとな収穫物ありという予言も大当たりだったし」ミセス・オープンショーだ。「『長らく近隣垂涎の花々を誇る某家庭園、今年は野菜方面に未曾有の奇跡が』ですって。うちの庭はみなさんお褒めになるし、ヘンリーが昨日抜いてきた人参なんか、品評会でもあれほどのはないわ」

「え、でもあれはたぶん、うちの庭でしょ」とミセス・ダフ。「花はいつも褒められるし、今年のグローリー・オブ・サウス種のパースニップなんか未曾有の大物よ。一家総出で大きさを測ってフィリスに写真を撮らせたんだから。来年もあの本が出れば絶対買いだわ」

「もう予約したわよ」ミセス・オープンショーが言った。「うちの庭があれだけ的中したんだもの、買わなきゃ悪くって」

なかなかの着眼だとか、当たりそうな予言ばかりをよく集めたと世評はおおむね好意的だったが、予言の大半はなにかしらの形で恒例化した事物ばかりだとあげつらう声も中にはあった。

「ひとつひとつをあんまり断言しちゃうのはいくらなんでも怖くて」年の瀬間近にヴェラがクローヴィスに話した。「だけどかなり思い切って、ジョスリン・ヴァナーに十一月から十二月の狩り場は安全とはいかないとほのめかしたの。どうせ安全だったためしはないのよ、障害飛越をしくじって落馬したり、馬がいきなり制御不能になったりとかのへまをしょっちゅうやるんだから。そしたら予言に二の足踏んじゃって、徒歩でしか出なくなったの。そんなんじゃ一大事とか起きようがないじゃない」

「今季の狩りは台なしだな」と、クローヴィス。

「うちの歳時記を道連れにされそう。不発がはっきりした予言だもの。あの人のことだから、落馬かなにかを大事故に盛るぐらい朝飯前と踏んでたのに」

「かといってぼくが馬蹄にかけたらまずいだろうし、狐と誤認させて猟犬にズタズタにさせるのもなあ」クローヴィスが言った。「そうできれば君は永遠にぼくのとりこだろうけど、あとはひたすらうんざりな角(つの)突き合いに明け暮れるだろうし、猟犬を総替えなんてはめになったら不都合なんてもんじゃないよ」

「おたくのお母さまの言う通り、あなたって身勝手のかたまりね」がヴェラの見解だった。

一、二日後のクローヴィスに利他心発揮の好機が巡ってきた。狐狩りに出たら手近なブラッドベリー水門の脇にジョスリンがおり、すばしこい狐を追う猟犬たちが付近の森の細長い窪地へ入っていく。

「臭跡は薄いのに隠れ場所はよりどりみどりだ」馬上のクローヴィスがこぼした。「何時間もここで待ちぼうけのあげくに逃げられるのがオチか」

「そのぶん私とゆっくりおしゃべりできて、かえってよかったじゃない」ジョスリンはいたずらっぽく応じた。

「どうだか」クローヴィスが不吉な口調で、「口をきくのもどうかと思うよ。巻き添えにしてしまいかねないのに」

「ええっ、ちょっと！　なんの巻き添えよ？」ジョスリンが息を呑む。

「ブコビナ（ウクライナとルーマニアにまたがる地方）ってわかる？」クローヴィスは一見あさっての方向へ変化球を投げた。

「ブコビナ？　小アジアのどこか……さもなきゃ中央アジア……バルカン半島だった？」ジョスリンが口から出まかせを言う。

「革命のせとぎわでね」さも重大めかして、「だからご用心なのさ。ブカレストの伯母の家に泊まったら」（他の人がゴルフ歴を盛るように、クローヴィスは伯母をあっさり捏造する）「知らずに陰謀事件に巻きこまれてしまって。そこの君主の姫様が……」

「ふうん」したり顔でジョスリンがうなずく。「その手の話は魅力的な美姫がお約束よね」

「どっこい、東欧広しといえど、あんなつまんないブスはいないよ」とクローヴィス。「昼食間際に押しかけて夕食の着替え時分まで帰らないような女だもの。で、まあ、ユダヤ系ルーマニア人で、鉱山利権とひきかえに喜んで革命に資金提供するってやつが出たらしい。そのユダヤ人はヨットでイギリス沿岸のどこかにきてるんだけど、権利書の受け渡しならぼくがいちばんだって姫に白羽の矢を立てられちゃって。そしたら伯母が耳打ちで、『頼むから引き受けて、さもなきゃ晩餐まで居座られちゃう』その時は何より勘弁してほしかったんで、今ここにこうして胸ポケットがふくれるほど問題の書類を詰めこんで、いつなんどき殺されるかの絶体絶命にいるわけだよ」

「だけど」と、ジョスリン。「この英国にいれば危険じゃないんでしょ？」

「見える、あっちの葦毛馬の男？」クローヴィスが指さしたのはべったりした黒ひげの、隣町の競売屋とおぼしい、とりあえずは狩りの新顔だった。「馬車まで姫を送って出たら、伯母んちの外にあいつがいた。ブカレスト発の駅のホームや、英国帰港の桟橋にも。なにかというと先回りして身近に出没するんだ。けさ、こうして会ったのも不思議じゃないよ」

「だからって、あいつになにか手出しできる?」ジョスリンの声がわななく。「まさか、あなたの命までは取らないでしょう」

「やらずにすむなら目撃者の前ではやらないよ。猟犬が獲物を見つけて散開にかかった時が狙い目だ。今日こそあの書類を手に入れてやるぞって」

「けど、あなたがその書類を身につけているなんてどうやってわかるの?」

「わかるわけないよ。だって、こうして話すさなかにこっそり受け渡ししてるかもしれないじゃないか。だから、いざとなったらぼくらのどっちを狙うか決めにかかってるんだよ」

「ぼくら?」ジョスリンは悲鳴をあげた。「それ、どういう——?」

「さっきも言った通り、ぼくと話してるのを見られたら危ないんだってば」

「でもそんな、怖い! どうすればいいの?」

「猟犬どもが動き出したら、すかさず薮(やぶ)にもぐって脱兎のごとく走れ。それしか手はないし、かりに逃げ切れてもくれぐれも他言無用だよ。今のをひとことだって洩らしたら、何人もの命を危険にさらすんだからね。ブカレストの伯母は——」

まさにその時、キャインキャインと窪地で吠える声に騎馬の散開組がさざ波だつ。とたんにもっと手ごたえある大騒ぎが谷間で起きた。

「きたっ！」クローヴィスが大声を出し、現場に駆けつけようとすかさず馬首を巡らす。と、同時に樺の下枝やら枯れシダを盛大に押し分けてしゃにむに逃げだす音。今しがたまでの相手の痕跡はその音ばかりとなった。

その日の狩り場にどんな恐ろしい危険が待ち構えていたか、ジョスリンのいちばんの親友たちも詳細は聞きだせなかったものの、歳時記の売り上げに弾みがついて三シリングに値上げする程度には知れ渡った。

(The Almanack)

捨て石のお値段

アリシア・ペヴェンリーはチョープハンガー邸の薔薇の遊歩道のベンチで、晩秋を控えた十月の朝ならではの日なたぼっこを満喫かたがた、たっぷりした朝食や素敵な身なりや楽しく日々を送るうちにいつのまにか四十二歳を迎えた女性ならではの安らぎを味わっていた。十年ほど前に夫に先立たれて、人生という織物にうっすら嘆きの糸が一筋入るようにはなったが、おおむねありのままに世の中をとらえて悠々自適に過ごしていた。自分と十七歳の一人娘が体面を保つにはいささか収入不足というか、困ると言っていいほどかもしれないが、先のことも少しは考えてやりくりに手を抜かなければなんとかなる。余裕のないシリング刻みの現実のわりに、かなり精力的に工夫・計画して取り組んでいる。

「雲泥の差なんですからね」と、つねづね自戒していた。「本当の左前と、ただ気をつければいいという懐具合では」

一身上のできごとは冷静にとらえ、もっと大がかりな世間の一大事に動じたりもしない。コンノート公アーサー（ヴィクトリア女王の三男。プロイセン王女ルイーズ・マーガレットと一八七九年に成婚）のご成婚にも温かい目を向けつつ特に熱くなるでもなく、同時代についていくだけの視野と見識をそなえた女性と見られる程度にとどめていた。反面、アイルランドに自治をあたえるべきか否かには関心が薄く、アルバニア南部の国境線をどこに定めるべきか、そもそも不要かにはまったくの無関心だった。かりに生まれつき闘争心があっても、まったく芽を出さずじまいで過ごしてきたのだ。

ミセス・ペヴェンリーの朝食は九時半ごろにすんだが、娘はまだあらわれなかった。この屋敷の女主人も滞在客一同も総じて朝寝坊だから、ベリルの自堕落も社交上の失態にはならないが、こんな素敵な十月の朝を逃すなんてもったいないと母は思うのだった。ベリル・ペヴェンリーはいみじくも誰かから「フラッパーの典型」と評されたことがある。ひとりよがりな性分にはつとに母も気づいていたが、つい見落としていたのは、ベリルが弱いとみた相手には片っぱしから我を通す傾向いちじるしいという点だった。

「あれで、まだねんねだから」十七歳と七十歳は人生でいちばんわがまま勝手な年頃なのも忘れて、つねづねそんなふうに自分をなだめていた。

「あらま、やっとお朝食がすんだの！」薔薇の遊歩道に出てきた娘にわざと怒ったふりをする。

「わたくしみたいにこの二晩ともちゃんと早寝していれば、朝起きられないなんてことないのに。おもてはこんなに清々しくて素敵なのに、みんなベッドで寝過ごしてバカみたいねえ。ブリッジで賭けすぎてやしないでしょうね！」

ベリルの反抗的な疲れた目に、心配になるような表情が出ていた。

「ブリッジ？　ううん、おとといの晩は一、二回やったけど」とベリル。「途中でバカラに変えたの。それが相当な裏目に出た人もいたわね」

「ベリル、まさか負けてはいないわよね？」ミセス・ペヴェンリーの声にだんだんと懸念の色が混じる。

「初日の晩は大負け」とベリル。「そんなに払えやしないから、あくる晩にまた賭けて取り戻そうとしたの。バカラは自分に向いてないって結論に落ち着いた。初日より派手に負けたんだもの」

「ベリル、なんて大それたこと！　ほんとに怒りますよ。早くおっしゃい、いくら負けたの？」

ベリルは両手でねじったり広げたりしていた紙きれを見た。

「初日の晩が三百十、翌晩が七百十六よ」と言い放つ。

「三百って？」

「ポンドよ」

「ポンドぉ？」母は悲鳴を上げた。「ベリル、嘘でしょ。ちょっと、それじゃ千ポンドじゃないの！」

「正確には千二十六ポンドね」と、ベリル。

ミセス・ペヴェンリーはすくんで声も出ない。

「いったいぜんたい、どこから千ポンドとかそれに近い大金をひねり出せるというの？ うちはかつかつの中で目いっぱいやりくりして回してるのに、乏しい資産から千ポンドなんて逆立ちしても出ないわ。そうなったら破産よ」

「とうてい払えもせず払う気もない金額を賭けてましたなんて知れようものなら、どのみち社会生命はおしまいよ。もうどこからもお声がかからなくなるわ」

「なんでそんな大それたことしたのよ？」母が泣く。

「なによ、今更そんなの訊いたって仕方ないでしょ、すんだことなのに。たぶん親譲りの賭博癖じゃないかな」

「絶対ありませんっ」ミセス・ペヴェンリーが声を荒らげる。「お父様はトランプに触りもしなかったし競馬にも無関心、わたくしだってカードにはさっぱり疎いわ」

「そういうのは一代飛ばしで出ることもあって、あとのほうがひどいのよね。ママの叔父さんなんかどうよ、学生時代に日曜日がくると、お説教のお題は聖書のどの巻からの引用かって、いつも率先して賭けてたじゃない。あれが賭博好きでないんなら、そんなもの聞いたこともないわ」

「口喧嘩はやめましょう」年長者はたじたじとなった。「なんとか切り抜ける手を考えましょ。借りができたのは何人?」

「運よくひとりだけよ、アシュコーム・グウェントさん」と、ベリル。「二晩ともほぼずっと勝ってたわ。それなりにいい人だけど、あいにくあんまり裕福じゃなくて、貸しを放置するのは望み薄ね。私たちと同じぐらい出たとこ勝負なんでしょう」

「うちは出たとこ勝負じゃないわよ」ミセス・ペヴェンリーが反論した。

「よその本邸へお泊まりにきて、負けたら返すあてもない賭けをするのは出たとこ勝負でしょ」ベリルは自分の行為の是非を問われそうになったら、必ずや母を巻き添えにする気らしい。

「その方に苦境を打ち明けたの?」

「うん。だからママに報告にきたの。けさの朝食後にビリヤード室で話し合ってきた。どうやら苦境脱出の道がひとつだけありそう。気があるらしいんですって」

「気がある?」母がすっとんきょうな声をあげる。

「結婚を前提にって」と、娘。「実際、私たち二人とも思いもよらなかったけど、どうやらあの人、恋患いらしいわよ」

「確かに前から礼儀正しくてよく気がつく方よね」とミセス・ペヴェンリー。「おしゃべりじゃないけど、大事なことにはちゃんと耳を貸してくださるし。で、本気で結婚したいとおっしゃるのは——？」

「まさに本気よ」とベリル。「吹聴して回るほどご立派な玉の輿じゃないけど、暮らしに困らないだけの財産はあるみたいよ——まあとにかく、うちの普段並みにはね、それに外見もまあまあでしょ。それがいやなら、なけなしの資産を売り飛ばして渡すしかないわ。私は住みこみの家庭教師かタイピスト、ママも針仕事で生計を立てなくちゃ。これまで何とかやりくりしてはあちこちに泊まって、わりあい面白おかしく過ごしてきたけど、いきなり斜陽族に転落ね。ママはどう思うか知らないけど、私としてはこの縁談を受けるのがいちばん苦労がなさそう」

ミセス・ペヴェンリーはハンカチを出した。

「あちらはおいくつなの？」

「ああ、三十七か八よ。もう一つ二つ上かしら」

「おまえのほうでは好きなの？」

ベリルは笑い飛ばした。

「ぜんぜん私のタイプじゃないわ」

ミセス・ペヴェンリーはさめざめと泣きだした。

「なんて悲惨な」と泣く。「それしきのお金と世間体のために人身御供だなんて！　そんな災難がうちに降りかかるなんて。そういうのは本でたびたび読んだわ、若い娘が金に困ったあげく、好きでもない男との結婚を無理強いされて――」

「そういう三文小説なんか読まないでよ」ベリルにだめを出された。

「だけど、現にそうなりそうじゃない！」母が声を高めた。「血を分けたわが子が、年の差婚であたら人生を棒に振るなんて、しかも好きでもなんでもない男と金がもとで――」

「あのね」ベリルがさえぎる。「どうも言い方がわかりにくかったかな。結婚したい相手は私じゃないの。『フラッパー』は好みじゃないって言われたわ。熟女専科で、お熱の対象はママなの」

「わたくしに！」

ミセス・ペヴェンリーにとってはけさ二度めの悲鳴である。

「そうよ、ママこそ理想の女性、ぞんぶんに日を浴びてとろけそうな垂涎の完熟桃だって。ほかにも山のように、スウィンバーンやエドマンド・ジョーンズ（ウェールズの政治家・著述家。一七〇二―一七九三）から借用した表現をいろいろ。私からは、ほかの時ならまず母の色よい返事は見こめませんが、なにぶん千二十六ポンドの負債ですから、いちばんの落としどころとして前向きに検討してくれるんじゃないでしょうかって言っといた。二、三分したら本人がじかに出向いてお話をって言われたけど、まずは私の口から下話をすませといたほうがいいんじゃないかと思って」

「でも、ねえ――」

「そりゃもちろん、ろくに知らない人よね、だけど別にいいでしょ。だって一度は結婚してるんだし、再婚の夫っていつもアンチ・クライマックス的なしろものよ。ほら、アシュコームさんだ。あとはふたりきりにしてあげたほうがいいわね。きっといろいろ内輪のお話があるでしょうし」

八週間ほどして、ひっそりと結婚式が行なわれた。新婚の贈り物は数こそ少ないが額面はかなりのもので、なかでも目玉は新郎から新婦の連れ子に宛てた棒引き借用書であった。

(A Sacrifice to Necessity)

部屋割り問題

「ひどい窮地だわ」と声をあげたミセス・ダフ - チャブリーはアームチェアに沈みこみ、不快な現実を締め出そうと目をつぶった。

「ほんとに？　どうしたの？」さては厨房に不具合でも、とミセス・パリトソンは身構えた。

「お泊まりパーティって骨を折れば折るほど裏目に出ちゃうみたい」悲しげな返事だ。

「これまでは最高に楽しかったのは確かよ」お客は行儀よく応じた。「もちろん天候はあてにならないけど、それ以外の不都合は見当たらないわ。おめでとうと言われてもいいくらいの上出来じゃないかしら」

ミセス・ダフ - チャブリーは辛辣極まる声で笑い飛ばした。

「侯爵夫人のご来駕（らいが）は嬉しかったわよ。退屈で身だしなみもなってないけど、この地域じゃ最高に崇め奉られてるし、もちろん付き合いがあれば社交上の損はないわ。目をかけてもらえればかなりの得だし。なのに、ここにきてもう即刻帰るって言われちゃって」

「ほんとに？　あいにくだわねえ、でも絶対あのかたも、こんな素敵なお宅では——」

「惜しいけど引き上げるんじゃないの」と女主人。「違う違う——怒らせたのよ」

「怒らせた？」

「ボビー・チャームベーコンが面と向かって、虫食いの老いぼれ雌鶏呼ばわりしたのよ。言うに事欠いて侯爵夫人に使っていいような言葉じゃないでしょ、あとでボビーにそう言ってやったの。そしたら、侯爵家に嫁いだおかげでなっただけじゃないかって。バカバカしい、もちろん生まれた時から夫人なわけないじゃない。とにかく謝らないもんだから、侯爵夫人のほうで、これ以上あんなのとひとつ屋根の下は願い下げだって」

「そういう事情なら」ミセス・パリトソンは即座に応じた。「早めのロンドン行き列車をミスター・チャームベーコンに調べてあげたら。昼前に出るのがあるし、あの人のお抱え従僕が荷作りするのに二十分とかからないわ」

ミセス・ダフ‐チャブリーは黙って立って戸口へ行くと、そうっと閉じた。それからおもむろに口を開いて、国費節約ぎみの議会に軍費増額を要請する海軍卿ばりにもったいをつけた。

「ボビー・チャームベーコンはほんもののお金持ちよ、しかもいずれは桁外れの大金持ちになる人なの。わたくしたちが芝居の切符を買うみたいな感覚でポンと自動車を買っちゃう叔母さんがいらしてね、そのかたの筆頭後継者なの。わたくしもそろそろ齢ですのよ、そうは見えないでしょうけど」

「もちろんよ」ミセス・パリトソンは力づけた。

「ありがとう。でも事実は事実よ。そろそろ齢だから自分の子がけっこういてね、娘婿もいりようなの。ゆうべボビーがうちのマーガレットに夢見るマドンナの目ですねって言ったのよ」

「どうやら大げさな物言いが際立つ性格なのね」ミセス・パリトソンが言う。「もちろん」とあたふた言いつくろう。「マーガレットさんの目が夢見るマドンナと違うというんじゃありませんよ。うまいたとえだと思うわ」

「マドンナもいろいろですしね」とミセス・ダフ‐チャブリー。

「ほんとね、でも知り合ってすぐそんなことを言うなんてちょっと不躾じゃない？　歯に衣きせぬ若者なのかしらね」

「あら、だけどそれだけじゃないのよ。ギャビー・なんとか（ギャビー・デリーズ。仏女優。亡命したポルトガル王マヌエル二世に愛された）に似てますねって、ほら、あのスペイン王がぞっこんのきれいな女優さん」

「ポルトガルよ」ミセス・パリトソンが小声でつぶやく。

「それに口先だけのお世辞どまりじゃなかったの」母が熱心に続ける。「実行は言葉に勝るでしよ。昨夜はマーガレットの晩餐用コサージュにすてきな蘭をくださって。出どころはうちの温室ですけど、わざわざ摘んできてくれたんですもの」

「ある程度の愛情はあるのでしょうね」ミセス・パリトソンが相槌を打った。

「それに栗色の髪が大好きですって。マーガレットの髪はとてもきれいな栗色なの」

「まだ日が浅いのに」

「ずっと栗色ですよ」ミセス・ダフ‐チャブリーが物言いをつけた。

「あ、そっちじゃないのよ。髪色じゃなく、ずいぶん短期間で陥落したもんだわねって。そういう一目ぼれがいちばん強いってこと、よくありますよね。自分が探し続けたのはこの人だって一目でわかっちゃうんでしょうね」

「まあね、だからこその窮地なんですよ。侯爵夫人に激怒して帰られちゃうか、やっとマーガレットとうまく行きかけた矢先にボビーをみすみす放逐するかの二択だなんて、つぼみのうちに摘みとってしまいかねないでしょ。だからゆうべは一睡もできず、朝食も喉を通らない有様なの。もしも庭の鯉の池に身投げしたら、理由はあなただけがご存じね」

「ほんとにゾッとするわね」とミセス・パリトソン。「どうかしら」考えながらおもむろに、「侯爵夫人がお帰りになるまで、マーガレットとボビーをうちへお呼びしましょうか？　夫が男だけのパーティ中だけど、増えても大丈夫よ。おたくだって二人ぐらい減ってもさほど響かないでしょう。どっちも前からそういうお約束だったという顔をしていましょうね」

「キスしてもよろしい？」とミセス・ダフ‐チャブリーがたずねた。「これからはお互いにクリスチャン・ネームで呼び合いましょう。わたくしはエリザベス」

「それはちょっと困るわ」ミセス・パリトソンは言いながらも、おとなしくキスされるままになっていた。「エリザベスなら品格ある素敵なお名前だけど、わたくしのもらった名前はセレストなの（セレストは「天の」という意味）。こんな横幅で――」

「絶対そんなことないわよ」大胆にものの道理を無視してエリザベスが大声を出した。

「しかも親ゆずりの気まぐれだから、セレストなんて呼ばれて返事するのはとっても面映ゆいの」

「そんな気高いことをしてくださる方には最適のお名前よ。これからはセレストって呼ばせていただくわ」

「うちに蘭の温室はなさそうよ」と、ミセス・パリトソン。「月下香（チューベローズ）なら温室にかなりそろってますけど」

「マーガレットの大好きな花よ！」ミセス・ダフ‐チャブリーが声を大にした。

ミセス・パリトソンは溜息（ためいき）をこらえた。月下香は自分の大好きな花だった。

ボビーとマーガレット移植の翌日に、ミセス・ダフ‐チャブリーは電話口に呼び出された。

「もしもし、エリザベス？」ミセス・パリトソンの声がした。「ボビーをそっちに返品させてもらうわ。無理なんて言わないでよね、絶対。いま、主人の叔父にあたるソコトラ主教が逗留中なの。綴りですって？　どうでもいいわ。とにかくゆうべの晩餐の席で、ソコトラ主教にボビーがキリスト教の伝道についてさんざん減らず口を叩いたの。白状すれば、わたくしもよく同じことを言うけど、主教の前ではおくびにも出さないし、あんな失礼な言い方もしないわ。主教はもうボビーと同じ屋根の下には一日もいたくないって。主教は叔父というだけじゃなく、財産家の独身者なの。叔父がもっと堪忍慈悲の度量を示してくれれば万事丸くおさまるんでしょうけど、慈善は内からというし、内地じゃなく植民地の主教ですからね。さっきからソコトラって言ってるでしょ。どこにあるかはこの際どうでもいいわ、肝腎なのは主教が泊まっていて、怒らせたまま帰すわけにはいかないの」

「侯爵夫人はどうなるの？」電話の向こうでミセス・ダフ‐チャブリーが金切り声をあげ、慎重にあたりをうかがって誰も聞いていないのを確かめた。「侯爵夫人だって、おたくのスクーターだか何だかの主教と同じくらい、うちには大事なお客様なのよ。キリスト教の伝道をけなされたぐらいで、どうしてそんな理不尽にお怒りになるいわれがあるの、だれだって自分の意見を言っていいはずよ、たとえ相手が植民地の主教でもね。面と向かって虫食いの老いぼれ雌鶏呼ばわりされるのとは大違いよ。侯爵夫人はこんどの冬にクラウドリーのお屋敷で狩猟舞踏会をなさるんですって、わたくしも招かれる見こみ大なの。そこへまたボビーを突っ返して、万事おじゃんにして、うちを大騒動にしようっていうのね。到底できない相談よ。しかもボビー・チャームベーコンを狂った時計を調節する緩急針みたいに行ったり来たりさせ続けるなんて、どうなのよ?」「今夜ボビーを帰さないと、これ以上はいられないと主教に言われたの」電話の向こうの声は一歩も譲らない。「ボビーにはランチのあとですぐ戻るように言っておいたわ。自動車もちゃんと手配ずみよ。マーガレットはあした帰すわ」

そのあと、ミセス・パリトソン側では容赦のない沈黙が続いた。ミセス・ダフ - チャブリーが何度も何度もかけ直して「もしもし?」と必死で呼びかけても一切なしのつぶてで、冷たい沈黙が返ってくるばかり。パリトソン側が一方的に切ったのだ。

「電話は卑怯者の武器ね」ミセス・ダフ - チャブリーはぶつくさ憤懣を洩らした。「ああいう太っちょのブロンド女ときたら、いつだって我欲の塊なんだから」

やがて腰をおろして、セレストの良心に訴える奥の手として電信文を書いた。

「池の鯉を撤去中。溺死は耐えられるが、食われるのは勘弁。
――エリザベス」

結局のところ、ボビー・チャームベーコンと侯爵夫人は同じ列車でロンドンへ引きあげることになった。彼はどちらの屋敷でも自分は歓迎されざる客だと実感したから、彼女は夫の病気で呼び返され、それがもとで二、三日後に侯爵未亡人になったからだ。栗色の髪と夢見るマドンナの目に入れあげたボビーは、二度とダフ - チャブリー家には行かなかった。エジプトで一冬過ごし、十ヶ月ほどして侯爵未亡人と結婚したからだ。

(A Housing Problem)

闇の一撃

フィリップ・スリザビーはほぼ貸し切り状態の車両におさまり、これからたいそうな厚遇にあずかりに行く特権のありがたみを噛みしめていた。行き先はブリル荘園、最近になって面識を得たミセス・ソールトペン‐ジェイゴーの本邸だ。ホノーリア・ソールトペン‐ジェイゴーはロンドン社交界でなかなか顔が利き、チョークシャー州でかなりの権勢を有していた。何はさておきチョークシャー州東部の動静はフィリップ・スリザビーにも他人ごとではない。そこの与党地盤が出した現職国会議員が続投を断念、あとを受けて党幹部による鋭意選考中の候補にスリザビーが入っていた。絶対多数は獲れそうにないので闇僚候補を立てても楽勝とはいかないが、地力のある党支部がうまく機能すれば議席保持は大いに可能だ。それにはソールトペン‐ジェイゴーのご威光を度外視できず、議員の卵は少人数のくだけた午餐会でホノーリアの知己を得て喜び、次の金曜から火曜にかけて本邸へ泊まりがけで招かれてさらに喜んだ。どうやら「第一関門突破」らしく、女主人の後援をとりつければまず候補指名はかたい。しくじれば――まあ、地元幹部たちの熱もおいおい冷めて、卵を孵さずじまいになるだろう。

ホームの乗客が思い思いにお目当ての列車を待っている。クラブで知った顔がいたので、つれづれに手招きして車窓ごしの雑談にかかった。

「へええ、週末はミセス・ソールトペン‐ジェイゴーのお屋敷で過ごすんだ？　きっと楽しいよ。行き届いたもてなしに定評があるからね。それに力にもなってくれるだろう、かりに例の国会案件が――おっ、動き出した。じゃあ失敬」

スリザビーは手を振って窓を閉め、膝に広げた雑誌を読みにかかった。だが、数ページもいかずに小声の悪態に気を取られる。車両内にはもうひとりだけだ。つややかな黒髪に映える血色の二十二歳ぐらいの若者で、いかにも「いまどき君」がこれから田舎の休日を楽しみに行く感じの崩したお洒落が板についている。猛然と探しものにかかっており、見つけにくいのか初めからないのか、さっぱり埒が明かないらしい。たまにベストのポケットから六ペンス硬貨が出てきて、あーあという顔をしてから無益な探索作業を再開する。シガレットケース、マッチ箱、玄関の鍵、銀のペンシルケース、乗車券をすぐ隣席へ並べたが、どれもこれも意中の品ではないらしい。前より大きい声でまた悪態をついた。

スリザビーは活気あるパントマイムには無反応で、またひとしきり雑誌に没頭した。

「ねえねえ！」とうとう青年が声をかけてきた、「さっき、泊まりがけでブリル荘園のミセス・ソールトペン‐ジェイゴーを訪ねていくと言われませんでした？　奇遇ですねえ！　母なんです。ぼくも月曜の晩に戻って、そっちでお目にかかりますね。ごぶさたですよ、ほんと、母とは六ヶ月ぶりになるかな。前に母がロンドンに出てきたときはヨットで留守してましたし。次男のバーティといいます。いやあ、こんな急場に母を知った方とたまたまぶつかるなんて、マジ死ぬほどラッキーでしたよ。いやもうヘマやっちゃって、超お手上げでした」

「何か落とされたんですか？」と、スリザビー。

「いえ、そっちじゃなくて忘れものですが、同じぐらい始末に悪いです。なけなしの手持ち四ポンド全部入った金貨用の財布を出がけに忘れてきちゃって。出がけにちゃんとポケットにあるのを確認したのに、そこで手紙に封蠟しようとして、たまたまその財布がうちの紋章つきだったもんで、出して押して、バカの上塗りにもテーブルに置き忘れたんですよ。ポケットにバラ銭の銀貨が少しはありましたけど、タクシー代を払って乗車券を買った残りはこのお寒い六ペンス一枚だけですよ。これからブロンドキー近くの宿で三泊の釣り旅行なんですが、現地にはまったくつてがないし、週末料金の宿代にチップに駅まで往復の足代、ブリル荘園へ行く列車代で、しめて二、三ポンドぐらいでしょ？　もしもおいやでなければ二ポンド十シリングか、できれば三ポンドほど貸していただければ、ほんと死ぬまで恩に着ますよ。それだけあれば底なしのドツボから脱出できます」

「まあ、それくらいでしたら何とか」スリザビーはちょっと逡巡を見せて応じた。

「マジありがとうございます、ほんと、マジ助かります。母のお友達に偶然出くわして超ラッキーでした。これからは気をつけて、大事な財布をポケットにしまうべき時はほっぽらかさないようにします。たぶん、なんでもそうですけど、元の使い道からそれたらだめなんですよね。でもねえ、金貨用の財布に紋章がついてたりすると、つい――」

「それはそうと、ご紋章はどういうのですか?」スリザビーがさりげなく尋ねた。

「あんまりないやつかな」若者が応じる。「獅子の半身が前足でクロスレット十字（十字形の先端がそれぞれ十字形になったもの）を支えてます」

「お母さまから列車時刻のお知らせを頂いたときの便箋はグレーハウンドの走り紋でしたが」

そう伝えるスリザビーの声はどこかしら冷え冷えしている。

「あっちはジェイゴー家の紋です」若者は即答した。「ソールトペンは獅子なんで。どっちでもいいんですが、ぼくはいつも獅子の方にしてます、だって、うちは実質ソールトペンですからね」

しばし間があいて、青年は網棚から釣道具などをおろしにかかった。

「次の駅です」と宣言する。

「お母さまとは面識がないんです」いきなりスリザビーが言い出した。「手紙を何度かやり取りしただけで。政治家仲間の紹介なんですよ。あなたに似た方ですか？　それを伺っておきませんと、もしもホームへ迎えに出てくださっても見分けがつきませんのでね」

「ぼく似だってことになってます。濃い髪色や血色がそっくりなんで。母方の血なんです。さてと、この駅だ」

「ではこれで」と、スリザビー。

「三ポンドがまだでしょ」若者は車両のドアをあけてホームへ手荷物を出した。

「三ポンドでも三シリングでも、お貸しする気はありません」

「でもさっき——」

「そう、承知しましたよね。必ずしもうのみにしたわけじゃありませんが、あの時は疑っていなかったので。なかなかお見事な話術でしたが、ご紋章が違うので用心してかまをかけました。さっきはミセス・ソールトペン‐ジェイゴーにお目にかかったことはないと申しましたが、実はつい月曜の午餐会でお目にかかりました。目立つブロンドでしたよ」

そのまま列車は出ていき、ホームに置き去りの自称ソールトペン‐ジェイゴー家の次男坊は怒ってさんざん罵った。

「ま、遠釣りの皮切りついでにカモを一羽とはいかなかったようで」スリザビーは含み笑いした。今夜の晩餐の席に格好のウケ狙いネタができた、巧みなかまかけで大向こうの喝采を狙うかたがた機転と目はしを売りこんでやろう。脳内でノリのいい一座に冒険の顚末を話してきかせているうちに目的の駅についた。ホームでは長身の従僕に控えめに迎えられ、どうやら同じ列車できたらしい勅選弁護士クロード・ピープルがにぎやかに声をかけてきた。

「よう、スリザビー！　君もブリルで週末か？　いいね。最高だ。明日、ゴルフを一緒にしよう。ホイレーク（ロイヤル・リヴァプール・ゴルフクラブの所在地）の雪辱機会をやろう。ここのコースはなかなかのものだよ、内陸にしては。お、いたいた。お屋敷さしまわしの車を待たせてたんだな、しかもずいぶんいい車じゃないか！」

勅選弁護士のお眼鏡にかなった車は見るからに豪奢で、気品と乗り心地と馬力をいかんなく具現化しているらしい。優美なラインと左右対称のデザインの陰にはホテルラウンジとエンジンルームの特性をあわせもつ巨大な車輪の構築物がひそんでいる。

「祖父世代が乗っていた四輪馬車とは似ても似つかないよ」弁護士は大声で讃嘆しきりだ。そして、スリザビー相手に車の装備や機能のすばらしさの要点をざっと列挙しにかかった。

スリザビーのほうは聞くどころではなく、せっかくの説明も何ひとつ頭に入らなかった。目は車のドアに釘づけだ、紋章は二つ。グレーハウンド走り紋と、前足でクロスレット十字を支えた半身獅子紋だった。

勅撰弁護士は黙りこんだ相手を気遣うたちではない。列車内で一時間近くも黙っていた埋め合わせにせっせと舌をふるった。田舎道を飛ばしながら、政界ゴシップや誰かの小ネタなどのよもやま話をノンストップでしゃべりまくる。ダブリン労働争議の内幕、アルバニア次期皇太子の私生活からサンドイッチ・ゴルフクラブ九番ホールの椿事なるものの詳細、タンゴつき茶会でのパースシャー公夫人のお言葉を一言一句に至るまで再現してみせる。車が曲がり道を抜けてブリル荘園の正門へ近づくころにミセス・ソールトペン‐ジェイゴーの人となりにさしかかり、ようやくスリザビーは相手の話に身を入れた。

「切れる人だよ、判断力と明晰さをお持ちで、人であれ思想であれ進退の潮時をちゃんと見極める才覚がある。影響力のあるお方だが、ただねえ、落ち着きがなくてご自分のことでも時節の見極めでも損をしてるよ。じっとしてないんだ。容姿もよかったのにさ、あのバカげた改変までは」

「改変？」と、スリザビー。「どんな？」

「どんな？　まさか――ああそうか、まだ知り合って日が浅いものな。前はみごとな黒っぽい髪で、あざやかな血色を引き立てていたんだ。そしたら五週間ほど前にいきなり派手なブロンドであらわれて、みんな唖然茫然さ。あれじゃせっかくの美貌が泣くよ。さ、着いた。おいおい。どうした？　ずいぶん具合が悪そうだぞ」

(A Shot in the Dark)

東棟

二月初めの午前二時ごろだった。パーティの泊まり客はほぼ寝静まっている。リュシアン・ワトルスキートは自室へ引っこんだだけで、ずっと燃えさかる古い暖炉のそばで手控えにブリッジの収支を記入していた。二晩の戦果は七十八シリングの黒字、げんなりするほど低い賭け率にしてはまずまずの収穫だろう。

リュシアンは表向き淡白な若者で、目のないやつには感情が薄いと見られがちだ。自己のあずかり知らぬところでおばさま連がしゃしゃり出て、勝手に似合いの女性探しに励むようなタイプだった。

月下香の香りあえかな室内に、きなくささが強く漂う。ブリッジ収支をすませたリュシアンはその臭いに気づき、あわせて火元は暖炉の薪ではないと悟った。煙さえ出ていないのだから。

一拍おいて部屋のドアが開き、いっそうのきなくささと共にパジャマ姿のボヴェントリー少佐が興奮のていで戸口に仁王立ちしていた。

「屋敷が火事だぞ！」声をはりあげる。

「え」リュシアンが口を開いた。「そうなんですか？　てっきりおしゃべりに来られたかと。ドアを閉めていただけると、ひどい煙が入らなくてすむんですけど」

「われわれでなんとかしなくては」ゆるぎなく少佐が言い切る。

「こちらのご家族はよく知らないので」とリュシアン。「でもたぶん、誰か来そうなものだと思っておいででしょうね、たとえこの棟が類焼していなさそうでも」

「広がってくるかもしれんよ」と、少佐。

「そうですか、ならご一緒に見てきましょうか」リュシアンが同意した。「われから進んで面倒を買って出るのは原則に反するんですけど」

「むしろ買って出て面倒に向き合えと言いたいね」ボヴェントリーが言う。

「少佐、今回はぼくら自身の面倒じゃないんですよ」とやり返したリュシアンは、出がけにていねいにドアを閉めた。

廊下でクロア聖堂参事会員に出くわした。アルバニア刺繡のガウンはモスクワの被昇天大聖堂のテ・デウム斎行ならともかく、英国の田舎屋敷の廊下では浮きまくりだ。だけど、とリュシアンは内心思った、火事場の服装なんかなんでもありだ。

「屋敷が火事ですよ」おっとり構えることで現実に品位を持たせる人特有の悠長な口ぶりだった。

「火元は東棟らしい」これは少佐だ。

「おそらくは、またしても婦人参政権一派の示威行動ですかな」聖堂参事会員が言った。「私見では婦人参政権付与に賛成です、たとえ女には魂がないと断言する神学者がいても。だからこそ、かえって婦人を有権者に加える根拠が強まりますね。そうなれば魂の有無を問わず社会の全階層がそれぞれの代表を出すことになるでしょうし、婦人参政権支持派として、当然ながら目的達成のためには強硬手段もやむなしです。これでも教会タカ派ですからね、参政権獲得の強硬手段に怖気づくようでは言行不一致でしょう。ですが同時に指摘せざるをえませんが、女たちは及び腰の立法府から参政権をもぎとるべく示威行動することで、とりもなおさず目標となるものの価値を下落させている。数による支配が定着した現代という大前提抜きの一票に効果はありませんが、タカ派連中は、マッチ箱を武器にした少数派が社会の悪意ある無関心に一石を投じうるという宣伝にこれつとめた結果、田舎の邸宅もろとも投票の基盤となる政治システムを破壊している」

「火事に対処すべきじゃないか」ボヴェントリー少佐が言った。

「私も対処法を提案していたつもりですよ」聖堂参事会員がよそよそしく応じた。

「新聞広告じゃないけど、明日になったら遅すぎるかもしれない」リュシアンが口を出した。

三人は廊下で女主人のグラムプレーン夫人に行き会った。

「ああ、来てくださったのね」夫人が言った。「火急の時、使用人はあてになりませんの。主人が車で消防隊を呼びに出ました」

「消防署に電話なさらなかった？」少佐が訊いた。

「あいにく電話は東棟で」夫人が答えた。「電話帳もです。もうどっちも火の中でしょう。気分は陸の孤島ですわ。せめて火元が西棟なら電話が使えて、今ごろは消防車が到着していたはずですのに」

「その一方で」と、リュシアンが反対する。「クロア聖堂参事会員とボヴェントリー少佐とぼくは東棟の電話帳の憂き目に遭ったかもしれません。現状のほうがましでしょう」

「執事はじめ使用人のあらかたは、食堂でレイバーンの本物や伝ファンダイクの絵を救い出しにかかっております」グラムプレーン夫人が続けて、「それとひどい火勢にさえぎられた二階への踊り場の小部屋に、可愛いエヴァ——金髪のエヴァが取り残されております。だれも助けてくださらないのかしら？」

「金髪のエヴァって？」リュシアンが訊いた。

「うちの娘です」グラムプレーン夫人が答えた。

「お嬢さんがいらしたとは存じませんで」と、リュシアン。「まじめな話、見たことも聞いたこともない人を救うために命を投げ出すのは、ちょっと。だってね、自分の命は美しくすばらしいばかりでなく、この先も続いていってくれるなら、ほかは一切どうでもいいんです――ぼくにとってては。とうていご納得いただけないと思いますが、ぼくにとって現存する世界の諸相、北アイルランド問題、混迷のアルバニア、キクユ族論争、幅広い社会改革、南極探検、いろんな財政問題、国際軍備研究といった多様性ひしめく複雑な世界は、わが命尽きるときにすべて一巻の終わりなのです。エヴァさんは火事から救出されれば長生きしていずれ知性と魅力ある男女のお孫さんに恵まれるかもしれません。ですがぼくに関する限り、娘さんもそのご子孫も、はかない煙草の煙か炭酸水の消えゆく泡に等しいんです。かりに自分の命とひきかえでなくては娘さんやご子孫が助からないとすれば、個人的にはお気の毒とはいえ、いったいなぜぼく個人の命を捨ててまでその方々の命を救ういわれがあるんでしょうか?」

「ボヴェントリー少佐」グラムプレーン夫人が高い声で、「切れ者ではいらっしゃいませんけど、まっとうな人間の感情はお持ちでしょ。たかだか数時間ていどのご面識ですけど、あなたこそ男の中の男ですわ。くれぐれもうちのエヴァをお見捨てなく」

「奥さま」少佐が口ごもる。「エヴァさんばかりか、よそのどんなエヴァさんでも命がけで救うのはやぶさかではありませんが、一存ではいかんとも。目下はこの世で最高に可愛い女と婚約中でして、彼女には私がすべてです。よその田舎屋敷の火事で、見込みのない救出作業中に見ず知らずの娘のために落命したと知れば、可愛いミルドレッドはどう思うでしょう？」

「あなたも他の皆さんとおんなじね」グラムプレーン夫人は手厳しい。「愚かな方だとは思っておりました。ブリッジの流儀で人を判断してはいけないのね。わたくしの人生はずっとこうだわ」うんざりしきった棒読み口調で、「ほんのねんねのころに主人と結婚し、ずっと心は通わずじまい。礼節と配慮は互いに心がけてきましたけど、それだけ。子どもがいれば変わっていたかしらと思うことがございます」

「ですが――エヴァお嬢さんは？」聖堂参事会員に続いて、あとの二人も異口同音に尋ねた。

「娘はひとりもおりません」穏やかな声だが、ごうごうたる火事の音でも少しもかき消されずに届いた。「エヴァは想像の産物です。ずっと小さな娘がほしくてたまらず、ついには娘の実在を信じられるようになりましたの。頭の中で年ごとに成長する娘が十八歳を迎えると、わたくしは金髪ゆたかな美少女の肖像画を描きました。その瞬間から肖像画がエヴァとなり、年を追うごとに少しずつ変化を描き足し――今は二十一ですわ――毎年の流行に合わせてドレスを描き直しております。昨年の誕生日にはきれいなダイヤのイヤリングを描いてやりました。一時間ほど一緒にいていろんなことを話しかけたり本を読み聞かせてやるのが日課になっております。それなのに、ひとりぼっちで炎と煙に巻かれて身動きもできずに、来もしない救いを待っています」

「美しい話ですね」とリュシアン。「これほど美しい話は聞いたことがない」

「どちらへ？」若者が燃える東棟の階段へと歩きだすと、女主人に尋ねられた。

「これから助けに行ってみますよ。実在しないお嬢さんなら、ぼくが死んだことで今後に傷がつきようがない。ぼくは無に帰し、ぼくにとってはお嬢さんもやはり無に帰します。ですが、お嬢さんはそれ以外の状態だったことがないんですよね」

「でも、あなたの人生、美しい人生は？」

「この場合は、死のほうが美しいです」

少佐が進み出た。

「私も行く」あっさり言う。

「エヴァを救いに？」夫人が大声を出す。

「ええ。可愛いミルドレッドは、いもしない女にやきもちを焼いたりしないでしょう」

「女心をよくお読みになること」グラムプレーン夫人がつぶやいた。「ブリッジの札読みはさっぱりなのに！」

ふたり並んで炎上する階段を上がっていくのは、体に合った夜会服のほっそりした若者と、スワン・アンド・エドガー百貨店特製らしい縞のパジャマのがっしりした軍人だ。すぐ下の玄関口には淡い色の化粧着の女性と、極彩色のアルバニア風ガウンの聖堂参事会員がたたずみ、後者はみごとなアルバニア刺繍のガウンのせいで、人身御供の儀式を司る風変わりな異教の大祭司を思わせた。

ごうごうと煙をあげる炎の洞窟に救助隊が消えてゆくと、レイバーンの一枚を抱えた執事が玄関口にあらわれた。

「どうやら消防車の音がしたようでございます、奥さま」執事が知らせた。

グラムプレーン夫人は相変わらず、ふたりが消えた場所を見ている。

「われながらバカでしたわ！」ようやく聖堂参事会員に言った。「いま思い出したんですけど、エヴァは汚れ落としのためにエクセターに送ってあったんですの。あのおふたりは無駄死にですす」

「死んだのは確かですな」聖堂参事会員が応じた。

「皮肉もいいところだわ。こんな悲愴な皮肉があるかしら！」

「この件でしんから皮肉なのは、これがきっかけで最大規模の革命が起きそうだという事実ですな」と、聖堂参事会員がのたまう。「婦人参政権に端を発した放火のせいで、陸軍将校と社交界の若き花形が田舎屋敷で死亡したとあまねく知れ渡れば国民の義憤がかきたてられ、この代償はとほうもないものにつくぞという声が上がるでしょう。タカ派はさらなる汚名をこうむるでしょうが、新約ルカ書で主に小うるさくつきまとった寡婦よろしく我意を貫くはず。進歩と参政権付与という大義をかかげ、ボヴェントリー少佐とリュシアン・ワトルスキートの黒焦げ死体を乗り越えて勝利に邁進し、全国の母親たちは諸議会の母（英国議会のこと）選挙の一翼を担うでしょう。英国もすでに投票所での任務や名誉や責務を婦人に認めたフィンランドほか先進諸国の先例にならうでしょう。この二月未明に生まれたともしびで……」

「この火事は婦人参政権派のしわざでなく、通気管の過熱がもとでございますが」執事が横から口を出した。

その瞬間、吠えたける猛火を圧して馬蹄とけたたましい鐘と車の警笛が響いた。

「消防隊だ！」聖堂参事会員が声を上げた。

「消防隊と主人ですわ」グラムプレーン夫人はあいかわらず無表情な声で、「また振り出しね、元通りの生活に元のままの欲求不満と退屈がつきまとい、今までのようにだらだらと時がたってゆくのね。何ひとつ変わらずに」

「東棟は別ですよ」聖堂参事会員が優しく応じた。

(The East Wing)

伍長の当直記

フランスの大手某紙は数年前、ノアが鳥獣や地を這う生物たちを集めて箱舟に乗せた苦労談をつづった仮想インタビューを掲載した。箱舟の動物たちはおおむね慎みがなかった。ホッキョクグマはやたらアザラシを食べてしばらくすると逢引きに出かけ、さる南米の昆虫類は新鮮な食糧が供給されても数時間しか生きられず、人工呼吸で生命維持するしかなかった。準備万端整うまで果てしなくかかり、最後の干草束と最後の鳥用種餌五十キロが積み込まれてしまったあとになって、誰かが非難がましい冷たい口調で尋ねた。「豪州の動物たちをお忘れなのはご存じですよね？」

当直伍長の職務もノアの苦労と相通じる面がある。いつなんどき呼び出しがくるかわからないので、おちおち寝てもいられない。ミルクを運び、マーガリンを配給し、手紙や小包類の配達、厨房担当軍曹の冷たい監視の目のもとあちこち移動するお茶の容器や平鍋の位置を確かめ、さぼったやつや非番の連中を整列させ――ごちゃごちゃの団子になった新兵たちをときほぐしてそれぞれの持ち場へ送り出し――やる気のない兵舎当番をうまくおだてて、望んでもいないし、ふさわしい仕事でもない何杯ものバケツに山盛りになったジャガイモの皮むきにかからせる――そろそろのんびり一服しながら手紙を読んでもよさそうだという気になってくると――嫌になるほど気の回る戦友がこっそり寄ってきて言うのだ。「たぶん、百も承知なんだよな、未処理のクレソンが厨房に放りっぱなしになってるけど?」

当直伍長の上官にははっきりしたタイプが少なくとも二通りいる。第一に、こんなことなら孵らなきゃよかったと愚痴るひよこたちの憂鬱な一隊を従えた、雨の日に水をはじく勢いの雌鶏のように、兵舎の当直兵をひきつれて歩くタイプ。第二に、血相変えて走り回り、現代的な野営組織術を発明したのに詳細をあらかた忘れてしまったみたいにふるまうタイプ。

そして、上首尾に任務を全うしたい当直伍長には、絶対押さえておくべき黄金律がある。まずは他人の苦しみに無関心になること。天に兵舎当直任務を楽しくするご意思があれば、わざわざコツを仕込まれるまでもない。

想像力を養おう。当日の上官が、骨付き肉の色の薄さに言及し、もしかするとシチリア産クローバーで肥育促成した家畜の肉だから青白く見えるのだろうかと悩んでいたとする。シチリア産クローバーなどというものは無いかもしれないが、世界の半数は、もう半数がそんなものを発明したと信じている。まあとにかく、その尋常じゃない発想だけは認めてあげなさい。

厨房要員には親切にしよう。

「偉人たちはその欠点ゆえに愛される」と言われるが、たとえどんなささいな点でも当直伍長に当てはまるなどと想像してはいけない。例えば君が部隊のバターを出し忘れたまま、お茶がすんでしまったとしよう。誰からも愛されず、愛するふりもされない。

才能ある某女流作家は「何であれ、他人ならもっと上手にできたはずのことをやるのは贅沢だ」と述べている。贅沢になりなさい。

ありとあらゆる手間のうち、当直伍長にお鉢が回ってくる最大級の手強い任務は、郵便袋分配である。兵舎ごとにだいたい七人、みんな届いたためしのない大事な手紙を待ちわびており、必ず誰かが君をにらみつけて、火曜日には家から手紙が届くはずなんだという。木曜までには、自分の人間関係を君がすべて阻害する気だという確固たる自信を抱いている。兵舎三番にいる若者など、責めるような視線で私の神経を限界まですり減らしてくれ、ついに音（ね）を上げた私は、彼宛にアガサ叔母さんからの手紙をでっちあげ、これでもかというほど女性らしい助言や辛抱強い励ましなど、どこの叔母さんでも鼻を高くするようなやつを一通書いて届けてやった。もしかすると、アガサ叔母さんなんか本当はいないのかもしれない。それまでの責めるような目とはうって変わって、狐につままれたような顔をしていたから。

(On Being Company Orderly Corporal)

ボドリー・ヘッド版サキ選集　序文

J・W・ランバート

サキがいまだに読み継がれているのもなんら不思議はない。彼の作品は人を笑わせ、地位立場を鮮やかに逆転させ、広義の「衰えぬ娯楽性」を供する。当意即妙の機知、ひねった逸話の面白さはちっとも色あせない。驕奢（きょうしゃ）とは言わぬまでも充分に豊かだった英国エドワーディアン時代の上層中流階級に向けた諷刺でありながら、現代でもちゃんと通用する。

それでいて、著者にも作品にも謎は残る。こだわりなく彼の本を楽しむ読者は諷刺の仮想標的にされた階級にも多いのだが、卓抜な着想を堪能しながらも、ましな頭脳の持ち主ならばどことなく落ち着かなくなる。小さな理由としてはおそらく、非難する筋合いはなくとも面映ゆい——はっきり言えば感傷と片づけてしまいたくなる勇気や忍耐や誠実さといった行動規範をサキが死守したことがある。より重要な理由は、精神性の曖昧な俗物根性という擬装の陰に、いっそうの不安をかきたてる資質がいろいろ潜んでいるからだろう。残酷すれすれの非情、純度の高い破壊的な怒り、露骨な同情心欠如、執念深さといったものが。

いずれも現代の純文学や、時代を問わず真面目な文学ではよくある特徴だが、ユーモア作品という先入観で読めば意表をつかれる。それらはサキの小説に複雑さを与えたが、それ自体は必ずしも興味をひくものではなかった。だが、その重圧のおかげでサキは時代の先駆者となり、ヴィクトリア時代（例えばW・S・ギルバート）から、ついに見届けずじまいになった大戦後の（例えばノエル・カワードのような）不安を秘めた浮かれ騒ぎへの唯一無二の架け橋となった。

ヘクター・ヒュー・マンローは一八七〇年十二月十八日、ビルマのアキャブ（ベンガル湾に面したミャンマー西部の港町シットウェの旧称）に生まれた。一族はスコットランドの血筋（サキ自身はさほどこだわらなかったようだが）を誇りにしていたとされ、長きにわたり在印英軍に関わり続けた一族であった。一族の矜持を語る上でおそらく見落とせないのは、一七九二年のインドでヘクター・マンロー将軍の一人息子を襲った驚くべき事件であろう。「ジェントルマンズ・マガジン」誌一七九三年七月号にその目撃記録が掲載されている。

小生がまのあたりにした酸鼻極まる悲劇は筆の及ぶところではない。昨日の午前に東インド会社軍のダウニー君、わが軍のパイフィンチ中尉、気の毒なマンロー君と小生でサーガル島（ガンジスデルタの島。ベンガルトラの生息地で名高い）岸辺へ鹿猟に出かけた。虎と鹿の痕跡は無数にあったものの、狙う獲物には一日たっぷり翻弄された。それで三時半ごろにジャングルのはずれで休憩を取り、船から冷肉を取り寄せてみなで腹ごしらえにかかった矢先、パイフィンチ中尉と有色人種の召使に、六ヤード以内の距離にみごとな鹿が来ているぞと言われた。さっそくダウニー君と私が銃を取りに立ち、もっとも銃に近かった私が手をかけたとたんに雷もかくやの咆哮がとどろき、運悪く座っていたマンロー君に巨大な虎が飛びかかるのが見えた。彼はまたたくまに猛獣の口に頭をがぶりとやられ、そのまま人間が子猫をつまむように、びっしり茂った密林のやぶをものともしない怪力でやすやすと拉し去られた。小生は苦悩と心配と後悔と、白状すれば恐怖（虎は二頭いた、雌雄のつがいだ）にどっと襲われた。かろうじて打つ手は雄虎への発砲だが、やつはまだあの気の毒な若者をくわえている。神頼みと腕頼み半々でマスケット銃を撃った。それが命中、よろめいた虎が（手負いで）たけり狂って即座に吠える。さらにダウニー君が二発、小生がもう一発撃った。われわれはジャングルから退却し、数分後に全身血まみれのマンロー君が出てきてくずおれた。一同かわるがわるに彼を背負ってボートへ運び、島の近くに停泊していた東インド会社の持ち船ヴァレンタイン号の医薬品を総動員して応急手当てにつとめたが、いかんせん助けようがなかった。彼はすさまじく苦しみながらも二十四時間持ちこたえ、そこで力尽きた。頭蓋骨は噛み砕かれ、首や肩は虎の爪跡だらけだ。それでも結局は助からなかったとはいえ、あの島へ置き去りにして生きながら手足を一本ずつ食われるよりはましというものだ。われわれは洋上葬儀次第にのっとって亡骸に祈禱を捧げて冥福を祈ったのち、沖合で水葬にした。本当に将来性のある、気さくな好青年だったのに。

動物が有象無象の人間どもをやっつける話をたくさん書いたサキ自身でさえ、これ以上に鮮やかな語りはまず無理だろう。この不運な事件は英国大衆の想像力をかきたててスタッフォードシャー磁器の置き物に再現され、うつぶせの男が頭から大虎にがぶりとやられる場面を示す「マンローの死」は、何十年もよく売れて多数の民家の炉棚を飾り続けた。どうやら購買者たちは貧窮にあえいでいてもそ

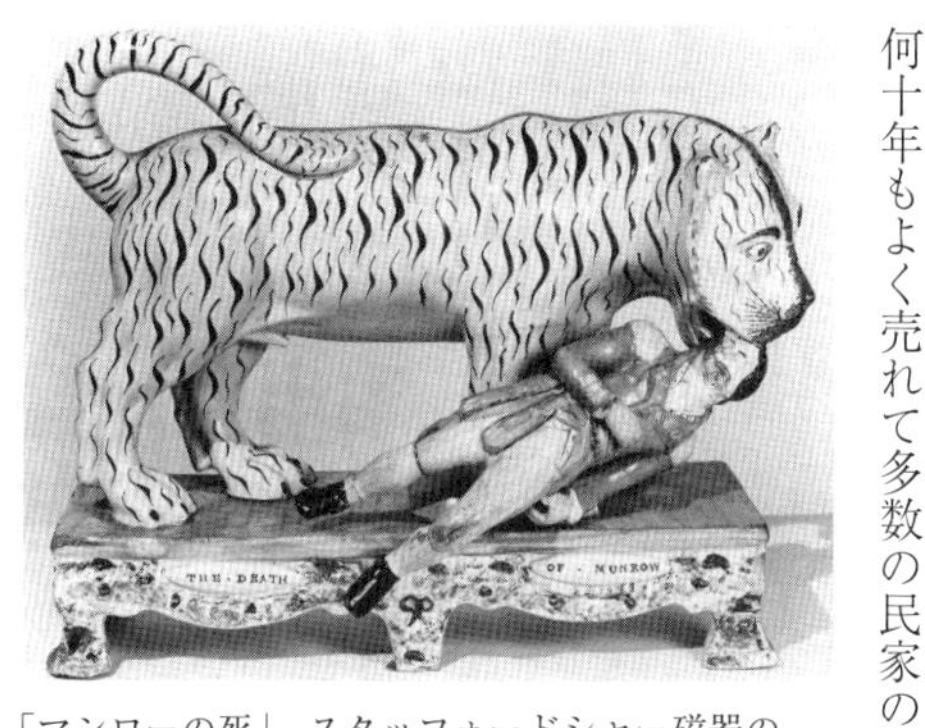

「マンローの死」。スタッフォードシャー磁器の置き物。1814 年頃。

サキの父、チャールズ・オーガスタス・マンロー。

うした不祥を忌避しなかったか、おそらくは虎を金持ちの特権階級に、無力な餌食をわが身になぞらえていたか、もっとありそうなのはサキと同じく、血なまぐささを好む少年の心を失わずにこの事件を受け止めたかであろう。

サキの父はラクナウ包囲戦に中尉で従軍、のちに司令官の娘と結婚してベンガル駐留軍少佐に任じられ、やがてビルマ軍警の警視となり、大佐で退役した。秀でた容姿に行き届いた物腰、婦人の手にキスする挨拶をごく自然にこなせる人だった。壮年過ぎても雪白の髪とひげが映える血色に恵まれ、物静かで優しい笑みを絶やさなかった。ビルマ葉巻を朝から晩までふかすかわりに、退役後の本国では自室のサッシ窓を三枚ともめいっぱい開けて釘で固定していた。三児をなした妻とは、のちにサキとなる末子のヘクターが生まれて間もなく死別したために二男一女の子供らは本国に送り返されたのである。

父親には北部デヴォン州バーンスタプル近隣のピルトン村にブロードゲート・ヴィラという持ち家があり、そこに住まわせていた実母と妹ふたりに子らを託した。サキの姉[*1]はその家をこう回想している。

なにしろ暗い家で、どの部屋もベランダにさえぎられてろくに日が入りません。花畑や菜園は高い塀や生垣に囲われ、雨が降れば私たち兄妹は家にこもりきりでした。

新鮮な外気は怖いもの扱いされ、冬場は特に恐れられました。子供たちの寝室は窓を閉めてよろい戸をおろし、わずかに開けたドアから踊り場のよどんだ空気を入れる程度です。衛生観念なんて独裁者のオーガスタ叔母の造語では「ちゃんちゃらお菓子」だったのですから。

だったらそれまで以上に散歩して自然に触れるべきで、すぐ目と鼻の先には本当にすてきな野原や森がいくらもあったのに、オーガスタ叔母の行き先はお買い物ができてゴシップを仕入れられる商店ばかり――おまけに雌牛をすごく怖がっていました。

幸いにも兄や弟がいてくれましたし、子供は子供で大人を閉めだした独自の世界があり、入れてあげるのは動物たちと、三人ともなついていて年に一度の割で泊まりにくるウェルズリー叔父だけでした……。

なんでもないことで激しい憎悪をぶつけ合う気の荒い叔母たちは、品よく老いた優しい祖母の手に負えませんでした。そんなに憎み合ってよく気力がもったものだと思います。いちど、叔母たちはどうしてあんなに仲が悪いのかと、家族ぐるみの付き合いがあった女性に尋ねたこともありました。

「嫉妬がもとよ。トム叔母さんはオーガスタ叔母さんの十五歳上（実際は十一歳上）でね、長期滞在先のスコットランドでさんざんちやほやされて女王様きどりで帰ってきたら、出かけた時は小さかった妹がすっかりきれいになって人気の的でしょ。ひどく妬(ねた)んで――以来、犬猿の仲なの」

トム叔母は私の知る限り別格の女傑でした――ロシアのエカテリーナ女帝の生まれ変わりだったのかもしれません。知ろう、やろうと本気を出せば必ずそうなりました。およそ手加減や遠慮を知らず、人の感情を傷つけても気にもせず、無尽蔵に元気で、七十六歳まで本物の病気になった日は皆無でした。

ゆるぎない信仰心の持ち主で、どんな既存宗教にもすんなり適応したでしょう。日曜の朝には兄妹そろって欠かさずピルトン村の教会へ連れていかれました。叔母は讃美歌にすごく詳しいのだと長らく思いこんでいました。本も見ずに歌っているようでしたので。でもある日、気づいてしまったのです。叔母は歌うふりをしながらごにょごにょ言っているだけで、もっぱら遠距離用の老眼鏡をかけて会衆の動向や服装の観察に身を入れていたのだと。そして帰り道で一緒になったご近所のだれかれから仕入れた噂話を、帰宅して大げさに祖母（興味なかったのに）に吹聴するのでした。隣人の生態をトム叔母がどれほど針小棒大にどれだけ繰り返そうが、祖母は刺繍の手を止めず、強引に作業を中断させようとしても無駄でした。そうしたユーモアセンスの是非はさておき、叔母は見聞きした限りで最高の話し上手でした。とんでもないほら吹き、しかも自覚皆無なのです。

もうひとりの叔母オーガスタは、程度の差はあれ「スレドニ・ヴァシュタール」（『クローヴィス物語』）の登場人物そっくりです。ブロードゲートの専制君主――手のつけられないかんしゃく持ち、好き嫌いが激しくて横柄で人目を気にし、さしたる頭もない単細胞。すなわち子供たちを託されるには不適格もいいところでした。

短篇「納戸部屋」の伯母さんはまさにオーガスタ叔母そのものでした。「それがこの〝伯母さん〟の癖で、子供たちの誰かが悪さをするとさっそく楽しい余興を思いついて、その子だけをのけ者にする。子供たち全員でやらかすと、いきなり降ってわいたように隣町に来たサーカスに象が数え切れないほどいて断然面白い、ほんとは今日にでも連れて行くはずだったのに、などと言い出すのが常套手段だ。……思いつきに乏しいかわり、思いこむとすさまじい執念を発揮するのが伯母さんの持ち味だった。……夕方のお茶では空恐ろしいほどみんな無口だった」

よく覚えていますが、その「空恐ろしいほどみんな無口」たるや！　口なんかきけません、そこまでお通夜のようだと何を言っても確実に場違いになるからです。トム叔母だけが相手ならもっとうまくやれたでしょう――ヘクターは花壇に近づかず、菜園の外にいる限りは叔母の秘蔵っ子でしたから――ですが、叔母ふたりの言いつけを両立させるのはどうしても不可能だと（てんでに相手を打ち消す指示を出そうとしていたのかも）、結局は子供たち独自の判断で、オーガスタ叔母に従うのが無難だろうということになりました。

なかでも華々しかったのは、叔母二人が火花を散らす大喧嘩です。「沼地越しに吠えたける原始時代のマストドンのように、叔母さんがもうひとりの叔母さんに大声をあげる」[*2]と、子供たちは対岸の火事として「目上の人たち」へ批判の目を向け、オーガスタ叔母が頭痛でまる一日寝込めば大喜びしました。

それに味をしめた私たちはさらに大胆になり――いちばん無鉄砲なのは、いつもヘクターです――上がるのもいけないと言われていた最上階探検を敢行、その階の謎めいた部屋が、『けだものと超けだもの』所収の「納戸部屋」のもとになった場所です。

　オーガスタ叔母は杓子定規な石頭で宗旨をとらえていました。スコットランド長老教会派を明確に打ち出し、バーンスタプルの日曜夕方礼拝に欠かさず出ていました。それでいて、どちらの叔母も相手をやりこめる支配欲を抑えるほどの信仰心はありませんでした。くだらないことで張り合うのです。かりにトム叔母がバーンスタプル市場から二シリング六ペンスの鶏を買って帰ったと報告すれば、オーガスタ叔母ははるかに肥えた鶏を二シリング四ペンスで見つけて勝ち誇るまで心穏やかではいられないのでした。

　その後はいつもの喧嘩——激しさの程度にもよりますが、種切れになるまで延々とやっていました。もしかするとそういう喧嘩が二人の膨大なエネルギーのはけ口だったのでしょうか。どちらも悪態はつかず、汚い言葉は一度も聞いたことがありません。姉妹喧嘩が私たち子供に与えたよい影響はそれだけで——傍目(はため)にも醜悪だったので絶対まねしませんでした——私たちはただの一度も兄妹喧嘩をしていません。

　叔母たちの家庭外の関心事といえばピルトン村の政治力学とゴシップでした。トム叔母は庭仕事で多少なりと正気を保ち、オーガスタ叔母は鎮静剤がわりに使うあてのない刺繍を何ヤードもしていました。庭師が仕事していようがいまいが、トム叔母は朝から晩まで泥んこになって庭いじりに精を出したものです。どちらの叔母も恵まれない人に太っ腹で、人柄に折紙をつけた友人には影日向なく接していました。

境遇に関する限り、マンロー家の子供たちはヴィクトリア時代の若者多数に比べてそれなりに恵まれていたのは明らかだろう。一種の閉塞感、秘密の世界、大人との戦いは後期ヴィクトリア時代の子供の共通項であり、その時期の中・上流階級の幾世代かがある種の成熟に到達していたらそれこそ驚きだ。ただし人格の欠損部分（などと偉そうに断じる、ひらけた後代のわれわれこそ何様か）は活力で補っていたが。幼いヘクターは頑健でこそないが実に活発な子で、予言者めいた言動もたまに見受けられた。

弟のいちばん古い記憶は、子供部屋で兄のチャーリーと三人だけでいた時のことです。ヘクターは長柄の暖炉掃除ブラシを火につっこむと、それを手にテーブルの周囲でチャーリーと私を追い回しながらどなっていました。「ぼくは神だぞ。これから世界をぶっ壊してやる」

浄化の炎を後年なんとか代用できたのがペンだ。ただしこの時期、執筆への熱意はなく、素描に夢中だった。題材はおおむね日々おなじみの動物たちで、飼う許可をもらえたペット多数が際立っている――いつも記憶を頼りに一味違う描き方をした。生涯にわたる内省的で生き生きした感性はどうやらこの時期すでに完成していたようだ。他の主題の絵には心情をはっきり出した。讃美歌本を手にした田舎者どもが伝説的な「伝道の日曜」に参列した図には――「おお我ら　高き天の叡智に生涯照らされ」と説明がある。野牛に襲われるゴルフプレーヤーたちを描いた連作もある。戯れ歌にはこんなのもあった。

3. Lofted.

4. one up and one to follow.

5. "Dead"

オブライエンのお嬢さん
ライオンさんに賛美歌ご披露
それで相手は腑に落ちて

Golf in the Wild West

大西部のゴルフ（サキ素描）
1　慎重なアプローチ
2　バンカーだ
3　高く打ち上げる
4　1 upで猛追中
5　「デッド」だね

いくらか胃の腑におさまって
あとは野となれ黙示録

ひどく不器量な娘とすこぶる満足そうなライオンでさりげなく前後の流れを示している。預言者エリシャを笑った子供たちの逸話（旧約聖書・列王記。預言者エリシャは自分のはげ頭を笑った子供らを呪った）も、気のきいた素描一枚と異色の詩を生み出した。

二頭の熊が穴を出る――
子熊がいないぞ　さらわれた――
ならばと人間（ひとこ）を懲らしに出かけ
エリシャに群がる子らに出くわす
やむなく狩られて熊らはむしゃくしゃ
子熊のペット相場はさぞやの高値
わが子の堪忍料ならいつでもよこせ
草地に転がる死体は三十と二つ
死者三十二名だよ、もっといたかも

なにせ熊さん　未曾有の獲物に大はりきりだ
預言者さまは尻に帆かけて逃げましたとさ

二頭の熊が穴を出る——

草地に転がる死体は三十と二つ

ヘクターは七歳から熱心な――保守派の――政治好きであったとされ、じきに歴史に想像力を刺激され――姉によると、作品中とりわけ名高い短篇「シャルツ‐メッテルクルーメ方式」にいかんなく描かれた教育法を予見させたという。

「姉さんは円頂派（クロムウェル軍の蔑称）をやらなきゃだめだよ」ヘクターに言われました。

「でも王党派がいいわ」私が逆らいます。

「ふたりとも王党派にはなれないよ。だから姉さんは円頂派でなくちゃ」

（妙な話ですが、そう無理強いされてからこの歳までずっと円頂派です）そうして二人ともいそいそとピューリタン革命の内乱にとりかかりました――じきにわくわくするほど面白くなり――ヘクターは自軍の勝利にほくそ笑みつつ椅子の上に立ってまで円頂派への侮辱をやってのけ、当然ながら私は我慢ならずにやり返しました。ようやくそこで、まんまと乗せられた女家庭教師が歴史再現作業を止めにかかりましたが、もう止まりません。家庭教師がその場を離れるまで待ったただけでまたまた歴史場面を再開、ギャロップで戦闘にかかり、戦況に応じて失意から高揚まで全感情の音階を通りました。以後のヘクターの得意科目はずっと歴史で、揺籃期に始まる膨大なヨーロッパ通史を細大漏らさずみごとに暗記していました。


博物学にも同じく夢中だった――とりわけ野鳥の営巣について。ヘクターの卵のコレクションは後にバーンスタプル博物館に収蔵された。あとはおもちゃの兵隊を戦わせ、飽きずにいつまでも遊んでいた。

エセルの語りは緊迫した子供時代のひとこまを露骨に避け、九歳のヘクターが発作に襲われた件を漠然と「脳炎」と描くにとどめている。最もかいがいしく看護したのは犬猿の仲の叔母たちで、いったん回復してしまえば前より丈夫になったらしい。兄に続いてエクスマスの私立小学校に通えるだけの体力がついた――ただし、十五歳後半に入ったチャーターハウス校やベッドフォード・グラマースクールは二年で耐えられなくなった。この時期についての唯一の情報源である姉は、その二校で弟は、まあとにかく「楽しく過ごした」と述べている。

父の退役に伴い、三人の兄妹、とりわけヘクターと姉に重大な転機が訪れた。それまでは四年に一度、東方から訪れた優しい魔法使いが今度は子供たち専任となり、叔母たちの影を一掃してくれたのだ。サキの物語ではこうした不遇なご婦人たちに恐ろしい末路が待っているが、たぶんに思春期の暴力的な白日夢の結実だろう。実情はというと、子供たちの成長につれて叔母たち二人の権威はとうに縮小の一途をたどり、後には忍耐と愛情で辛抱強く接してもらう存在に成り果てている――数年後にヘクターが姉に書き送った手紙がいい証拠だ（「トム叔母さんの旅」本文一六二ページ以下参照）。

父が退役帰国して教育の仕上げを引き受けた時期、実を言うと子供たちは成人の一歩手前まできていた。まずは父子で家を移り、やがて頻繁にヨーロッパ長期旅行へ連れ出されるようになる。長らく北デヴォンの一隅に逼塞（ひっそく）していた三兄妹は、ノルマンディーのエトルタ保養地で浮かれ騒ぐ国際派の人々にすんなり溶けこんだ。若者たちの中にはロシア人もいくたりか混じっており、ヘクターが終生惹かれた国の糸口（よほど刺激的だったのだろうか）を与えてくれた。お次のドレスデンでは、宿泊ペンションの下層階に入っていた女学校にいろんな悪ふざけをしでかした。さらにポツダムとベルリンでは、自分たちが回った美術館ごとに矢に貫かれた聖セバスチャンの絵がいくつあるかというお題で彼ならではの猛烈ぶりを発揮した。ニュルンベルクでは中世への強い関心を存分に満足させ、プラハではヴァレンシュタインの軍馬のしっぽの毛を少し切り取り、城の窓から放り出された顧問官たちがどれほどの高さから落下したのか（一六一八年のプラハ窓外投擲事件）、父親に支えてもらって身を乗りだして確かめた。

スイスのダボスは以後の数年で第二の故郷同然になり、姉のエセル・マンローは誇らしげに断言している。「私たち、自由放任でした！　じきに父には、〝アヒルの子を孵した雌鶏〟というあだ名がつきました」早い話が、素描、テニス、乗馬、素人演劇、博物学、悪ふざけに次ぐ悪ふざけ（例えばヘクターは、狭苦しいので知られたホテルでの架空パーティ招待状を何十通も発送した）三昧だった。まじめな名士多数が容赦なくからかいの標的にされた。実に、後年の短篇を地で行く生活だったわけだ。ダボス在住の詩人・批評家のジョン・アリントン・シモンズのところへはよく遊びにいった。「彼とヘクターはチェスを指し」と、姉はさらっと述べている。「紋章学という共通の趣味を見出して意気投合していました」

ダボスと北デヴォンでのそれなりに楽しい日々はこうして数年続き、ヘクターの就職問題は二十三歳になるまで見苦しい鎌首をさほどもたげなかったのだが、いざそうなれば、しごく妥当な奥の手があった。それに先立つ議論がどんなものかは知るよしもないが、ヘクターと父は当時から円満至極で、一九〇七年に父が死ぬまで仲がよかった。それでも一八九三年六月に現地警察入隊のためにビルマへ向かったヘクターの胸中に追放された感があったのは否めない。小説『鼻つまみ者バシントン』（*Unbearable Bassington*）の主人公コーマス・バシントンがアフリカで味わった感情の描写はかつての自分だと前書きに記している。バシントンは流刑も同然の目に遭い、到着したての時期はだるさという熱病に勝てず、本国をむやみに思い出させるへぼ小説ばかり読んでいたが、やがて楽しげに群がって遊ぶ原住民の子供たちに目を向けた。「この野生の人間子猫どもは全身で生を謳歌していた。彼だけがよそ者の孤独な異分子であった」

ヘクターはせいぜい耐えて頑張り、現地の動植物観察を楽しみ、『うだつのあがらない女』と『ミセス・タンカレーふたたび』を観劇しなかったといって姉を責め（「今シーズン必見の芝居なんですよ。ぼくなら引きかえに何でもくれてやったのに！」）、ひたむきな若手士官らしい精勤のひとこまをかいつまんで送ってよこした。

ここ三日ほどこの地（地名は思い出せませんが、マンダレーからは六マイルです）にいます。「精霊さま（ナッ）」という地元の崇敬篤い二神の大祭期間中なので。由緒の要約は以下の通りです。この神々は人間だったころに兄弟で、当地に王の勅願寺院を建てることになりました。それはいいとしてレンガがふたつ余ってしまい、いかにも東洋らしい王の気まぐれで殺されてしまいました。

死霊はずいぶん侮られたと思ったのかひどく祟り、やがて王の祭祀許可が降りて寺院を献納されて現在に至ります。よくは知りませんがそれだけです。レンガが余ったほうの寺院は往時のままの空き地にまだあります。正統仏教の信仰ではありませんが、「精霊さま」は北ビルマと中国の一部では大人気で、年ごとにこうしたお祭りで讃えられているというわけです。すべてが実に目新しいので、以下にかなり長々と詳しく述べてみます。当然ながら治安維持に欧州系警官の手が要るため派遣された次第で、投入された警官は二十五名、知る限りこれまでに殉職例はありません。到着時に川辺へ連れ出されて沐浴する「精霊さま」の神像に出くわし、おかげでポニーがこの世ならぬ伴奏に驚いて、つむじ風の中の風見鶏さながらにきりきり舞いしました。それで大祭の主会場へ来てみれば、恐ろしいことに私の専用椅子席が高壇に用意されており、大仰に格式ばって先導されました。派手派手しい国歌演奏の意図が楽団にあったかどうかはなんとも。必死でケアリー君を探しましたが、奥さんとどこかへ外出中だと言われました。ぼくはスピーチをさせられそうで生きた心地がしません。どうやって立ち上がり、東方文明にどっぷり何世紀も浸って「こん畜生に米でも食わせとけ」という面をしたデブの一団になにを言えっていうんですか。幸いすぐさま武闘試合が始まり、場の注意はそっちへ向きました。猫同士のけんかみたいに男ふたりが素手と足で戦い、先に血を出した方が負けです。おかげでひっかき傷ができたとたんに終わってしまい、本当に拍子抜けでした。どっちか死ぬまで戦うのではないかと内心期待して（腐ってますね）、助命の合図は親指を上か下かとあわてて思い出しにかかっていましたから。すこぶる見ごたえのある試合も中にはありましたが、なにしろこちらは大ブリテン及びアイルランド代表にふさわしい沈着な態度を保たねばならず、おまけに椅子の置き方がとんでもなく危なっかしく、じっとしていないと転げ落ちそうで。「貴人の責務（ノーブレス・オブリージュ）」ですね。やがてケアリー君があらわれ、僧院の敷地内に夫婦の宿舎を確保した……私には会場隣接の一軒家をあてがうと言われました。そしたらただ隣接というだけでなく敷地の一部で、闘技場には出入り自由！　試合時間は午前十時から午後三時までと、午後八時から午前六時までです。奉納団体がふたつあるんですよ。おかげで試合中は宿舎の食堂が特等席と化し、できる時に食事するしかありませんし、家の中ではおちおち寝られません。何しろ暑くて、レタスに盛りつけた生卵がそのまま茹（ゆ）だりそうなんです。しかも室内が臭い。どうやら観衆はさほど盛り上がらない試合でも夢中のようで、午後十時の非番であがって二時間でも休めれば御の字でしたが、五時半に起きたら観衆は相変わらず意気盛んな大声援です。それから王女さまがたに死ぬほど気遣われました。知事の妻たちには前王の身内数名が含まれ、やんごとない身分を自任しています。並みのお妃なら二十人分ぐらいの宝石をつけた老婦人に困ってしまうほど目をかけられて、食べなさいと日がな一日ずっといろんな果物を押しつけられたかと思うと、ケアリー夫人を介してぼくの年齢をお尋ねです。その後に年齢の割に背が高すぎるというお言葉に添えて、ご親切にもぼくの年齢にしかるべき身長を手で示してくださいました。別のやんごとない女王様の金言「身の丈一マイル以上に及ぶ者はすべて法廷を去るべし」（『不思議の国のアリス』赤の女王のセリフ）をほうふつとさせます。こう蒸し暑ければきっと少しは縮みますよと申し上げたら、それ以上は追及されなくなりました。
多民族のごった煮からなる大群衆の監督は、お世辞にも閑職じゃありません。終わればほっとするでしょうね。

ひたむきなだけでは足りない。ヘクターは十三ヶ月で七回も熱病にかかり、公務遂行不能になって帰国した。ロンドン到着と同時に病状悪化、つききりで看病しないとデヴォン帰還もおぼつかなくなった。そしてデヴォンに帰りついたとたんにめきめきと回復した。動物への愛情は以前に輪をかけ、新たに犬を飼って姉と長い散歩にとどまらず、狩りにも手を出した。じきに馬を買い入れ、およそ二十年後に書いた小説『ウィリアムが来たとき』（*When William Came*）の中で狩りの醍醐味を懐かしんでいる。

五感で細部をじっくりなぞるうちに、やがておもむろに想像力に導かれて、眠たげでいて楽しそうに賑わう小さな村の市にさしかかり、いみじくも探し当てた先は藁がいちめんに撒かれた広い中庭だった。空間の半分が男たち、四分の一が馬で占められ、断尾したシープドッグの番犬一頭か二頭が、誰の邪魔にもならないようにしながらも動きの中心を占めようとしていた。
馬たちは冴えない男たちの群れからしだいに引き離され、一頭ずつ束の間の脚光を浴びて長短をうんぬんされては褒めそやされ、ようやく競りに入る……。

……暖かく乾いた厩の臭い、身を切る朝の大気、いい感じにこなれた鞍革、秋の森や濡れた休耕地から湿った土の香が立ち、冬ならではの冷えた白い霧、鳴き騒ぐ声もろとも猟犬群がせかせかと溝や生垣や藪を押し通り、通りすがりに飛び立つ小鳥たちのさえずりやおしゃべり、農家の台所や市日の酒場の明るい挨拶や他愛ない噂話――次々と楽しさの連鎖を呼ぶ、そんなあれやこれやがおのずと累積して脳内を支配し、道草する気にかられた男には特に、つらい人生の中心からほんのちょっと脇道にそれる以上の濃い意味を持つ……。

さて、父子の住まいはウェストワード・ホー！村にあった（やや先輩にあたるキプリング同様に、その地の在印軍人子弟向け学校へ兄弟が通わなかったのは不思議だ）。ヘクターはその家に父、姉、フォックステリア、ペルシャ猫数匹、コクマルガラスとともに二年間住み、冬は狩り、夏は泳ぎ（「どこの水場だろうと、入らずにはいられませんでした」）、その後にどうやらビルマ行きと同様の突拍子もない成り行きで「文筆一本で身を立てるべく」ロンドンへ向かった。

ヘクターはモーティマー街のアパートに落ちつき、またしても前後脈絡なしの成り行きで歴史書の執筆にかかり、『ロシア帝国の勃興』（*The Rise of Russian Empire*）を著した。二次資料に基づく執筆であったが、「参考文献」リストを見れば、どこでどうしたものかすでにロシア語を習得し、すでに自在だった独・仏語と同じく使いこなしていたと察しがつく。本書は十七世紀初頭のロマノフ家台頭に始まり、著者がまだヘクター・H・マンロー名義の二十九歳であった一八九九年時点で終わる。さほど評判にならなかった。キリスト教全般への反感とまではいかないが、教会の役回りに含むところのある書き方をしたので、度し難い不謹慎と不吉なほど近いと考えられたのだ。まあ、その通りだが。それでも若き歴史家は、呆れるほど錯綜した血なまぐさい事件や人物からそれなりに明確なパターンを読み解いてみせた。著述スタイルは新ギボン派からリットン・ストレイチー派までの色とりどりで、ごく時たま、ポーランド人やモスクワ人やモンゴル人やタタール人やコサックなどの旗が流血と奇襲で国土を席捲し、通り過ぎたあとはしばしば無人の沼地や草原になる一方で、農民たちはそんな場所にしがみついて神に祈り、暴君たちが次々と出ては殺しまた殺され、逆賊に落ちた者たちは追手を逃れて野営地を転々とする。独立国家をめざした、こんな野放図で途方もない規模の迷走に明らかにとらえられた著者は、懐疑に彩られた空想の力を存分に解き放った。

お上品な歴史家なら、老いさらばえた総主教の話で「若さをとことん使いきった」などと言わないのは確かだ。以下のくだりなどは、疑問の余地なく不謹慎な調子をおびている。

ローマ教会は他地域での熱意と行動力を発揮して、今風にいうとロシア「勢力圏」に接触した。それに先立ち、リガに新設されたリヴォニア管区司教アルブレヒトはその地方に修道騎士団または剣の兄弟団を創設した。その使命は炎と剣で異教徒のリーヴ人を改宗させてキリスト教のくびきをつけ、彼らに地上の平和と神の名に結びついた人々への善意を教え込むことだった。

この使命にも、後にいっそうの敵意がこもった。

アストラハンやコーティアン・クレシヤン（現パキスタン）の不毛の地を昔から支配していたキプチャク人の大汗（たいかん）がモンゴルに敗走してしまうと、草原の国は君民もろとも離散、やがてカルパチア地方にたどりついてハンガリー王国の庇護を求めた。ロシアはもはや安全な逃げ場所ではなかったのだ。かの死をもたらす軍勢は電光石火で容赦なく中部地方を襲い、全土の司教も聖職者も人々も、苦難のただなかで全能の神にひざまずいて、この野蛮な敵勢からの救いを願った。大聖堂や教会や祠（ほこら）で涙ながらの哀れっぽい連禱「異教徒より救いたまえ！」があがり、大声で神に呼びかける。たまたま、神は寝ておられた。

チェルニーヒウ（ウクライナ北部）やペレスラヴリ・ザレスキー（ロシア）のたどった運命は同じ、すなわち全滅だ。街も国も火と剣と強奪の災厄に見舞われた。震える村人は夜半に燠火の炉辺で目覚めて不安を呼ぶ番犬の吠え声を耳にし、常人には感知しがたい異変の気配を察知して認める。しばらくして伝書鳩が必死で遠くへ飛んだあと、時ならぬ輝きが夜更けの地平線を彩ることになった。

著者の筆誅は他のキリスト教宗派にも及んだ。

一五〇二年から一五〇三年の冬、十二か月前に味わったのとほぼ同じ事態が次々と襲った。やむなく大公は手勢を率いてスモレンスクを攻撃したが、その都市は開戦時に奪取した領土からいぜん撤退せず、バルト地方の本領を相変わらず保っていた。ここで伝統的に漁夫の利を得られる仲裁人候補に浮上してきたのはポンティフなる人物で、対立する二君主の間に融通手形を持ち込もうとはかった。当時、ヴァチカンの法王位にいたのはとんでもない浪費家だったので、法や役職上の確執による流血沙汰を煽るような人物ではない——その在任中のローマは牧者に導かれるより拙い迷走ぶりであったが——そんな法王にとって、当面は異教徒への痛打のほうが東方教会攻略よりも急務と思われた。東方教会に報復の力が充分にありそうなうちは、特に。ボルジア家が欧州のオスマン勢を一掃できればと期待をかけて興した十字軍に、痛手も受けず意気盛んな敵が側面にいるハンガリーやポーランドやドイツ騎士団が参加するのは明らかに不可能だった。そうした事情もあって、実に薄汚れたこの鳩の幻に和平のオリーブの枝を与えて、血染めのくちばしにくわえさせたという次第である。

その散文の筆致もパトリック・リー・ファーモー（英国の旅行家・作家）の昂揚した描写の先駆となり、強烈な場面をいくたびも鮮やかに描き出す。

同士討ちは疲弊のせいで断続しながら何年も長引いたあげくに、モンゴル宮廷の権謀術数のあおりを食らってスーズダリとペレアスラブリの地を奇襲略奪された。だが、この事件の曖昧模糊たる砂塵からひとつだけ明確な事実が生じた。トバル属州が隷属状態にあるという事実だ。無秩序状態に生まれたこの小国はロシア史の一ページを血みどろに塗りつぶしてまた曖昧模糊の中に沈んでゆくことになろう。若きミハイル・ヤロスラヴィチ公は皇帝ディミトリ一世の弱みや戸惑いにつけこんで独立を企て、大公国として盤石化をはかった。しかしながら敵対諸侯の利害にそれとなくかかわっていたノヴゴロド人が勝手に内戦をはじめ、そうした精力的で豊かな都市間抗争が北欧の中世自治都市に飛び火した――住民全員を巻きこみ、大司教、市長、中世ロシアの地主に始まって「いちばんの若造」に至るまでの争いとなった。ぼやけて粗削りで意味も目的もない争い、たとえ意味や目的があったにせよ、人や動きにいぜん場当たり感が抜けない争いに。狭い路地に暴徒があふれ、大司教の元に逃げ込んだ市長を追って、聖ソフィア大聖堂内で至聖所の閉ざされたドアを乱打する。大広場は蜂をつついたような大騒ぎだ。怒って殺し合う市民たち、もがく犠牲者を橋の上からヴォルホフ川へ投げ落とすという大混乱をついてヤロスラフ教会の大鐘がけたたましく鳴り響き、まるでフクロウのねぐらの鐘楼に悪霊かなにかが監禁されて暴れているみたいだった。

イワン雷帝に一章丸ごとさいて、そのひどい蛮行を羅列した文章には、この若き日の熱意がもしも持続していれば将来ひとかどの歴史家に育っていた可能性を示す諧謔と品格がある。

だがそんな企画では「筆一本で身を立てる」足しにはならないと目に見えており、そこで若いマンローはいったん大英図書館の閲覧室を出て、今度は新聞や雑誌用のごく短い話を書いてささやかに稼ごうとした。どれほどうまくいったかは何とも言えないが、そうした習作の一つが一八九九年に活字になった。「犬と暮らせば」と題するその短篇は「セント・ポールズ」なる雑誌に掲載され、さしたる理由もなくウェストエンドの日常風景を描いた滑稽な挿絵に、「魅力的な若きルーマニア人芸術家、最近アルハンブラ在住」マドモワゼル・イレーネ・フェジェルおよび「風変わりで切れ者の小人さん」マドモワゼル・リオネル・ウォートンの写真つきで掲載された。著者名はＨＨＭというイニシャル表記、お話そのものは凝った冗談の域ながら、サキお得意のテーマがいくつか現れている。主人公は弱気で退屈な若者、敵役は元気いっぱいの犬で、そいつのせいで非難の余地のない生活が少しずつじだらくな放蕩の道へそれていき、とどのつまりは偽善者の素顔をさらしてしまうというオチだった。

ただし、マンローが初めて頭角を現したのは歴史でも短篇でもなかった。どうやら、またも唐突な展開が起きたらしい。ロンドンの知り合いでなく、遠いデヴォンの友人を介して、既に政治諷刺画家として評判を得ていたフランシス・カラザース・グールドに紹介された。ほどなく、この確固たる若いトーリー党員はグールドに連れられてリベラルの牙城「ウェストミンスター・ガゼット」紙の主幹Ｊ・Ａ・スペンダーに会いにいった。「当時のいきさつははっきり覚えている」とスペンダーは言う。

グールドが私専用のオフィスに彼を連れてきたのは一九〇〇年頃のいつかで、すぐその場で一本書いてもらい、もう一本にイラストをつける話がまとまった。「サキ」は話をだいたいグールドに任せ、始めのうちは本人の発言を引き出すのも至難の業だった。だが、いざ口を開けばぴりっとした独創的な話しぶりで、数分後にはこれぞグールドが目をつけるだけある「掘り出し物」との結論に達した。その企画のタイトルに提案されたのが、『ウェストミンスターのアリス』（*The Westminster Alice*）――ネタはボーア戦争と政治全般だ……当初、私はその企画に不安を抱いていた。名高いその原作のパロディは何度か送りつけられ（たいていの編集者はそうだろう）、ほぼ全部がげんなりするほど不出来だった。そういうものは必ず大成功かみじめな大失敗の両極端で、大成功の場合は単に形式をまねるだけでなく、卓抜な発想を持つ原作の本質をとらえなくてはならない……。

数ある政治諷刺でも、これほど即座に完璧な成功をおさめた作品は覚えがない。至る所で引用され、ロンドン中が笑いに加わった。当時の公衆は長らく「満身創痍」の仕打ちを耐え忍び、どうやら際限ないゲリラ戦の泥沼にはまったボーア戦争の不手際にほとほと困惑していたが、こんな微妙な笑劇を禁じるほど深刻化した世相ではなかった。

著者とイラストレーターの巧妙な筆は、A・J・バルフォア（英国首相、一九〇二―五。保守党党首）を白の騎士に、ジョーゼフ・チェンバレン（自由統一党の政治家。植民地大臣等を歴任）を赤の女王に仕立てるなど実に見事だった。ジョークの中には今読んでも充分笑えるものがあるが、諧謔は話題性に最低限必要なだけの薄味にとどめた。しかしながらこの作品の成功によってマンローの短篇への需要は跳ね上がり、いよいよ例のペンネーム「サキ」が採用された。姉や親友のロシー・レナルズによると、そのペンネームはオマール・ハイヤームの『ルバイヤート』フィッツジェラルド英訳版から選ばれたという。

かなたに昇る月　ふたたびわれらを尋ね求め
以後もいくたびか満ちまた欠けようか
以後もいくたびかわれらを尋ね求めようか
このおなじ苑生に――ひとりはむなしくなりて

月のごと、おお酌童(サキ)よ、歩を進めよ
草上の星たる客人のただなかを
喜びの使いとしてたどりつく　そこは
在りし日のわが席――伏せよ、からの杯を！

フィッツジェラルドによる同詩の初期英訳版に「サキ」[*3]なる名の言及はないが、問題の人物は「衰えを知らぬわが喜びの月」と呼ばれている。なぜマンローがこの中東の酌童(ガニュメデス)を自らのペンネームに選んだか、理由はわからずじまいかもしれない。かりに、愛誦詩の手持ちから短く言いやすい名前と

いうだけで採用したにせよ、まったく無作為に選んだはずはなく、皮肉屋の仮面に快楽主義と悲哀が結びついたそれ以上の名はどうやら浮かびそうにない。

『ウェストミンスターのアリス』とは別に、ラドヤード・キプリングの同様のパロディシリーズが書かれた。ただし世の気まぐれはいつになく厳しく、『本当じゃない話』（*Not-So-Stories*）と題したそのシリーズはほぼ鳴かず飛ばずであった。同時期にサキはまたしても両肺炎という重病にかかり、回復後はまたしても元気百倍になった。一九〇二年に「モーニング・ポスト」に入社、すぐさま海外特派員としてバルカン諸国の戦争勃発情勢を記事にした。一九〇三年にまた海外へ、今度はマケドニアだ。「モーニング・ポスト」記者のマンローに同行したのは「マンチェスター・ガーディアン」紙のH・N・ブレイズフォード記者だった。この若い二人組は、道中たまたまウィーンの有名記者某氏と知り合いになった。容姿端正な年配のひげ男である。マンローとブレイズフォードの二人ともひげがなかったので、トルコ国境の入国管理官に恐らくどっちもそのひげの息子だろうと当て推量され、それぞれのパスポートに「二人ともサロニカの学校へやるべし」という面白い備考を書かれてしまった。数週間後、気の毒なブレイズフォードはその学校を脱走したかどで逮捕された。どうやらマンローは災難を免れたらしい。

一九〇四年春、引き続き「モーニング・ポスト」の特派員としてワルシャワへ移動した。自身の「東方への衝動（ドランク・ナーハ・オステン）」が芽生えかけていた彼にとって東欧はかっこうの肩慣らしだった。「当地のアメリカ領事が」とワルシャワから書き送っている。

手元に置いている甥の学生と私は、大浴場に出かけてからテニスを日課にしている。メンバーは私、領事、アイルランド人のさる少女。同じ年頃のポーランド人たちは楽しいが、何かをさせるのは無理だ。いちばん焼けつくような季節でも、ヴィスワ川で水陸二本立ての午後を過ごす私に乗ってくる気配は皆無なのだから。承知したあとであれこれ浮かぬ顔でそれとなく渋ってみせ、すぐ満面の笑顔になって、ちょうど風邪をひいているのを思い出した、川は危ないからなどと言い訳を並べてさっさと帰ってしまう……。

追伸――うちで働く十四歳のポーランド人少年が私の従僕を自任し、毎日、念入りに化粧道具一式をそろえて持ってくるほか買い物の大半をこなしてくれる。暑い日には、肩甲骨の間にソーダサイフォンを一本分そっくりかけるのを真剣にお勧めする……。

さらに古銭コレクションを増やし、古いロシア硬貨、ポーランド硬貨、ボヘミア硬貨など、古いのは一三〇〇年までさかのぼれる古銭を、膨大なコレクションを持つ現地人から買い入れた。中世史の話になると、東欧諸侯の古い家系に私が自分より詳しいと知って、かなり派手に息をのんでいた。ふつう、英国人はその分野に底抜けに無知とされているからだ。

その秋にサンクトペテルブルグへ転勤、同地になじんで二年とどまった。そして（長らく間があいたが）サキ名義の第一巻がロンドンで出版された。『レジナルド』――収録作品は十五篇、ヘンリー・

ウォットン卿（ワイルド『ドリアン・グレイの肖像』に出てくる逆説的皮肉屋）仕込みのロンドン軽薄才子らしい若者の一人語りで、「ウェストミンスター・ガゼット」紙でかなり好評を博した連作短篇の単行本化だ。

レニングラードに興奮の種が皆無ではなかったとはいえ、マンローがもう少し長居しなかったのは惜しまれる。一九〇五年の革命が、修道士に率いられた代表団と猛々しいコサックの断続的なぶつかり合いでも動じなかった保守派の破壊好きの夢想を乱したのかもしれない。以下の引用は実にいい文章だが、ロシアとロシア人についての見解がすっかり煮詰まって視界をふさいでいたと思われる——読者には、マンローが神経をとがらせて神経過敏になっているると思われたかもしれない。

この国に住んでいて何が驚きかといって、見かけは頑健で元気そうなロシア民族に何より根強い惰性、あらゆる階級に見受けられる惰性、別に偶然でなく起きてしまう惰性だろう。ただし、責任の一端はロシアの長い冬のせいかもしれない。以前、都の大通りに所在なくたむろする非番の兵士や船乗りは、重装備のオーバーのせいで回復途上の病人みたいに見えた。すっきり統一された制服とは裏腹に、勇敢さと熱意を周囲にあまり示せていなかったのだ。

駐屯地からクラブへ、クラブから行きつけのレストランへ、またクラブという、ある田舎町駐留の若い士官の生活は、職業軍人らしからぬ勤めぶりを余すところなく語っている。外出は無蓋式の高馬車や、元気いっぱいのポニーとは限らない。例えばの話、自分専用の馬車があって、ふかふかの広いブルーム型かヴィクトリア型の箱馬車にたてがみと尻尾をなびかせた屈強な馬二頭がつき、恰幅のいいひげの馭者はキルト地の防寒具で着ぶくれして人間の形をした巨大な袋みたいだ。それなりにそそられる天気なら、こんな馬車で外の空気を吸いに出る。保養地バースの老婦人もどきの日々に、道楽のカード遊びという毛が生えた程度だ。ただし老婦人のほうが教会に行く頻度がより少なく、歌声カフェや閲兵式には一度も出ないだろうが。

そのロシア人士官は勇敢でチャーミングで気のいいやつだが、直接の知り合いに周知の事実として、よほどのことがないと芝地で気晴らしに乗馬でもという気はまず起きない。英軍のインド駐留士官が常夏の熱暑をものともせずに野外鍛錬に励むのとは驚くほど対照的だ。おそらくロシアの血筋ではないのかもしれない上級士官某氏は、サンクトペテルブルグの通りで乗馬中の姿をよく見かけた。手紙の宛名でこの街の「馬に乗っている将軍さま」と書けば、難なく彼に届くはずだ。

もっと若い士官連中も同種のいわくつきだ。サンクトペテルブルグの新兵用舎のどれかに広い付属運動場があり、晩夏の夕べになると英国居留地やドイツ居留地の若者たちがフットボールの練習や、もっと軽いローンテニスなどの運動に精を出す一方で、肝腎の新兵たちは砂利道をこそこそ抜けるか、九柱戯そっくりのガラツキーというゲームでありあまる元気を発散させている。

民間人の生活全般にも同じ停滞感がのさばっている。もちろん季節や時と場所にもよるが、活力が必須の田舎の農民層や都市部のある階層では、よんどころない事情がなくなるか、初めから存在しない場合は、とたんにロシア人特有のだらけた惰性が顔を出す。

ロシアの町や村は規模にかかわらず何千何百もの身体壮健そうな十八歳以上の男どもを擁しているが、その大半は若盛りのくせに門番や畑の番人などになり、重労働はせいぜいちょっとした掃除や薪割り、たまの使い走り、へべれけに酔っぱらった旅人を目的地へ送り届けるぐらいが関の山だ。あとはのらくら寝て過ごし、砂糖たっぷりの薄いお茶で一時間うだうだ粘って噂話に興じたり、子供のたわいない遊びのお相手か、愛想を振る犬や子猫を構うかしている。それでいてとんがり帽子に派手なシャツ、古風な高い編み上げブーツで私服の近衛兵かというほど外見に気を遣う。

もしかすると男の民間人はほぼ全員そういう服装が慣わしかもしれない。年端のいかない使い走りの少年や郵便配達員などの下役人まで軍人風の高いブーツだから、英国人が彼らロシア人に遭遇した当初、厳格で禁欲的な戦士の血筋だと眼鏡違いする元凶はそれだ。「軍は胃袋で行進している」（腹が減っては戦はできぬ、という意味のことわざ）というが、その流儀でいくと、ロシア人は幾世代もブーツで生きている。もしも平均的な英国人の若者が早いうちからそんなブーツになじんでいたら、家族や隣近所に恐れられる荒くれに育ち、いずれは海外へ出て帝国でも築くか、さもなければ熱帯の風土病にやられて死んでしまうかであろう。そこへいくと、ロシア人は同じ影響を受けても、よくて手近な夏の庭に出るくらいだ。

一九〇六年、またも唐突にパリへ移った。ここで（さんざん探してとうとう見つけたのは、姉によれば「本物の」下僕だった）伝えられるところによると「楽しく」過ごし、友人もたくさんできて一九〇八年に英国へ戻ってきた。だが、彼の作品にこのパリ時代の影響はごくわずかか皆無のようだ。作中にフランス人の登場人物はほとんど出てこないし、英国伝統の魅力と相通じる要素がラテン諸国には明らかにない。英国定住後は前と同じモーティマー街のアパートに住み、姉をサリー州のコテージに住まわせて猛然と執筆にかかった。相変わらず気の利いた軽い短篇の書き手とされていたが、より不穏な過去と未来の力が同等に作用していた。以後の六年でかなりの作品が暴力と憂鬱という傾向をどんどん打ち出していったが、著者の外見はヒュー・ウォルポールの書いた通りのたたずまいを保持していた――「サキは貴族の本邸やロンドンのパーティなどでよく顔を合わせる手合いで、どうやらかなりの皮肉屋でいささか怠け癖があるようだが、いたってのんきな身の上で、特筆すべき点はなさそうだった」。

サキと姉エセル。1908年。

ほんの一握りの友人たちは喜々としてサキの思い出を語っている――とりわけ、年下の従弟であったC・W・マーサー少佐が。のちに自身も巧みなロマンチックコメディの紡ぎ手となり、ドーンフォード・イェイツの筆名のほうが通りがいい。

ヘクターとの初対面はたしか、私が十五か十六歳の時に母に連れられ、ケンジントンのフィリモア・ガーデンズにあった父方の伯父夫妻の屋敷に滞在中だった。おそらくは私たちをもてなす一環として、伯父夫妻のはからいで晩餐に招ばれたのだと思うが、彼はそれ以来お出入り自由になった。行儀がすこぶる良く、話しぶりも自然で巧み、場にすんなり溶けこむ稀有なコツを心得ていたからだ。当時の彼は三十か三十一歳——中背で控えめ、茶色い目をしてきれいにひげをあたり、きわめて知的な顔だちにすぐ笑みを浮かべる。繊細な手を常にじっとさせていた。顔色はよくなかった。身だしなみがよく、服装はこぎれいできちんとしており、ロンドンではいつも山高帽をかぶっていた。着衣に乱れやぞんざいな点はみじんもなかった。たしかに容姿に恵まれてはいたが、決してそれだけの男ではなかった。優しさ、繊細さ、育ちの良い知性といったものがあれほど印象的な顔はなかなか思いつかない。そういう要素を完備した勁い顔だったのだ。マンネリとは無縁で、わざとらしさをことごとく忌み嫌った。秀逸な皮肉屋なのに普段の姿からは信じられまい。黙っているときが最高に見映えした。いざ会話になり、強調したい点にさしかかると、大げさに口や唇を動かすものだから。

ヘクターは高い道義心を備えた男だった。誰かにきつく当たるのを聞いたことがない。話しぶりは常に知的で面白いには面白いが、文章のような才気はまず出さなかった。当然だろう。同じように話そうものなら、悪目立ちして仕方なかったはずだ。ヘクターをたいそうご寵愛のレディ・シントへリアの——未亡人で、ヘクターの母でもおかしくない年だった——田舎の本邸へはしじゅう泊まりがけで入り浸っていた。ブリッジの腕前も相当なもので、よく何時間もぶっ通しでやっていた。ヘクターの交友関係に接する機会もたまにあり、場所は行きつけのココアッリー・クラブか、ソーホーで彼が開いていたパーティのどれかだった。だが、知力や人柄では誰ひとり彼にかなわなかった。食卓で私の両隣にくる女たちはどれもこれも判で押したような気取り屋で、やたらと「価値観」を持ち出す手合いだ。ヘクターが私を招待したのはいたずら心からか、言ってしまえば〝まがいもの〟連中と同席させられた反応を楽しむつもりかなどと考えることがままあった。（そこで「例の問題」が浮上してくるわけだが、見た感じ、居合わせた男性陣は「男色家」という柄ではなかった。なよなよというよりがさつな、似たり寄ったりの没個性ぞろいだ）ヘクターに良い友達だったのなら、私にだって良い友達になれたはずだとおっしゃる向きは多かろう。かもしれない。問題は、その連中がヘクターの良き友とは思えなかった点にある。彼だけが常に際立った個性で、引き合わされた友人知人たちは男女ともに記憶に残るまでいかなかった。内面の魅力を持つ人もいたかもしれないが、たとえそうだとしても表に出さずじまいだったし、魅力ある容姿は皆無だった。あの兵籍登録はてっきり単独行動かと思っていたら、ロイヤル・フュージリアーズにどうやら知った男がいたようだ。だが、そいつはあとで将校に鞍替えしてしまった。かねがね、ヘクターは生まれつき独身が向いているのだろうと思っていた。当時はそういう男がそれなりにいたのだ。エセルへの義務のせいで結婚を諦めたというのは大いにありうる。兵籍登録とその後の軍務でわかるように、ヘクターは克己自律の達人だったのだから。

当時のロンドンを代表する名家のいずれかで開かれる晩餐会にヘクターがしょっちゅう招かれているのは承知していたが、彼の口からその話が出たことはなかった。手元不如意を意に介さず、乏しい中から出せる以上を出して、父に死なれてからの姉の面倒をみてやっていた。

ヘクターの筆跡は独特だった。世間一般の整った字ではないが、読みやすさは抜群だった。まるで四苦八苦しながら時間をかけて少しずつ書いたというような。一点一画をおろそかにせず、私宛の手紙に訂正箇所がひとつでもあった覚えはない。タイプライターを持っていなかったのはたしかだ。

フィリモア・ガーデンズの夜に戻ろう。ヘクターが、当時エンパイア劇場で公演中のバレエ「古い磁器人形」がすごくいいので、うちの母と伯母がミュージックホールへ出かけても構わないとおっしゃるなら、きっとうっとりなさいますよと話したのは覚えている。そうまで熱心に言われ、伯父は明日の午前にさっそく席を予約しようと宣言した。伯母は自分たちと一緒にいらっしゃいとすぐさまヘクターを誘い、行く予定の晩を押さえた。数日後、また晩餐に来たヘクターと一同連れ立ってエンパイア劇場へ出かけた。そのバレエはなるほど素晴らしかった。プリマバレリーナはマダム・アドリーヌ・ジュネーだ。今もありありと覚えているが、幕が上がると、巨大な大理石のマントルピースをかたどった舞台にドレスデン磁器の大きな置物が三つ載っている――中央の置き時計をはさんで片や羊飼いの人形（等身大）、反対側に羊飼娘の人形（等身大）という配置だった。置き時計があと数秒で真夜中ですよと高らかに知らせる。やがてその時刻を打って、はたと音が絶えると、両側の人形たちがにわかに息づいて踊りだすのだ。すでに何度も観て勝手がわかっていたヘクターは、母と伯母にはさまれながら、うっかりしがちな見どころをあれこれさりげなくふたりに教えてやっていた。

ただし、ドーンフォード・イェイツはこう締めくくっている。「あいにくと本人のことは記憶からすっぽり抜けてしまったらしくて。思い出の彼はとても優しく快活で、いつもにこやかだったが声に出して笑ったことは一度もなかった。そんなふうに笑うのは見たことも聞いたこともなかったものの、笑顔を絶やすことはまずなかった。どうも、なかなか一概にはつかみきれない人となりだったに違いない」

さもありなん。この成功したジャーナリスト兼文筆家、社交クラブや上流階級のサロンや田舎の本邸、劇場、バレエ、カフェ・ロワイヤルの常連はほぼ完璧に目立たずにこの時期を過ごしている。どうやらめったに人に会わず、きちんと知り合いになる折がなかったらしい。ただし、記憶を残した場所ではとびきり温かく思い出されている——例えば、具眼の士である従軍記者H・W・ネヴィンソンのような人に。

その顔にはひねりのきいた皮肉屋気質がはっきり出ていた。世間を見る目はシニカルだった。だが、そのシニカルさがユーモラスでチャーミングだから、内心の感情を隠し、かばうための偽装だったらしいとも思われる……。サキの作品は彼との会話のように実に幸せなひとときをたくさん与えてくれ、戦争で失った友達のことを悲しく思い出すたびに、まるで若くひょうきんな小鳥のようにゆがんだサキの小さな顔がまっさきに脳内にあらわれる。両脇はルーパート・ブルックとエドワード・トーマスの顔だ。

弟の死後に姉は一度だけ——あとで言わなければよかったと思ったらしい——弟とレディ・ロザリンド・ノースコートなる女性との間に結婚話が出ていた時期もあったが、弟があまり裕福ではなかった（金銭に無頓着だったのは知人のほぼ全員が気づいていた）ために立ち消えになってしまったと洩らしたという。ドーンフォード・イェイツの示唆によると、父の死後に、お手上げとは言わないが気難し屋の姉の面倒という責任を一手に引き受けたために、結婚をあきらめたのかもしれないという。

さもなければ、サキ自身が『ウィリアムが来たとき』の文中に描いた人物そのままだったのか。

彼はいわゆる生まれついての独身者タイプで、聖職者タイプと分類したほうがいっそ当たっていたかもしれない。ごく若年からこの年まで結婚などという気はさらさら起きなかった。子供や動物は大好きだが、女性と植物はいささか困りものとみなしていた。女性と薔薇とアスパラガスがない世界は相当に味気ないだろうとは認めていたが、そうした魅力を総動員してもなお、うんざりするし、とげとげしいし、いてほしくない場所に限って這いあがってはびころうとするし、茂ってほしいとなると必ず頑固にうなだれ、しおれて枯れてしまう。そこへいくと動物は世間と折り合いをつけて懸命に頑張るし、少なくとも大人ずれしない気立てのいい子は自分たちだけの世界を作り出して住んでいる。

その明らかな相異点にもかかわらず、サキの夢想や本質的に超然とした態度――そして隠しようもない個人的魅力――は、もうひとりのはぐれヴィクトリア時代人と近いものがあった。T・E・ロレンスだ。ただし、嫌悪というより愉しい恐怖とでもいうべきものがサキの内なる理想主義と放縦のせめぎあいを激しくもし、曖昧にもした。彼が生きたのはまったく俗な世の中だが、世俗への基本的な無関心が彼の最良の作品すべてを特徴づけている。同様にひとりの男としての彼個人についてはほとんど知られていない。そんな超然たる態度は姉の感情的カニバリズムへの自衛のために幼時から身につけたのかもしれず、そのせいで他人と親しい人間関係を作れなくなった可能性もある。

そんなわけで三十代半ばに文筆家兼ジャーナリストとしての地位が固まると、まるで周囲より身分の高い人になる大望を抱いて応接間に紛れこんだジャングルの少年さながら、エドワーディアン時代の上流午餐会を遊泳した。じきに怠け者の女や、こけおどしの男をからかうだけでは飽き足りなくなった。前からずっとあった傾向が作品にもっと強く出てきたのだ。ひとつならず感じ取れる傾向、孤独と幻滅である。社交や職業上の交友は続いていた。サキは初渡英したニジンスキーやカルサヴィナはじめバレエ・リュス一座のためにパーティを開いてやった。すでにロシアで個人的に知り合いになっており、これまで培ったバレエ鑑賞の素養をぜひ社会と共有したかったのだ。ニジンスキーはテーブルの下をずっとのぞいていた。サキの姉が何を見ているのと尋ねたら、「悪魔だよ（セル・ディアーブル）」と答えた。実はアバディーン・テリアだったのだが、ニジンスキーには見たこともない犬種だし、ブルドッグを見かけないのでびっくりしたという。「ロシアでは、イギリス人はもれなくブルドッグを連れ歩いていると聞かされていたのに」たまたまマンローもかなり陽気に浮かれ騒ぎ、折紙つきの他人行儀な男というつもの彼らしくもない態度をわざとする時があった。サリー州のコテージでさっぱり好天に恵まれなかったある夏のある晩に、しびれを切らした彼は声を上げた。「今夜はアポロのご加護を願って、日迎えの焚き火を囲もうじゃないか」そしてみんなで焚き火を囲み、シーツをまとってダンスした――当惑したことに、その結果として三週間もうららかな好天が続いた。そしてある年の大晦日に、ロンドンで姉曰く「大はしゃぎ」した。「慎重なヘクターはそうしたおもちゃの一つを自分用にとっておいたのです。当時は目新しかった、吠えたける犬の作り物です」別の機会には彼の「主張で」見ず知らずの者同士で手をつないで、「輪になって踊ろう」をオックスフォード・サーカスの広場で実演した。

そうした露骨に異教めいたふるまいは、その他大勢と一線を画す最後のあがきだったという線がいちばんありそうだ。それでも執筆していないときは訪問やトランプにいそしみ、難易度の高い「タペストリー技法」の描画に没頭し、「中世の猪猟」などと題した大作をものした。ぱっと見には色あせた綴れ織りに見えたかもしれない。午前中はそっくり執筆にあて、部屋着姿で、本の上に載せた用箋に向かい、記録者でもあった友人ロシー・レナルズが言うには「実に読みやすい字でゆっくり書いていく。単語ひとつでも消去や訂正はめったにしなかった。書きぶりや手の動きを見ていると、字ではなく絵でも描いているような印象を受ける」朝の苦行がすむと昼食をとりにライオンズに出かけ、その後は上流階級向けの身支度にかかるのだった。

一九一〇年に『ロシアのレジナルド』がお目見えするまで、しばらく出版はなかった。『レジナルド』後の六年間で守備範囲や作風ははっきりわかるほど変化していた。あの流行を追う一人語りの前作と今回の短篇集のつながりはわずかに表題作のみだ。本作ではサキの本領が余すところなく発揮されている。純粋な気まぐれ、死神の気まぐれ、田舎のおぞましさ、超自然、皮肉、深い憂鬱、そしてなにより愚鈍を正す野蛮なけもの、あるいはさらに悪いが野蛮な人間による収束。最初は短篇自体の個性と、『レジナルド』『ロシアのレジナルド』両方のうまい警句やぴりっときいた軽薄さが成功のもとになった。その分野はすでにオスカー・ワイルド、アンソニー・ホープ、〝ジョン・オリヴァー・ホッブス〟他の不朽の人気を誇る作家に掘りつくされた分野だが、サキはたいていの作家に負けないほど筆が巧みだった。

「人はキリスト教についてどう考えるかって話はいいんだけど、グリーン・シャルトリューズ（カルトゥジオ修道院製のリキュール）を作り出した宗教システムなら、本気でとだえるなんてありえないよ」

「午後の討論でうまく立ち回ったら、晩餐の居場所はなくなるよ」

「彼女は自然環境が健康に及ぼす作用を信じこんでいた。シチリアならともかく、まるで事情が違うのに」

「ミセス・バンチャラビーは私について、穏やかな気持ちのときにはほのめかすのもためらうようなことを言った」

「この上ない濃霧の中でよどみなくしゃべる手合いの若者は怪しいほど念入りに髪を撫でつけ、そうしないと髪に殴り返されるのではないかといわんばかりの念の入れようだった」

「完全にプライバシーを守れるなら、金魚鉢の金魚にだってなってやる」

サキの天分はこの方面にいかんなく発揮され——ワイルドやピネロの劇のファンで知られていたことを思えば、特に——もっと本腰入れて戯曲に取り組まなかったのは意外だ。ごくささいな滑稽劇『十三人いる』の後は一幕もののわずか二本と三幕ものの喜劇一本だけだ。一幕ものはどちらも中欧が舞台の純然たるメロドラマで、片方は『死の罠』(*The Death-Trap*)、身辺が反逆者だらけで四面楚歌のある若い君主が死に向き合う、ばかげた逸話からなる。もうひとつの『カール＝ルートヴィッヒの窓』（*Karl-Ludwig's Window*）は不吉なしきたりにとらわれた貴族一家の話で――唯一の興味をそそる部分は――ロマンチックな反体制の若者が自分の名誉をかけた一言のせいであやうく落命しそうになる。三幕ものの喜劇は『壺、またはブリオニーの奥方』（*The Watched Pot, or The Mistress of Briony*）と題し、共作者チャールズ・モードの手を要した。脱稿は第一次世界大戦直前だが、上演は第二次世界大戦のさなかまで待たねばならず、ロンドンのアート・シアターに数回かけただけで作品のあらがはっきり目立ってしまった。説得力ある登場人物の人間性が出ているわけでもないし、ワイルドが『まじめが肝腎』で成し遂げたような浮世離れした軽みもない。それでも、多少なりとひねったセリフはいくらか見受けられる。

（いなくなった夫について）「主人は多数派についたかもしれませんけど、わたくしの知る限りでは、そうした横入りを恨むような無力な人ぞろいでしたのよ」

「召使たちに悪いお手本を示して道を誤らせるのではないかと恐れて、私たちが無鉄砲な悪意をおさえていたのがどれほど多かったかわかれば、絶対に給金を倍にしろと言ってくるわよ」

「ダイヤの原石と言われた人たちには、バッタ物の原石に過ぎなかった人があまりに多い」

「裸同然で歩き回ってる。今のこのスーツは先月で月賦がすんだ。どれだけ古いか推し量ってくれよ」

「君にものを貸したらね、レネ、一方通行の片思い同然に二度と返ってこないよ」

そうした小品に重々しい装飾を施すヘンリー・ジェイムズのように、サキの散文の語り口は劇場に断然向いているように思える。ジェイムズもサキも芝居がかったセリフはうまくないが、やはりジェイムズ同様にサキの物語は大成功した――特にテレビでは――文才は劣るものの、もっと芝居がかった熟練脚本家の手で直球のドラマチックな仕立て方をされた場合には。

一九一一年『クローヴィス物語』の出版でサキはある種の円熟に達した感がある。その守備範囲は広がっていないものの、本書に収録された二十八篇にうかがえる達人の風格はそのまま一九一四年の『けだものと超けだもの』、そして死後出版二冊のうち最初の『平和の玩具』（一九一九）中でも最良の作品群に引き継がれた。はっきり新境地を切り開いた作品は二篇あり、「慈善志願者と満足した猫」は社会と性の抑圧を受けている裕福で若い中流女性を望外の精妙な筆致で描いた作品、「モールヴェラ」は子供の視点で夢や貧富をじっくりとらえた作品だ。このどちらもサキの作品で大勢を占めるとされる主題ではない。その二篇に対してはいつもの軽薄さをだいぶ捨て去り、ありあまる感傷につまずかずにそれらの主題を自身のこととして、あるいは自身が関わりたい流儀で手がけるに至った。そしてかなり抑えた筆運びで長篇の散文小説二篇を生み出している。一九一二年の『鼻つまみ者バシントン』と一九一三年の『ウィリアムが来たとき』だ。「『鼻つまみ者バシントン』を読んだ時の衝撃は実に鮮やかに思い出せる」とヒュー・ウォルポールが書いている。サキ自身は、その本の書評の混乱ぶりには笑ってしまったと記している。作品の陽気さを強調するもの、痛烈さを強調するもの。大雑把に斜め読みする読者が鼻白んだのも無理はない。自分や仲間たちがからかわれるのなら慣れっこだが、機転のきく若者が活発な諷刺精神の踏み台どころではなく、完膚なき自滅への道をたどる話を読まされるとはまさしく想定外だったのだ。その作品が著者の心の自画像だと気づこうとしなかったのもさして不思議はない。それでも実情はそうなのだ。

サキは自分の足跡を上手に隠した。コーマス・バシントンは気まぐれで無節操な、サキ作品にたくさん登場する若者の系譜にいちおう連なってはいる――レジナルド、レックス、レネ、シプリアン、バーティ、クローヴィスといった。そうした若者たちのお約束通り、コーマスは多少なりと母親のすねをかじって暮らしている。だが本書の母子関係はさらに突っ込んで深く細やかに掘り下げられている。フランチェスカ・バシントンは息子と同じくらい本書の重要人物だ。

彼女の敵も素直になった時には、彼女が洗練された女性で服装をよく心得ていると認め、しかも、あの人には魂がないと断言する彼女の友人たちに賛同しただろう。友人と敵が等しく一致する点がもしもあれば、それは当たっていないのが普通だ。フランチェスカ自身は不意打ちでいきなり自分の魂について説明しろとせっつかれれば、おそらく自分の応接間のことを述べたかもしれない。その印象を相手に刻みつけようと思ったからではなく、念入りな吟味がその特徴を明らかにする、さらには隠された場所を差し示すと考えたわけでもない。自分の応接間こそ自分の魂だと漠然と自覚していただけの話だ。

フランチェスカは運命の神が善意だけを示し、絶対に実験台にしないタイプの女性だ。その利点をうまく使えば、人並み以上に女の幸福をせしめられたかもしれない。女の人生でいらだちや失望や幻滅に終わる多くの物事を自分の行く手から取り除いてきた彼女なら、運のいいミス・グリーチ、後にはお幸せなフランチェスカ・バシントンと思われてきたのも当然だし、悲しみだの、望まぬ面倒という岩を片っぱしから拾い集めてきて自分の魂というロックガーデンに仕立てるような、ひねくれた人間でもない。フランチェスカはとんとん拍子と安穏な生活を愛していた。物事の明るい面を見るだけでなく、そこに留まってずっと暮らすのが好きであった。実人生では次々と物事が裏目に出て夢の幾分かを裏切り、なけなしの残り福にいやでもしがみつかざるを得ない状態で、こうして人生のより穏やかな時期へこぎつけたのだ。見る目のない友人たちにはどちらかというとわがままな女性のふりをしていたが、それは人生の幸も不幸も見てきて、残りの幸福をせいぜい楽しもうという人のわがままに過ぎない。人生の浮き沈みはさほど厳しくなかったとはいえ、そのせいで彼女の了見は狭くなり、お手軽な安逸三昧や、過ぎし日の楽しい思い出に長く浸っていられる事物にいっそう傾いていったのだろうか。特に自分の応接間は、過去の楽しく幸せな日々の思い出か形見として祀りあげられている。

サキ自身は物心ついて母親がいたためしがなく、そんな人が母子関係を書くのは、絆を埋める代償行為としてわざわざ選んだのかと思われがちだろう。だが、おそらくは彼の虚無感のほうが強すぎたのかもしれない。

フランチェスカは彼女なりにこの世の誰よりコーマスを好きだったし、スエズの東のどこかで息子が日ざしにあぶられていれば、毎晩寝る前に息子の写真に心のたけをこめて熱くキスしたかもしれない。コレラの恐怖とか原住民の蜂起の噂などが毎日の新聞記事に載れば胸騒ぎを起こし、国家の必要のために最愛の子を犠牲に捧げたスパルタの母にわが身をなぞらえたがるのだった。だが、その最愛の息子が同じ屋根の下にいて、立方体の空間で理不尽にかさばり、自分に貢献するどころか日々の犠牲を強いられるはめになれば、愛情より苛立ちのほうが勝つのであった。コーマスが別の大陸にいて重罪を犯す分には大目に見てやれるが、千鳥の卵五個のうち三つを息子に取られるのは絶対に許せない。息子の不在は異状かもしれないが、そのせいで思いやりがなくなることはまれだ。

だから氷の壁は次第に大きくなって母と息子を隔て、うかつに話もできない障壁と化し、なにげない言葉のはしばしにさえ、厳冬の寒気が吹きこむのであった。

コーマスは立派な家具調度の屋敷と緑の芝庭、従僕たち、ブリッジテーブル、銀のティーセットの世界で何不自由なく暮らしてきた。だが、ここぞの時に臆してはすべてのチャンスをことごとく放り捨ててしまった。自分を愛してくれそうで、自分も愛せそうな――そもそも愛する能力があればの話だが――さる女相続人と結婚できたのに、抜け目のない青年政治家コートニー・ユーガルにわざと譲ってしまった。冷ややかな筆致で描かれたユーガルのようなタイプは、いまもわれわれの身近にいる。

慎重な風見鶏的政見と皮肉の陰にやはり探り当たるのは、ある程度の不用意な誠実、もしかすると長きにわたってそこそこ成功しそうでしなかったのは、もしやそのせいか。そんなことでは得意の絶頂で派手な大失敗を招きかねない。コートニー・ユーガルの資質をそれ以上きちんと見極めるのは難しいし、自分の印象をきちんと分類整理しておきたがるエレーヌはけげんな顔で相手の特徴や発言の上っ面を穴が開くほど観察した。まるで、まごついた絵画批評家が無駄に怪しげな絵画のニスやひっかき傷の下を探り見て、決め手となるサインがないかどうか検分しているみたいだ。こちらが好意的な印象を持とうとやっきになっていてもなお、好感の持てる姿を見せようとしない、その若者のわざとらしい態度には疑念が増すばかりであった。彼としては相手に自分の良さを鵜の目鷹の目で探してもらい、絶対に白票を投じない程度になるべく注目してほしいというだけだった。彼という存在の最後の砦となる自己中心的な案件においてさえ、ひたすら私心のない行動によって注目されよう、正当な注目を集めようと腐心した。行政者としてそこそこの人望は集めるだろうが、夫としては恐らく耐え難かっただろう。

結局コーマスは無理強いか、さもなければ甘受という格好で、アフリカ某所へ転勤させられる。そこは大英帝国がさんざん便利使いした挙句に不適格者となった人材を追放する廃棄場だ。その時の思いはとりもなおさずマンローが若い頃にビルマで味わったそのままだとわかっている。ただし若いマンローと違ってコーマス・バシントンは配流先で死に、母親は手遅れながら自分の価値観の偽りを悟る。

『鼻つまみ者バシントン』にはいくつかの点で批判の余地がある。構成に不手際がある。感情の流れは不自然、要点のいくつかは厳しすぎるか露骨すぎる。だが、それでも確かな倫理観はある。敵役はおそろしく物質主義的な社会で、犠牲を強いられるのは伝統の世界で生まれ育った自由な精神の持ち主だが、その世界に従うことも、かといって完全に自分を切り離すこともできない。そしてこの小説の最良の部分は濃密な悲喜劇であり、立派なレベルに達している。コーマスがアフリカに発つ前に起きた別れの二場面は、巧みな取り合わせにより、社会喜劇の輝きと、底に秘めた悲しみを際立たせている——劇場初日の晩と家族のディナーパーティの場面だ。どちらもマンローの人格もしくは気性の中心に存在する不満に焦点を当てている。まったく違う形ではあるが、その不満をしっかり描いているのが、サキのその次の作品で本書以外では唯一の長編小説『ウィリアムが来たとき』だ。ここでは架空物語の技巧が一歩しりぞいて、ほぼ全篇が倫理観念を帯びたエピソードの連続になっている。語り口はしばしばだらだらと感情に流れ、満足感をもたらす芸術作品では全然ない。もしかするとマンローはある一連の価値観を定義しようとし、それに従って生きることの過失を探ろうとしたのかもしれない。彼自身が深い不満という苦しみを一度ならず味わってきたわけで、以前にも開明的なヨーロッパを離れて――よりにもよって――シベリアへ移住するつもりだと話したことがあった。

『ウィリアムが来たとき』はドイツに占領されたという設定の英国が舞台だ。だが、不意をつかれた英国があっさり征服される様を描いて（これは陸軍元帥ロバーツ卿の称讃を得た）はいるが、実際は一九一四年に先立つ二十年ほどの間に出版された、警世の書としての小説（アースキン・チルダーズの『砂州の謎』など）とは別物であり、恥ずべき状況にいともすんなりとなじんでしまう社会の諸相を描いていた。占領下のロンドンの詳細が適切な想像力で熱心に描かれ、ちょくちょく野蛮なウィットが挟まれる。だが、この本の力は気質の対照にある。レジスタンス精神はさほど重要な役割でない人物に具現化されてはいるが、彼女の行動はサキが国に捧げた忠誠とはっきり同じものだ。

サー・グレイマーテンの未亡人エリナーは半世紀以上もトーリーウッド屋敷に君臨してきた。国家の一大事といえど、疲れ知らずの行動力をそなえた頭と体を阻むには至らない。国家と帝国により広い分野で奉仕するために働き、策を練り、精力的に先見の明をもって戦ってきたが、それはおそらくスコットランドの血に混じる慎重さと大胆な行動性から来ているのだろう。教育ある人間の多くにとって、政治や公職の世界はほこりまみれで嫌気をもよおす退屈なものだが、そうでない者には魅力ある研究対象であり、見物席にゆったりくつろいで観察すべき対象である。それが彼女の本領であった。ロンドンの屋敷や本邸のトーリーウッドで膝にメモ帳を載せて電話をそばに置き、誰か信頼のおける同僚と個人的な意見交換をし、ぐらついている支持者やもう少しで丸め込めそうな反対派を相手に説得力ある議論を繰り広げる一方で、ろくに備えのない気の毒な者たちを代弁して働き続け、正義という自分なりの概念のために戦い、とりわけ祖国の安寧と正気のために戦った。必要ならば根回しし、求められれば音頭をとる姿勢は夫人の活動全般にうかがえた。おそらく自覚はなかったものの決して小さくない夫人の業績は、注意も意気も半減したのろまやぐずども相手に訴えかける孤軍奮闘の模範となったという点にあった。

そして、彼女はお伽話のイングランドのために立ち上がる。

高い雑草や牧草が生い茂った野原が、青垣や雑木林の境に挟まれてどこまでも続き、だんだん高みへ登っていってやがては低く広がる木立の枝が影を落とす。幅広い川が葦やスゲの分厚い房飾りに縁どられ、うねりを描いてどこまでも続く遠い緑の森や牧草地へ分け入る。細い小川が隠れがの下生えを潤し、腐った緑の装飾リボンとまがう水草にふさがれてより穏やかな野の緑へと織り込まれていく。小川の両岸に、いざという時の行き場を他にふたつ確保して太平楽を決めこんだバンがいばって闊歩し、もっと小心なシャコは、ぬっと現れた列車に慌てふためいて首や足をさらしながら、ばったり出くわした人間から逃れる小さな森の妖精のように逃げていく。木立のはるか向こうでは鷺が一、二羽、計算したゆったりした羽ばたきで宙を飛び、列車などとは比較にならない長い旅路の途中で羽を休め、列車のほうはレールを必死に走っていく。牧草地が時たまいきなり果樹園に変わり、密集して育った果樹からは早くも作柄がうかがえ、藁を積んだ農家の庭と建物がするすると視野に入ってくる。糟毛や駁毛やぶちのがっちりした雌牛たちが門のすぐそばで寝起きを虫に刺されて恨みがましくたたずみ、アヒルの群れが馬洗いの池の魅力と、農家の台所脇の餌の誘惑のはざまで露骨な優柔不断になっている。水車用の流水がとうとうと流れる土手のかなたに雑木林と穀物畑があり、村がほんのわずかに赤い屋根をのぞかせ、灰色の輪の煙突と古い教会塔が通過する列車の窓から見え、その光景はまるで夢見るようにつぶやく鮭の川のせせらぎや、はるかなミヤマガラスの鳴き声のようにみんなが幸せで落ち着いた静謐に満ちている。

そこはおおかたが午後のような常夏の地、蜂たちが農家の庭でワイルドタイムの茂みや花壇をぶんぶん飛び回り、収穫のおこぼれにあずかる小ねずみが穀物といらくさの間を忙しく行き来し、冷たく静かな流れが水草や暗いトンネルの放水路を抜けながら、ものうい小声の歌を木製の水車で奏でる。その歌は昔ながらのリズムを保って、のんきな粉屋の歌に、灰色の雌馬に乗って進む農夫の歌に、楽しげな水車軸の下にひそむ小ねずみの歌になる。はるかかなたの緑の丘で、黄色ずくめの衣装を着た踊り子たちの優しい調べに――歌と懐かしい昔の思い出、人間が子供として長い夏の日を過ごした挙句、とうとう寝に行くというとき、口では説明できない何かに純朴な信頼を寄せる歌だ。

これこそジョージ・エリオットとトマス・ハーディが爛熟させたイングランドだ。夢想家のイングランド、ケネス・グレアムが、イーヴリン・ウォーが描いたイングランド（その意味ではP・G・ウッドハウスのイングランドでもある）だし、おそらくいまだにたいていのイングランド人が心に描く楽園はこういうものだろう。何世紀も現実と相反する華麗な夢であった貴族の規範としての気力、冷静沈着、責任感、礼節、騎士道精神をそこに求めるかどうかはさておき。

『ウィリアムが来たとき』の中心人物はレディ・グレイマーテンでなく、マレイ・ヨーヴィルとその妻のシシリーだ。夫妻は裕福であり、夫婦の絆はゆるんでいる。シシリーはフランチェスカ・バシントンのように居心地よい屋敷とロンドンの社交生活を最も大事にしている。だから他国に占領されたところで痛くもかゆくもない。自分さえ安楽な生活を送れて、取り巻きの若い男たちや、これまで通りの素敵な社交生活を享受できればそれで満足なのだ。冒頭からドイツ占領下のロンドンでシシリーはこうしたすべてを享受している。そこへやぶからぼうに夫がロシア領中央アジア放浪という長い呪縛から解かれて帰還してくる。彼女と違って、夫は自分の国をみまった事件に呆然とする。そこでまたしても驚くべきことに、サキは男と女の意外な構図を打ち出してくる。愛という言葉では強すぎるにせよ深い好意と尊敬の念を相互に抱き、越えがたい差異にもかかわらずその思いを貫き通そうとする（ただし、そうするにあたって、夫は夫婦関係を――他の人間関係と一律に――まったくの情熱抜きにしなくてはならない）。しかしながらヨーヴィルは（若い頃のビルマのマンローのように）旅の途中でひどい病気にかかって死にかけ、英国に戻った時には二重の十字架を抱えている。本能では嫌でたまらないのに祖国の一大事ゆえに、干上がるに任せていた感情以外なら何でもやろうという気にならざるをえない。自ら進んで（またしても若いサキのように）健康回復のために狩りに出かけてたまたま敵と良好な関係になり、少なくともその数名に自身および友人、妻の友人より明らかに立派な資質をいろいろと見出す。納得し、恥じ入った彼をサキはそのまま置き去りにする。

『ウィリアムが来たとき』はドイツ帝国に対する当惑の瞬間に幕切れとなるが、その本質はただの愛国小説ではない。むしろ倫理的性格の腐敗の仮想研究とでも言うべきもので、ここでもどうやらサキは自分を責めていたように思える。この倫理的性格が支えてきたはずの価値観とは何かを厳密に定義しようとしても、証拠不足で破綻は必至だろう。それでも読者は彼らがとても高潔だと感じさせられるし、よく言われるように『ウィリアムが来たとき』は専制主義的な体制に特段の好意を示しているという格別な証拠もない。ただし、この気まぐれな暴君は明らかに何かではっきりと自己を規定し、作中で自分がここまで容赦なく攻撃した社会の様式になんらかの道理を見出したくてたまらないのだ。

サキは真摯に戦争を扱い、すさまじい自己劇化により、ほんのしばし自己の問題を解決できた。一九一四年、ジャーナリズムに戻って雑誌に「展望」と題する議会スケッチを連載した。おおむね突っ放したユーモアたっぷりに茶化した論調だ。

北カーナヴォンシャーの選出議員は、大昔の若い頃に半ば巧みな謎々のような質問を聞いて、誰かがその答えを出してくれるのを待ち続けて残りの一生を過ごしてきた人という印象を常に受ける。下院にウィリアム・ジョーンズ氏が登壇しそうな場でレジナルド・マッケナの如き鄭重な低調弁者が登壇してさえ、さも嬉しそうに期待の色を浮かべて一言一句聞き洩らすまいと全身を耳にしているのだ。今日びの情勢では間違いなく歓喜の叫びをあげ、下院議員を辞任すべく駆け出していることだろう。ついに生涯かけた望みがかなったぞと。

だが、一九一四年八月三日月曜日、サキはサー・エドワード・グレイ（外務大臣）による英国の所信表明の場に居合わせてこう書いている。

思い返してみると、グレイの演説はこれぞ政治家という発語に威厳と確信みなぎる申し分ない立ち居ふるまいであった。傍聴席の筆者はこの四十八時間分の疑念と猜疑が積もり積もって、二つの方針のどちらに沿った宣言を出す気かと不安をつのらせた折も折、一生に何度引き合いに出しても差し支えない名演説に巡り合った。電信受信機でカチカチと一文字ずつ刻まれていくあの演説を読んだ男たちは、そのどうなるかわからない緊張は耐えがたいほどだったと語ったが、私にもよくわかる。本物のテナーの声で明確に所信表明されると、聴衆は自国の状況をきちんと理解して感情をひとつにした。ここ二日の惨めな緊張状態は一掃され、失われた快活さがしだいに戻るのを自覚する。ここでレドモンドの演説が劇的成功をおさめた。これで、反戦を声高に言いたてる労働党や少数ながら執拗な急進派の行動は、はっきりと孤立化した。その演説がベルリンでどれほどの狼狽や意気阻喪をひきおこすか、はかりしれない。

腰が引けてばかりでこんりんざい戦争に関わろうとせず、フランスから敵前逃亡し、ドイツのベルギー中立破棄令には卑屈に迎合するその連中の話をこの際きちんとしておきたい。連中の多くはさも小気味よさげにわが国が階級闘争に陥るぞと脅してきた――お定まりの階級闘争だ、産業上の議論にライフルやマシンガンでけりをつけようという。そうして英国がさほど遠くない未来に本格的な内戦状態に陥り、外敵でなく身内・友人・知人と戦うだろうという縁起でもない予言に悦に入っているらしい。その割に、現会期中にそうした事態を思わせぶりにほのめかす発言が前より増えたわけでもない。もしも荒っぽい内戦勃発の現状が国内どこを探してもなければ、そんな火種はそもそも存在しないのではないだろうか。目下はそうした連中がさも道学者ぶって、戦争はいけないと講釈を垂れている。折に触れて確信するが、人間には二面性がある。それゆえひいき目に見れば、現在そうした階級闘争論をせっせと流布する輩（やから）の中には、クエーカー信者ばりに真摯な厭戦主義をかけねなしの動機――お題目、と言ってしまいそうになるが――にしている者たちもいる。反戦派には他の者たちもいて、まっとうな人間がいつもはどんな考えに動かされるかには頓着せず、この機に乗じて儲けるだけ儲けてやろうという妄念にとりつかれているらしい。三国協商はべつだん今に始まった話ではない。たとえその義務の定義があいまいでよくわからなくても、義務の所在だけは一般に周知徹底している。そうした事態に巻きこまれた他国民への義務――最低でも心情的な同情を寄せる義務があるとあまねく知られているのだ。

彼はロシー・レナルズと共に議場を出てすぐさま、「すさまじい速足で」ストランド街のチョップハウスへ行った。そしてバターをおつけしますかとウェイターに尋ねられてチーズを注文し、問答無用で言い渡した。「バターはいい、戦争中だから」――子供じみたやりようではあるが、かねがね「ヨーロッパで華々しく戦うのを楽しみにしていたのに」と嘆いてきた四十男にしては上出来の部類だろう。それまでも、その時点でもありえない発言という気がするが、なにも彼だけではない。十九世紀にあまねく広がった不安はいぜん根強く、識者は前向きでも一般人にひるみが兆して、解放感ではなく委縮、(人によっては)ほとんどヒステリーに近い閉塞感を覚えていた。

四十四歳、徴兵年齢をとうに過ぎていたマンローは、ただちにエドワード国王の第二騎馬連隊へ兵籍登録しに行った。思うに、『ウィリアムが来たとき』を書いた時に半ば自分からそう仕向けたのだ。友人や家族たち(あの厄介者の姉以外)はがっかりした。賛同する立場のドーンフォード・イェイツでさえ、その状況ではばかばかしい暴挙もいいところだと驚いていた。事実、マンローは騎兵の生活に耐えられなかったのに歩兵のロイヤル・フュージリアーズ二十二連隊に転籍手続きし、将校辞令を受けるべきだという勧めをことごとくはねつけた（例えば、アーガイルやサザランドのスコットランド高地人部隊みたいに。それでもこうだった。「断じて受けないぞ。また一からやり直しになれば覚えることはたくさんあり、もう兵役は無理かもしれない」）。そうして陸軍に九ヶ月間いてもまだ、「モーニング・ポスト」にこんな記事を寄せるだけの気概は残っていた。

志願兵の軍服姿のサキ。

「戦争のことは全然知らない」二日前のこと、十九歳の若者が言っていた。「もちろん怖いという話はいろいろ聞いてはいるけど。でもどういうわけか、そんな怖いものなのに、他の世間と全然違う気がするんだ。他よりちょっぴり素敵だっていう気がするんだよ」

しみじみと物思う口ぶりだった。手加減した読み物や、映画で垣間見るように、戦争というものが現実味のない二番煎じの遠いできごとに終始するのではないかと。世の中の他よりちょっぴり素敵なそれに、自分は絶対巡り合えないと感じているのだ。

感情ある生身の男の子ならほぼ全員が、なにかしらの形で初めて惚れこむのが戦争だ。おとなになってもその感情といくらか童心が残っていれば、初めて惚れこんだ対象はいつまでも忘れがたい。あのすばらしい鉛人形の騎兵隊を記憶から消し去ることなど誰にもできない。まるで、ずっと閲兵式に出ているように勇む足どりの艶やかな馬たち、そろいの軍服も負けず劣らずピカピカだが、とほうもない数の歴戦をくぐりぬけている。男のきょうだいがいて一緒に遊び、ともに戦った思い出があればほかにもいろいろと忘れがたい。奇襲や伏兵や遭遇戦、守備隊全滅、騎士道にのっとって敗者を鄭重に扱った思い出など。やがて実戦の長い物語、ことにヨーロッパ戦史をひもといて、不快で荒涼とした、心を引き裂かれる実態を知ってもなお、思い描けばどこか心をとらえてやまない。三十年戦争は史上屈指の惨禍だが、その後のルイ十四世の軍事行動とあわせれば、目先の泥仕合を超えた輝きを放つ。はるか遠いそんな史実にぞくぞくするのは倫理的にけしからん限りだが、どこか本能の深いところに根ざしていて一掃しようがないのだ。われわれはネーデルランド低地諸国という魔法の国々にふたたび手招きされている。かつて父祖らが同じように呼ばれ、習い性のごとく何度も遠征したように。

一九一五年十一月、かねての夢が実現するときがきた。所属部隊がフランスへ出征したのだ。伍長をへて軍曹に昇進、ドイツ語能力を頑として届け出ず、引き続き、たまに短篇を書いて（例えば「西部戦線の鳥たち」）「モーニング・ポスト」紙や「ウェストミンスター・ガゼット」紙に寄稿し、間欠性のマラリアの発作と戦った。戦う相手には事欠かなかった。

……我々は戦線のかなめにあたる激戦区で踏ん張り、当地に来て以来のなににもまして楽しんだ。

寝床（オーバーと防水シートからなる）を作る余地は塹壕内にあまりなく、胸土の射撃用踏み台の上にしつらえる。日曜夜に私が歩哨に立っていると爆弾が塹壕内に落ち、例のオーバーと防水シートの間に転がりこんで塹壕の反対端に寝ていた男がかすり傷を負った。同一地点に爆弾がふたつ落ちることはおそらくあるまい。それで、自分のベッドを整えなおして熟睡した……

一九一六年六月、休暇で故国に返ってきたマンローは兄（当時はダブリンの王立マウントジョイ監獄の典獄だった）とロンドンで過ごした。そして姉は――戦地へ戻る弟の列車を追いかけて、「私の分まで何人かやっつけてよね！」と叫んだ。ただし弟が「目に見えてくたびれて涙もろくなっている」ことには気づいていた。他の者の受け止め方はもっとおざなりだった。「賜暇で帰国すると」とロシー・レナルズは言う。「軍務がどれほどきついかは歴然としていた。やせてしまい、げっそりやつれていた。だが、戦争が与えた変化は肉体よりも心だった。もう、元のロンドン暮らしには戻れそうにないと私に語っていたし、手紙でこう頼んできた。ロシア人の誰かに頼んで、耕作と狩猟三昧の日々を送れるようにシベリアの地所を入手し、ヤクーツク人の若者をふたりほど召使に手配してもらえないだろうか、と」

だが、そうして戦う姿は一九一六年十一月十四日までに戦友全員の称賛をかちえていた。マラリアで倒れながら這ってでも塹壕に戻り、（ボーモン・タメルの）攻撃に加わろうとした。マンローの戦友たちは前線の左手に「扇形展開」しており、後方部隊は劣悪な足場に阻まれて近寄れなかった（大の男がみぞおちまでどっぷりはまってしまう泥沼だった）。そして両軍の緩衝地帯で合流後の夜明け前、マンローと戦友たちは休息していた。彼は浅い砲撃跡のくぼみで、ふちにもたれて休んでいた。そこから大声で、「その煙草を消せったら」と言ったそばから頭を撃ち抜かれた。

「戦争がすんだら」マンローの上官のひとりが書いている。「きっとサキは世にあるどんな戦記よりもすばらしい本を書いてくれるだろう」さもありなん。だが、もしもありのままを書けば、恐ろしい戦争を書いた本の大部分よりなお激しく人を幻滅させる作品になったに違いない。その主人公はジーグフリード・サスーン『ある歩兵士官の回想』に登場するシャーストンにどこか似通っていたかもしれない。実際、彼らがそのために闘っていると信じた英国像には共通するものがあった――とりわけそれが幻想であるという共通点が。それでもサキは持ち前の諷刺の目を軍の幻滅へ向けることができただろうか――サスーンがその詩「将軍」で、C・E・モンタギューが戦場体験記『幻滅』で、そしてサキの後にはイーヴリン・ウォーが戦争三部作の第一部『戦士』でしたように――かつて、自身が思い描いた文明のあるべき姿とはまるで似ても似つかぬほうへ進んでいくエドワード七世治下の世相に、その諷刺の目を向けたときのように。無益な質問には違いない。だが答えを出そうとすると、サキの作品がすでに定義した疑いがわいてくる。エドワーディアン時代人として読むと、ずいぶん現代的すぎると感じる場合も珍しくない。大戦初期という時代をとほうもなく外れた文筆家だ。

少なくとも当時の文壇には野生好みや異教的傾向はほぼ皆無だった。今日なら人間より動物好きという人はべつに異常でもなんでもない。ただし、サキが動物界の復讐を適用する範囲の広さや、動物たちを報復の手先に使うやり口には驚かされる。虎、大鹿、ハイエナ、雌牛、イタチ――彼の私的な箱舟は破壊のうなりや雄叫びがこだました、人命を奪う暴力的なものだ。狼たちは特に。この獣たちは多くの短篇に何度も登場し、ごく初期の最も軽はずみな作にも顔を出す。例えば、一人称語りのレジナルドもので、レジナルドは自分が書くつもりの戯曲を説明する。

手始めに、人里離れた荒野でなにかを気にする狼たちを登場させる――もちろん君には見えないけど、やつらが吠えたりバリバリ嚙む音は聞こえる。それと、フットライトの奥からほんのり狼の臭いをさせる手配をすべきだ……。狼たちはろくに説明されずじまいで、背景をうごめくとらえがたい存在として扱われる。

そして、そうなった。レジナルドの戯曲だけでなくサキの人生を通してずっと。この少し後の一九〇四年、ワルシャワから姉にあててこう書いている。

猟犬でなく狼を一頭ぐらい飼おうかなと思ったことはないですか？　有料の免許は特に不要だろうし、始めのうちはおもにインクトン家の小さい子たちをばりばり食べ、目先を変えて時々はビスケットを食べさせておけばいいでしょう。姉さんが慣らしてやってヴァーノン家の小さな男の子たちを、食っていい他の連中と見分けられるようにしてやらないとね。さもないとコックが朝食直前になって、唇をわなわなさせながら家中にミルクが一滴もありませんと言いだすことになるよ。

そしてその狼たちは一九一五年になっても相変わらず彼と一緒にいて、七歳の姪にこんな手紙を出している。「もしかするとぼくはセルビアへ行って、そっちの平野や森林でオオカミたちに出くわすかもしれません。そうなったら面白いね」さらに西部戦線から、もっとぎょっとするようなのを。「前線の鉄条網（てつじょうもう）のもつれを直しにいく夜中のお出かけを、たぶん君なら面白がるんじゃないかな。ずっと這っていかなくちゃだめだよ、猫がそうっと忍び寄るみたいに。敵が数分おきにぎらつく灯を浴びせてくるから、そのつどべったり伏せて、地べたのふりをしなくちゃいけない。そのさなかにふと思い出したんだよ、君といっしょにオオカミさんになって、太った農夫のかみさんをそうっとつけていったときのことを」

　時には狼、時には人狼。子供部屋を駆け回って、「ぼくは神だぞ、これから世界をぶっ壊してやる」と大声を出していた子が成人して一人前になり、自分の理念をかくもこっぴどく裏切った世界をこっぱみじんに引き裂いてやりたいと、ことさら軽薄な擬装の陰でしばしば思わないわけがない。超自然もの作品群――「ゲイブリエル・アーネスト」「運命の猟犬」「丘の上の音楽」――は、同一ジャンルの単なる習作とみなすべきではないかもしれない。繰り返しその主題を選び、人目につかない片田舎に物語の舞台を設定し、若いころに北デヴォンでたやすく見出せたはずの（そして今日も見出せる）内省に光を当てている。そして不機嫌な沈黙を破る惑乱の叫びは、サキの内なる何かに響いたはずだ。

　ロンドンに移り住んでからは滑稽なお作法というしきたりの中に詰めこまれ、野生は鳴りを潜めた。サキはまっこうから時事問題に一矢報いる諷刺手法をあまりとらなかったし、たまに婦人参政権運動家を軽く揶揄して「シェラード・ブラウ（バーナード・ショーのアナグラム。『鼻つまみ者バシントン』より）流の冗漫な芝居」と言い放ったり、ユダヤ人をネタにした（ヒレア・ベロック（英国の作家・社会評論家。ユダヤ人問題を訴え物議をかもす）のような悪意や怒りを感じていたわけではなく、彼らにはむしろある種の漠然とした好奇心を抱き、称賛の念もそれなりにあって、まるで火星人のような扱いだった）話はもはや賞味期限切れだ。サキ最良の作品は恒久不変な人間の愚行一般を扱ったものだ。ある時は目がさめるような秀逸な描写、またある時は練りに練ったうまい警句で訴える道徳家が彼の真骨頂だった。

　公的生活の技術とは、止まるべきところと漸進すべきところを正確に心得るという点におおむねかかっている。

　ここまで友人を感心させると同時に、鮮やかに敵をへこませる語り口の人はそういない。

「あの世へ行ったら、この世で犯した罪に応じた罰をみんな受けると思うか？」クエントックが尋ねた。

「罪よりも無分別の罰のほうが多いんじゃないかな。弊害はそのほうが大きいし、もめごとの種としても最大だからな」

彼の大きなよく通る声と、射抜くような独特の眼光は、一筋縄では聞く耳持たず、睨み倒して人に自分の言うことを聞かせる男ならではの特徴であった。

まるで知り合いでもあるかのように公爵夫人数名を引き合いに出し、もっと話がはずめば、あちらにも顔を知られていると思いこませる寸前までいった。

彼女のささいな病気についてのお加減伺いは、自身より病気の行く末について余計に案じているという印象を相手に与え、いったん風邪がきれいさっぱり抜けてしまうと、まるで前のほうがよっぽど気がきいていたのにといわんばかりの態度になった。

角を曲がって出てきた従僕は、しつけの行き届いた沈黙で相手にそれとなく知らせるのが巧みだった。

誰かのあごが二重生活を送りだすと、その人の堕落の機会はそこはかとなく狭まる。

奴隷制にもそれなりの利点はある。おかげで国が楽しくなる。

レディ・シャレムは存在感からして押しつけがましい女性で、必ずしも命令に従ってもらえなさそうだと当惑をほのめかすタイプであった。

そんなしつこい流儀で家庭をずっと開放し続けたせいで、社会迷惑になっていた。

完璧な横顔の持ち主はおいそれと付和雷同しないのよ。

今のご時世はだれも不信心になんかなれないの。信じられないものがあると言い切れるのはキリスト教の護教家だけよ。

若者は実現しそうにない抱負を抱き、老人は現実にありそうにない思い出を抱く。中年だけが人としての限界を本気でわきまえている。

身勝手になりきれない者たちは、自他ともにあまたの心痛を引き起こす。半ば他人の犠牲になっている人々は、まだの半分をつねに見る。当然ながらそのせいで、評価されない殉教者を自任するようになる。

よく『貧すれば鈍す』なんていうけど、貧乏なほうがかえって所帯がひとつにまとまるわね。

サキはパスカルでもシャンフォール（十八世紀のフランスの文筆家。エスプリの利いた箴言を得意とした）でもないが、その仮面と鎧の陰から自分の手の届く高みいっぱいに広く、ワイルドよりも明敏に人類普遍の経験に触れた。ただし、上品さとエスプリではワイルドに一歩譲るが。

騎兵になる夢は他人とはかかわりなかった。友人たちの称賛さえ（ただし、もしかすると戦友たちの称賛は除く）無関心に根ざしたお愛想と受け取ったようだ。彼にとって、社交界は愚行の温床だった。だから攻撃するかわりにそっぽを向いて、「孤高」の司祭となった。彼の作品に緊密な人間関係を示すものはどこにもなく、例外はフランチェスカ・バシントンとその息子のがんじがらめでゆがんだ不本意な関係のみである。肉体的な情熱関係はなく、「慈善志願者と満足した猫」以外は性欲のかけらも見当たらない。あざけりを含まずに結婚を描こうとすると、色恋抜きの穏やかなものになる。

夫と彼女の間には固く結びついた良好な友情といったものがあり、互いに気心が知れ、わざわざ知ろうとしなくても好みを知り尽くしていた。たまたま彼らなりに同志もどきの関係を楽しく続け、自責の念や腹の探り合いなど抜きでその時まで過ごしてきて、そこでそれぞれの道を歩んだのだ。

彼の物語の主人公たち、子供たち、頭のいい若者たちはすべて、孤高の精神を本質にそなえ、浮わついて見えることも、そうでないこともある。初期の作品から、地球のはるか遠くをさまよう人がしょっちゅう登場する。「宅配人ジャドキン」という短篇では、ジャドキンが英国のささやかな自宅に荷物を持ち帰って、

……なにしろ癇(かん)を立てたサラブレッドの扱いに定評のあった男だ、頭を振りたてて汗をかくのをなだめすかし、乗りこなして、痛いほど興奮した馬体のみごとな筋肉を楽しげに躍動させる。いろんな野生の土地へも出かけたことのある人なのに、砂漠の動物たちが思わぬ讃美歌を嘯(うそぶ)きながら夜半(よわ)の星あかりに目をきらめかせている時に……

こんな気恥ずかしい感傷をほとばしらせ、内なるジレンマできりきり舞いした著者はこの十五年後、ロンドンから引き離されて遠い僻地へやられるコーマス・バシントンの惨めさを鋭く描写しながらも、ジャドキンのように他国から挫折して戻ってきたマレイ・ヨーヴィルを生み出し、かつてビルマであ

れほどひどく恋しがった文明社会を捨てようと夢見ていた。

だが、サキは泣けない自分をただ笑っていただけではない。広大な世界に魅せられ、思春期の幻滅を高揚する描写に変えた。もしも戦争後に生き永らえていれば、成熟を迎えていたかもしれない。生き残れば大戦の本でなくジョージ・オーウェルに先駆けたサキ版『動物農場』を書いていたかもしれない（一世代後のオーウェルの人生は、不思議なほどすべてがサキの人生と好対照だ）。だが、もったいぶった世界に本当に貢献したのは、彼の目もくらむようなお茶目さだ。彼の創造にかかる分野のブラックユーモアがほぼ当たり前になった今にしてそれがわかる。おさまりのよい設定や巧みな説明のおかげで、丸ごとすんなりと受け入れられやすい。ただし、思わずつりこまれてしまう痛快なその矛先は、ゆるぎなく確立された社会を粉砕して中産階級を混乱させるのが目的だ。サキにとって、そこはビロードとマホガニーの世界ではないし、イーヴリン・ウォーがやはり嫌悪を抱き続けた貴族社会やローマ・カトリック教会と同様、希望はまったく抱いていなかったし、中流階級からブレヒトという別な暴君があらわれ、無益な部分をさらに駆逐した。サキに共産主義にしがみつこうという気はさらさらない。サキがあくまで追い求めたのは、社会に見いだせなかった輝きを持つロマンチックな愛国主義であり、文明社会で長らく恋い焦がれていた麻酔にも似た戦争の夢であった。自己満足をしれっとコケにし、欲求不満を理解し（「マッピン展示」）、幻滅を知りつくしていたが、自身を決して買いかぶらず、品とエスプリある作品を書くだけに専念した。

本当に、書きすぎたぐらいだ。ささやかな分野を作り出して巨匠の座を守り続けている。だが、そを見て笑っていると、辛辣のかすかな後味のみを残して去っていくのだ。の長所短所をさっぴいた上での影響力はちゃんと認めていい。しかるべき文学分類カード目録というゲームが用意されれば——短篇作家の天分ことごとく、ウィットの才、したたかな人間性の酩酊感を取っ払っても、すべてを明るく照らす快活さはいぜん健在だろう。その快活さによってサキ自身が自分を閉じこめた牢を脱し、この身だしなみのいいエアリエルがわれわれの内なるキャリバンに絡むのを見て笑っていると、辛辣のかすかな後味のみを残して去っていくのだ。

サキの著作からこの選集を編むにあたり、定番作品をまんべんなく収録しようという意図はなかった。彼を詳しく研究したければ図書館でやればいい。質と娯楽の両方の点を満たしつつサキ作品の縮図をお目にかけるべく、短篇群、短い劇を一篇だけ、それに『鼻つまみ者バシントン』を選んだ。政治諷刺・スケッチ・戯曲・バルカンやロシアや第一次世界大戦の西部戦線を扱った時事作品は必ずしも粒ぞろいではなく、すべてが条件を満たすとは限らない。『ウィリアムが来たとき』は一九一四年直前の英国の状態をある面から鋭く評し、作者自身の心理状態をさらに鋭く評してはいるが、文芸作品ないし娯楽作品としての物語性を持ちえず——皮肉か、不気味か、ひたすら情緒に流れる——ここに代表される物語群には比肩し難い。

私信類などの自伝的材料は種類を問わず、かなりの品薄で（番犬じみた姉の熱意のせいと、本人のとらえがたい人柄のせいで）、批評考察のたぐいもやはり不足気味だ。テキサス大学のアメリカ人研究者ロバート・ドレイク博士は合衆国インディアナ州ラファイエットのパーデュー大学『転換期の英国文学』誌に「サキ――いくつかの問題及び作品リスト」と題する論文を寄稿し、いかにそれらの資料が手薄かを示している。モーリス・ベアリングを嚆矢としてグレアム・グリーンやV・S・プリチェットに至る英国作家のサキ評価は衰え知らずの勢いだが、サキにはまだまだ新たな文学的立証による価値判断の余地があり、依然として悲喜こもごもをもたらす存在である。

原注

＊1―この不幸な女性は時とともにひどい独占欲にとりつかれ、初めは弟、次にその思い出を独占しようとはかり、自己の散漫な回想録執筆にあたってもサキの遺した資料一切を頑として典拠に出そうとせず、のちにまとめて廃棄してしまった。

＊2―P・G・ウッドハウス。

＊3―サキの姪の夫であるA・アトキン・クローショー師は代替説を提示している。同師によれば、その名は「悟りを開いた聖者」仏陀の異名シャキャムニの短縮形だという。

森の入口と出口——訳者あとがき

和爾桃子

『四角い卵』の原書 *The Square Egg and Other Sketches* の出版は一九二四年だった。先行巻のあとがきでも何度か言及したように、著者本人は一九一六年に戦死している。

姉のエセルは弟の没後に旧友ロシー・レナルズの協力を得て、新聞・雑誌に掲載された単行本未収録作品を二冊にまとめた。まずは一九一九年にロシー・レナルズの序つきで『平和の玩具』を、その五年後に『四角い卵』を。後者には短い戯曲三作を併録したほか、自ら「サキ伝」を書いて、在りし日の弟を偲(しの)んでいる。

その後のエセルは貝のように口を閉ざし、自分ばかりか親族一同に緘口(かんこう)令を徹底させた。弟が遺した草稿や私信文書一切を破棄したのも彼女と伝えられる。およその経緯は白水社版『平和の玩具』巻末付録をお読み願いたいが、ロシー・レナルズとも結局は意見が合わなかったらしい。世間が狭かったせいで致し方ないとはいえ、彼女の「サキ伝」は幼稚でバランスを欠き、ことに弟の作品に対する目配りがまったく不充分な感をぬぐえない。まあ、それはそれで貴重な資料ではあるのだが、サキ文学という野獣ひしめく濃密な森の全容把握に役立つとは言いがたい。

森の案内にふさわしい手引書ならば、ほかにある。

二十世紀後半の英文壇を左右した英「サンデー・タイムズ」紙の文芸書評欄の「顔」といえば、批評家・ジャーナリストのＪ・Ｗ・ランバート（一九三五―一九八六）だ。文芸批評ばかりか舞台や音楽にも造詣深く、ＴＶやラジオの冠番組も持っていた才人である。サキ本人に会ったことはないが作品を高く評価し、サキの評伝を書くために遺族に接触して気長に資料を集め続けた。しかしながら、肩慣らしかたがたボドリー・ヘッド社版のサキ選集（一九六三）につけた序文解説で、「根拠定かならぬ風評」として当時の文壇になお根強い噂「サキ同性愛者説」を紹介したのが遺族の逆鱗に触れ、本格評伝企画を断念させられた。最も強硬に反対したのはエセルと、サキの姪の夫であるクローショー牧師だったとされ、後者は訴訟をも辞さぬ猛抗議をおこなって同性愛風聞のくだりを削除させている（今回の底本にしたのは削除後の版だ）。それでも今なおサキが「ゲイ文学」に分類されがちなことを思えば、遺族の危惧はあながち無根拠でもなかろう。以前にも述べたように一九六七年までソドミー法が存在した英国では刑事罰の対象であり、まして聖職者の身内にとっては風聞だけで将来を左右されかねなかったのだから。

そんないわくはあっても彼のボドリー・ヘッド選集序文解説はいまだにサキ論の決定版であり、公私にわたるサキの人生と作品のかかわりを的確に分析している。あらかじめ『平和の玩具』巻末資料の事情を踏まえた上でこちらをお読みいただくほうが、より公平な視点でサキ文学を味わう助けになるため、あえてエセルの伝記に替えて収録する運びになった。

余談ながらランバートの死後、資料一式は未亡人の手でオックスフォード大学に一括売却された。そのうちからサキ自身と近親者の手記を厳選して全文邦訳したのが、先述した白水社版『平和の玩具』巻末資料である。

初期のサキは軽薄才子の筆致を強調してもっぱらウケを取り、後から本領を徐々に出していったとされる。ランバートが「本領」第一作に挙げるのは一九一〇年の『ロシアのレジナルド』*Reginald in Russia* であり、白水社版の見解も同じだ。ただし訳者個人としては、サキの終生変わらぬ観察眼がうかがえる作品群として、それに加えて政治諷刺ものを推したい。うつろう時局をとらえるだけに終わらず、人間普遍の弱点をきちんと切り取ったおかげで、今の日本にも通じる作品が少なからずある。むろん、数年前に喧伝された「トリークル」などの政治用語のかなりの数がサキの生きた十九世紀末～二十世紀初頭の英国に生まれたことも見逃せない。

一九〇二年の「ウェストミンスター・ガゼット」紙には軍の公報紙面が常設され、戦死・賞罰のほかに毎日欠かさず処刑公告があった。理由は敵前逃亡と脱走がほとんどで、建前とは違う戦場の実相が読みとれる。近年の日本でも戦争の惨禍を扱う作品がこれまでになく読まれている。悲惨な歴史を改竄・風化させてはならないのはもちろんだが、それだけでは足りない。なぜ悲惨な戦争が繰り返されるのか、なぜなくならないのかを正しく認識し、人間の醜い部分をまっこうから見すえた有効な抑止策を講じる必要があるのではないか。理念だけでは動かない事態も損得が絡めば進展をみることがままある。サキの視点はその糸口のひとつになるだろう。

また、当時はそれまでの弱者が声を上げ始めた過渡期であり、大戦の誘因になった民族紛争や労働・婦人参政権など社会問題の地下水脈が森のあちこちで噴き出していた。本書収録の婦人参政権もの「国家の祭典（ガラ・プログラム）」は一九一三年の実事件を下敷きにしている。エミリー・デイヴィソンなる過激な婦人参政権派が示威行動のために国王臨席のエプソム・ダービー出走中のトラックへ乱入、本命だった国王の持ち馬を転倒骨折させた。馬はその場で安楽死させられ、エミリー自身も数日後に死んだとはいえ、馬好きの英国社会では賭けの恨みとあいまって婦人参政権派にすさまじい非難が集中した。結末に快哉を叫んだ読者は当時少なくなかったと思われる。

『四角い卵』や絶筆のエッセイを森の出口とすれば、『ロシアのレジナルド』やそれ以前の初期短篇はさしずめ森の入口だろうか。一八九九年の「犬と暮らせば」や絶筆となった「伍長の当直記」が収録された二〇〇六年刊の短篇戯曲集 *A Shot in the Dark* から、案内人ランバートの助言に従って戯曲を割愛し、別に一九〇二年の「ウェストミンスター・ガゼット」紙を入手して同年連載の「政界ジャングルブック」から一篇を選び、世界で初めて単行本に収録した。いずれも作風は一貫しており、森の入口と出口を際立たせる方便になればと思っている。

改訳多めの古典作品には異例の〝世界初〟に彩られた四冊を豪華な挿絵つきで読者にお届けできたのは、ひとえに白水社と編集の藤波健氏および藤原編集室のご尽力の賜による。ひたすら深謝して結びとしたい。

二〇一七年　サキ百回忌

本書はSaki, *Reginald in Russia* (1910), *The Square Egg and Other Sketches* (1924) 収録作を中心に、その後発掘された短篇・スケッチ等を追加収録した白水Uブックス・オリジナル編集です。エドワード・ゴーリーの挿絵はサキのドイツ語訳選集 *Die offene Tür und andere Erzählungen* (Diogenes, Zürich, 1964) のために描かれ、*The Unrest-Cure and Other Stories* (The New York Review of Books, 2013) に再録されたものです。

付録のＪ・Ｗ・ランバート（J. W. Lambert）の序文は *The Bodley Head Saki* (1963) より。文中の参考図版はUブックス版独自に追加したもの。サキ自筆の素描はエセル・マンローの "The Biography of Saki"（*The Square Egg* 収録）から採録しました。

——編集部

著者紹介
サキ　Saki
本名ヘクター・ヒュー・マンロー。1870年、英領ビルマ（現ミャンマー）で生まれる。父親はインド帝国警察の監察官。幼くして母を亡くし、英国デヴォン州で祖母と二人のおばに育てられる。父親と同じインド警察勤務の後、文筆家を志し、1902年から1908年まで新聞の特派記者としてバルカン半島、ワルシャワ、ロシア、パリなど欧州各地に赴任。その後ロンドンに戻り、辛辣な諷刺とウィットに富んだ短篇小説を「サキ」の筆名で新聞に発表。『ロシアのレジナルド』（1910）、『クローヴィス物語』（11）、『けだものと超けだもの』（14）などの作品集で短篇の名手として評価を集める。第一次世界大戦が勃発すると志願兵として出征、1916年、フランスの西部戦線で戦死した。没後まとめられた短篇集に『平和の玩具』（19）、『四角い卵』（24）がある。

訳者略歴
和爾桃子（わに ももこ）
慶應義塾大学中退、英米文学翻訳家。訳書にサキ『クローヴィス物語』『けだものと超けだもの』『平和の玩具』（白水社）、ロバート・ファン・ヒューリック〈狄（ディー）判事シリーズ〉（早川書房）、ジョン・ディクスン・カー『夜歩く』『絞首台の謎』『髑髏城』『蠟人形館の殺人』、リアーン・モリアーティ『ささやかで大きな嘘』、キャサリン・アディスン『エルフ皇帝の後継者』（以上創元推理文庫）、ジョン・コリア『ナツメグの味』（共訳、河出書房新社）などがある。

編集＝藤原編集室

白水uブックス　216

四角い卵

著　者　サキ
訳者©　和爾桃子
発行者　及川直志
発行所　株式会社 白水社
東京都千代田区神田小川町 3-24
振替　00190-5-33228　〒 101-0052
電話（03）3291-7811（営業部）
（03）3291-7821（編集部）
http://www.hakusuisha.co.jp

2017 年 12 月 10 日　印刷
2017 年 12 月 30 日　発行
本文印刷　株式会社精興社
表紙印刷　クリエイティブ弥那
製　　本　加瀬製本
Printed in Japan

ISBN978-4-560-07216-5

乱丁・落丁本は送料小社負担にてお取り替えいたします。

白水uブックス

海外小説 永遠の本棚

クローヴィス物語

サキ著　和爾桃子訳

皮肉屋で悪戯好き、舌先三寸で周囲を振りまわす青年クローヴィスの行くところ、つねに騒動あり。「トバモリー」「名画の背景」「スレドニ・ヴァシュタール」「運命の猟犬」他、全二十八篇を収録。辛辣な諷刺と残酷なユーモアに満ちた短篇の名手サキの代表的作品集を初の完訳。序文A・A・ミルン。エドワード・ゴーリーの挿絵十六点を収録。

けだものと超けだもの

サキ著　和爾桃子訳

十月だというのに窓を開け放しているのはなぜか。少女の話では、三年前のある悲劇が関係しているというのだが……名作「開けっぱなしの窓」。列車内で騒ぐ子供たちに相客の男がしたお話とは……「お話上手」他、生彩ある会話と巧みなツイスト、軽妙な笑いの陰に毒を秘めた短篇の名手サキの傑作、全三十六篇。挿絵エドワード・ゴーリー。

平和の玩具

サキ著　和爾桃子訳

子供たちには武器のおもちゃや兵隊人形ではなく平和的な玩具を、という新聞記事に感化された母親が早速それを実践にうつすが……「平和の玩具」。その城には一族の者が死ぬとき近隣の狼が集まって一晩中吠えたてるという伝説があった……「セルノグラツの狼」他、サキの没後に編集された短篇集を完訳。全三十三篇。挿絵エドワード・ゴーリー。